ヘテロトピア通信

上村忠男

みすず書房

ヘテロトピア通信　目次

I

Ⅱ

Ⅲ

I

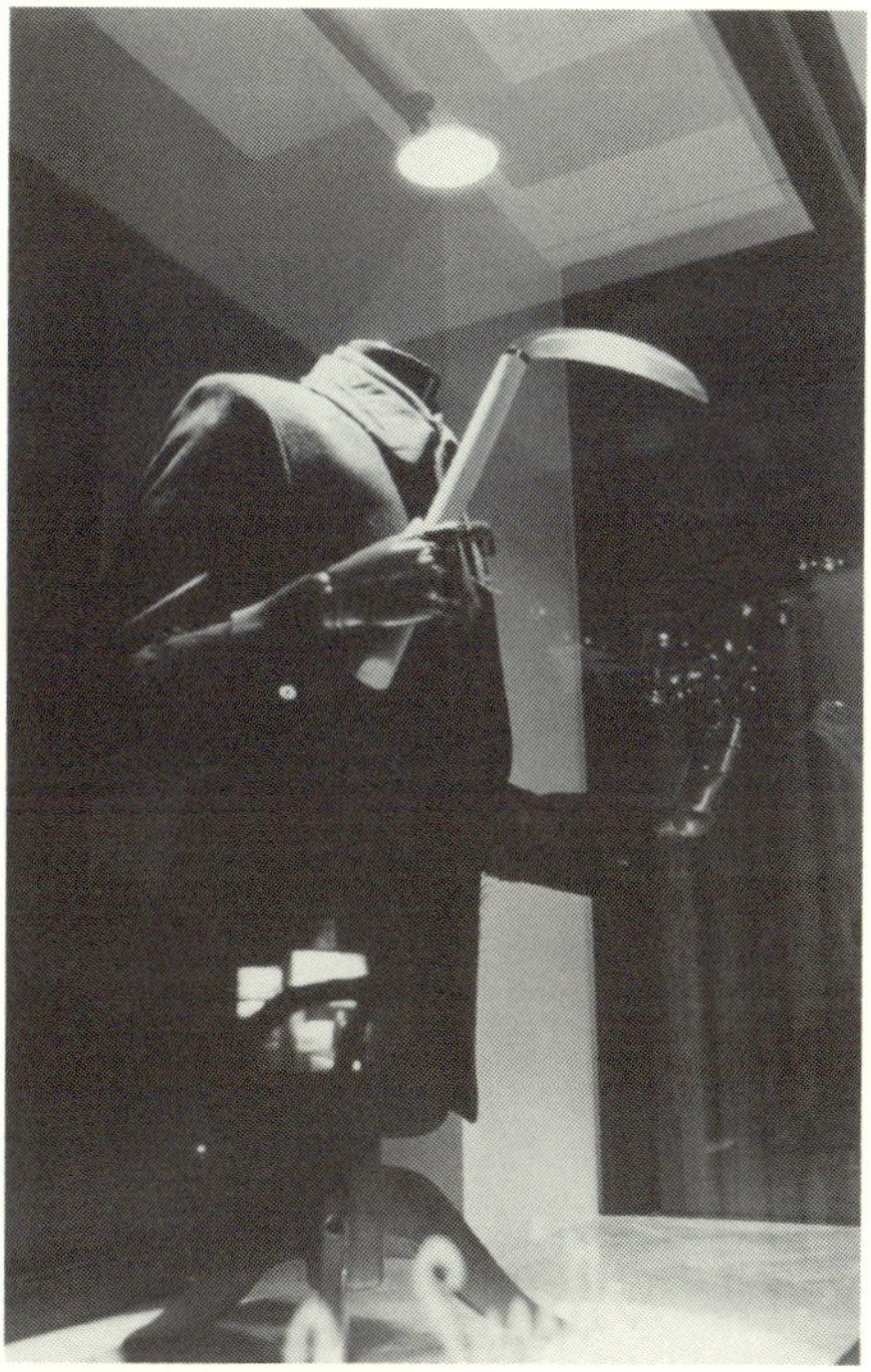

「……首のつけねから切断された顔のないマネキンが，人民服に似た服を着て，ターミネーターのような黒いメタリックな右手で鎌を握り，左手は相手を遮るように五本の指を突き出している．／欲望や憧憬を引き寄せるのではなく，突き放すようでもある．コードをずらす異化の方法とでもいおうか．……」
出典：仲里効『ラウンド・ボーダー』（APO，1999 年）

1　批評の立ち位置について

マイケル・スプリンカーの編集になるクリティカル・リーダー『エドワード・サイード』（一九九二年）に、アブドゥル・R・ジャンモハメドという批評家が「世界をもつことなく世界的でありつづけること、家郷なき境涯を家郷として生きること――スペキュラー・ボーダー・インテレクチュアルの定義にむけて」という論考を寄せている。

今日のポストコロニアル時代における世界文化の動向全体のなかにあって、その役割がとみに高まりつつあるかにみえるボーダー・インテレクチュアル――境界知識人――には、二つのタイプがある。自分がそこから出てきた文化とそこに入りこんだ文化とをひとつの新しい形態の文化へと折衷的に統合していこうとするシンクレティックなタイプの知識人と、双方の文化を相互批判的に照らし出しあう「鏡」の役割を演じているスペキュラーなタイプの知識人である。

ジャンモハメドの論考は、なかでも後者のタイプの知識人について、その代表的な存在と目されるエドワード・W・サイードの場合に即して定義づけをこころみたものである。その論考の最後で著者が留意をうながしているところによると、スペキュラーなタイプの境界知識人が今日の言説空間全体のなかにあって占めている場所は、ミシェル・フーコーが一九六七年、チュニスの建築研究サークルでおこなった講演「異他なる空間について」において「ヘテロトピア hétérotopie」というように規定しているものにほかならないという。

もっとも、その講演において「ヘテロトピア」の具体的な例としてフーコーが思い描いているのは、共同墓地とか市場とか図書館とか監獄といったような社会施設であって、認識主体ではない。だが、ジャンモハメドが注目するのは、これらの「ヘテロトピア」についてフーコーのあたえている規定、すなわち、それはユートピアとは異なって、それ自体も実在するひとつの場所でありながら、あるひとつの文化の内部に見いだされる他のすべての実在する場所を表象すると同時に異議申し立てをおこない、ときには転倒してしまう「異他なる反場所」であるという規定である。「ヘテロトピア」というのがそのような性格をもったものだとすれば、これはとりもなおさず、今日のポストコロニアル時代における言説空間全体のなかにあってとりわけスペキュラーなタイプの境界知識人が占めている場所でもあろう、とジャンモハメドはとらえるのである。

これはまことに興味深いとらえ方であるといってよい。わたしも、できることならサイードの先例にならって、スペキュラーなタイプの境界知識人になってみたいとおもう。そして、言説の「ヘテロトピア」に自身の立ち位置をさだめたところから、状況への批判的介入をこころみていきたい。この連載コラムを「ヘテロトピア通信」と銘打ったゆえんである。

ちなみに、フーコーは「ヘテロトピア」という言葉を講演「異他なる空間について」に先立って一九六六年に公刊された『言葉と物』の序文でも使っているが、これに同書の日本語訳者（渡辺一民・佐々木明）は「混在郷」という訳語をあてがっている。

『言葉と物』の序文において、フーコーは、ボルヘスが『続・異端審問』（一九五二年）所収のエッセイ「ジョン・ウィルキンズの分析言語」のなかで引用している「シナのある百科事典」の分類法を紹介したうえで、その分類法はわたしたちの思考が及ぶ域を超えており、それについて思考することはわたしたちには不可能である、とのべている。そこでは物は雑多なままに横たえられていて、それらの物を収容しうるひとつの空間を見いだすことも、それぞれの物を支えている共通の場所を規定することも、ひとしく不可能とされているというのだ。このように物が雑多なまま混在している状態を指して、『言葉と物』のフーコーは「ヘテロトピア」と称しているのである。「混在郷」という訳語は、この点に着目したところからひねり出されたのではないかと推測される。

だが、「混在郷」としての側面もさることながら、わたしが注目したいのは、フーコーが「ヘテロトピア」という言葉にこめている〈反〉の機能のほうである。

また、「ヘテロトピア」は多くの場合、批評主体の立ち位置ではなく、対象の位置するある特異な場所を指して用いられる。たとえば、姜尚中は、吉見俊哉との共著『グローバル化の遠近法――新しい公共空間を求めて』（岩波書店、二〇〇一年）において、沖縄は二十世紀の日本のなかで国民の空間を「異化」する特異な場所でありつづけてきたとするとともに、その沖縄のことを「ヘテロトピア」と呼んでいる。同じく『ホモ・モーベンス——旅する社会学』(窓社、一九九七年)という著作で注目を集めた新原道信も、西成彦・原毅彦編『複数の沖縄——ディアスポラから希望へ』(人文書院、二〇〇三年)に寄せた論考を「ヘテロトピアの沖縄」と題している。

しかし、わたしが「ヘテロトピア」という言葉を用いるとき、それはあくまでも状況への批判的介入をめざそうとする知識人がみずからを定位すべき場所のことを指している。誤解がないように願いたい。

2　サイードの「財産目録」

グラムシの『獄中ノート』に《「汝自身」のうちには、これまでに展開されてきた歴史の過程が財産目録に整理されることなく受けいれられて、無数の痕跡をとどめている。まずもっては、そのような財産目録を作成する必要がある》という一節がある。

このグラムシの要請を受けて、わたしたちも、いまは亡きエドワード・W・サイードについて、その「財産目録」を作成するとしたならどうだろう。エーリヒ・アウエルバッハこそはリストの筆頭にあげられてしかるべき人物ではないだろうか。

じっさいにも、サイードは『ジョーゼフ・コンラッドと自伝というフィクション』（一九六六年）によって英文学者・比較文学者としてのデビューを果たしてほどない一九六九年、『センテンニアル・レヴュー』誌にアウエルバッハ晩年のエッセイ「世界文学の文献学」を英訳・紹介している。そして、その後も機会があるたびにこのロマンス語文献学者の経歴と業績に言及しているほか、サイードの著名が刻まれた最後の著作『ヒューマニズムと民主主義的批評』(二〇〇三年)でもわざわざ一章を割いて、アウエルバッハが第二次世界大戦中に亡命先のイスタンブールで著した記念碑的大著『ミメーシス――西欧文学における現実描写』の意義について論じている。アウエルバッハこそは、サイードが自らもその道に進むこととなった比較文学研究の手本として終生にわたって敬愛しつづけた人物なのであった。

ところが、この点にかんして、『近代による超克』で知られるアメリカ合州国の日本史研究者、ハリー・ハルトゥーニアンは、サイード没後の二〇〇五年に出版された追悼文集、ホーミ・バーバ/W・J・T・ミッチェル編『エドワード・サイード――対話は続く』に寄せた一文のなかで、いささか気になる発言をおこなっている。《かつてはアジアの入り口であり、「オリエント」をヨーロッパから分かつ古典的な境界であるとみなされていたトルコで戦争中の期間を過ごしながら、西洋における現実主義的描写についての考察を取り憑かれたように文章に書きとめたこの学者〔アウエルバッハ〕をサイードが愛情をこめて抱きしめるとき、彼はいったいなにを考えていたのかと不審におもわざるをえない》というのだ。

ハルトゥーニアンの診断によると、アウエルバッハの文化的行為のうちに見てとることができるのは《変革よりはむしろ保守と回帰の政治を実現しようとする亡霊の姿》である。そうであってみれば、このような復古の政治的姿勢はサイードがけっして受けいれることのできなかったはずのものではなかったか、とハルトゥーニアンは忖度するのだった。

こうしてまた、ハルトゥーニアンは言う。サイードにとっての本当のモデルは彼があんなにも称賛してやまなかったヨーロッパの高級文化の理論家たちではなくて、《国家をスポンサーとする軍事研究を隠蔽するために用いられた客観的学問なる概念と、ヴェトナム戦争とのあいだに存在する、道具的な結びつき》を認めたノーム・チョムスキーというアメリカ合州国産の人物であったのだ、と。

しかしながら、これはどうだろう。ハルトゥーニアンがこのように指摘するのもわからないではない。が、見落としてはならないのは、アウエルバッハも、晩年のエッセイ「世界文学の文献学」のなかでは《文献学の故郷は地球であって、もはやネイションではない》と述べていることである。たしかに、文献学者にとって最も貴重で欠かせないものは、依然として彼自身の属するネイションの文化と言語であろう。しかし、その文献学者自身が属しているネイションの文化と言語は《それから分離し、それを克服することによってはじめて、有効なものとなる》――こうアウエルバッハは主張するのだった。

そして実をいえば、サイードが終生にわたってアウエルバッハに敬愛の情を抱きつづけたのには、なによりも、この「世界文学の文献学」におけるアウエルバッハの述言のうちに《自分の属する文化や文学とは異なったネイションの文化や文学のなかに分け入っていこうとする人文主義的な伝統に立った》精神のひとつの模範的な姿を見てとったということがあったのである。

もっとも、「世界文学 Weltliteratur」という理念を最初に提起したのはゲーテであったが、そのゲーテが思い描いていたのは、各地の国民文学がシンフォニーを奏でつつ一個の世界文学を構成していくという展望であった。

これにたいして、サイードは『文化と帝国主義』（一九九三年）のなかで述べている。帝国主義以降の現代世界は「重なりあう領土、絡まりあう歴史」から成り立っている。このような異種混淆性を特色とする現代世界にあっては、世界文学もまた〈無調のアンサンブル〉としてしかありえない、と。

しかしまた、サイードのうちで現代世界についてのこのような認識が熟成するにあたっても、批判的媒介としての役割を演じたものはなんであったかといえば、それはなにあろうか、アウエルバッハの晩年のエッセイ「世界文学の文献学」にほかならなかったのである。サイードの「財産目録」にとって、アウエルバッハはやはり欠かすことのできない存在であるというべきだろう。

3　「転回」前夜

思想の世界にも命がけの跳躍を迫られるような瞬間が時としておとずれることがある。柄谷行人が『探究Ⅰ・Ⅱ』（講談社、一九八六年・一九八九年）においてくわだてた「転回」もそのひとつだったのではないか。

柄谷によると、従来の哲学はおしなべて「内省」に始まっていたという。ひいては、それは《内部》に閉じこめられ、《外部》へと抜け出すことができないでいた。いまや、わたしたちはこの態度を変更しなければならないというのだ。

ウィトゲンシュタインは、子供や外国人、すなわち、わたしの言葉をまったく知らない者に言葉を教えこもうとする場合を例にとったところから、言語についての考察を始めている。このウィトゲンシュタインのアプローチが参照基準にされている。この場合、「教える」という言葉からは、いかにも教える側に優位性があるかのように思われがちである。が、柄谷によると、逆に、それは「習う」

側の恣意に従属する弱い立場なのだという。

マルクスが述べているように、商品は売れなければ価値ではない。そして商品が売れるかどうかは、あくまで買う側の恣意に依存している。事情は言語の場合も同様であって、「教える」側がある言葉にこめようとしている「意味」自体、「習う」側がそうと認めなければ成立しないというわけなのだ。

かくては、従来の哲学における「内省」の立場からの抜本的な態度変更ないし「転回」の必要性。そして、この「転回」の成果とおぼしきものは『トランスクリティーク――カントとマルクス』(批評空間社、二〇〇一年)において「《外部》への横断を介しての超越」というかたちで一応の定式化を得るにいたったのだった。ここで柄谷があらたに獲得するにいたった視点は、わたしの「ヘテロトピアの思考」を支えている視点とも共通するところが少なくない。

ただ、このような新たな視点の獲得もさることながら、わたしが注目したいのは、「転回」がくわだてられるにあたって、柄谷はそれに先立つ時期、「内省と遡行」(一九八〇年)に始まって、「言語・数・貨幣」(一九八三年)にいたる過程で、ほかでもない「内省」の徹底化をこそめざしていたということである。

もっとも、そこでもすでに「反転」への志向性は明確に表明されている。たとえば、フッサールにおける現象学的還元の意味を振り返った「内省と遡行」では、《フッサールにとっては、哲学的態度とは内省的態度以外のものではない》としながらも、《彼の内省は、意識の志向対象をカッコに入れることによって、意識体験そのものを注視するような「態度変更」であって、それは内省の徹底化として、内省そのものの反転――すなわち遡行をはらんでいる》として、フッサールの現象学がイデア的同一性の起源にかんするニーチェの系譜学的な遡行的問いと近接した関係にあることが指摘されている。しかしまた、そのニーチェについて、遡行は《内省のなかでしかありえない》とも断言されているのである。

とりわけ注目されるのは、西洋において十九世紀後半以降、文学・芸術から経済学・心理学・言語学・文化人類学、さらには物理学・数学・論理学にいたるまでの各領域においてパラレルに生じているのがみとめられる形式化の問題にとりくんだ「言語・数・貨幣」である。

柄谷は、形式化の特性を、指示対象・意味・文脈といった《外部》を還元して（カッコに入れて）、意味のない恣意的な形式的関係（差異）と一定の変換規則（構造）をみようとすることにあるととらえる。形式化によって得られる体系とはどのつまり自己言及的な体系であるというのだ。そのような形式体系の自己言及性とそこに胚胎するパラドクスの解明――これが「言語・数・貨幣」において柄谷が主題的にとりくもうとしていることがらにほかならない。このこころみがそれ自体《内部》への徹底化のこころみであることを見てとるのにさほどの困難はないだろう。

なるほど、柄谷の省察は進むほどに困難の度合いを高めていく。集合を構成している要素の関係を「構造」と名づけるとともに、それを代数的構造、順序的構造、位相的構造の三つに分類した数学者集団ブルバキの示唆するところにしたがって、柄谷もまた同様の順序で省察を進めていこうとする。が、代数的構造にかんする省察まではまずまず順調に運んでいるかに見えるものの、順序的構造の分析に入るころから、省察は混迷しはじめる。そして位相的構造の分析にとりかかる寸前で、省察は中断されてしまう。浅田彰は講談社学術文庫版『内省と遡行』(一九八八年)に寄せた跋文を《これは驚くべき敗北の記録である》と書き起こしているが、まさにそのとおりだと言ってよい。

しかし、その浅田が続けて断っているように、それが敗北の記録だということは、柄谷の省察の価値をいささかも貶めるものではない。敗北を重ねながらも、そのたびに新たな地点に立ったところからの攻撃の再開。この柄谷の粘り腰には驚嘆のほかない。そして、それを目にするとき、浅田も言うように、わたしたちは《同時代において真に思考と呼ぶに足る事件が少なくとも一度は生きられたということを知る》のである。しかと心に銘記しておくべき点かとおもう。

4 トランス・フィジック

市川浩の『〈中間者〉の哲学』（岩波書店）が出たのは一九九〇年のことであった。

市川浩といえば、なによりも『精神としての身体』（勁草書房、一九七五年）において従来の〈精神－身体〉二元論をヴァレリーから借用した〈錯綜体としての身体〉という概念によってうち破ろうとした努力のことが想い起こされる。ここで切り開かれた身体論の新しい地平はその後、『〈身〉の構造』（青土社、一九八四年）において、日本語の「身」の有する多義性などに着目しながら、さらなる深化と発展を見ることとなった。

本書は、身体をめぐるこれらの省察を踏まえつつ、そこから「〈中間者〉の哲学」なるものを構想しようとした意欲作である。

それにしても、「〈中間者〉の哲学」とはどのような哲学であるのか。市川は説明している。《「〈中間者〉の哲学」というのは、「中間者」に存在領域や認識領域をかぎるということではない。逆に

「中間者」ないし「断片」であるからこそ、われわれは自己を越え出て、全体化しようとする。しかし「全体」として完結することは決してない》と。いいかえると、《あくまで断片としての中間者を基盤において、中間者を越える領域をさぐり、ふたたび中間者に帰ること》――これが「〈中間者〉の哲学」の本意であるというのだ。いまだ一般性と個別性への分岐が生じる以前の〈意識に直接与えられたもの〉についての漠然とした中間的認識にかんするベルクソンの所説がよりどころにされている。

だが、わたしが注目したいのは、「〈中間者〉の哲学」を提唱するにあたって市川の繰り出している形而上学《メタ・フィジック》批判である。

市川は言う。《中間者という底荷《バラスト》を外したとき、哲学は、悪い意味での形而上学《メタ・フィジック》になる》と。ここで市川が「悪い意味での形而上学」と称しているのは、「上への超越」を志向する形而上学のことである。

形而上学には通常「上への超越」のイメージがつきまとう。それには、形而上学は多くの場合、自然学とは異なって、自然のことどもをいわば「神の眼」をとおして上から考察しようとするものであったことが大きく関与している。

しかしながら、市川によると、形而上学には、もともとそれが現在もっているような「上への超越」のイメージはなかったという。それに現在でも、たとえばサルトルは現象学が内面性の哲学になることを警戒して、意識の志向性はたえず「外へ越え出ること」であると強調するが、この場合、

「越える」はまさしく「外へ ex-」の意味であって、べつに「上へ」のイメージはともなっていない。そこにおいてくわだてられているのは、言ってみれば「横ずれの超越」なのであった。《われわれに可能なのは、超越的神学、もしくは超越論的メタ・フィジックではなくて、いわば横ずれのメタ・フィジック、〈トランス・フィジック〉とでもいうべきものではないだろうか》。こう市川は「〈中間者〉の存在論へ——トランス・フィジックの試み」と題されたエピローグを締めくくっている。

「横ずれの超越」としての「トランス・フィジック」。これは、やがて十年後に「トランスクリティーク」ということを言いだす柄谷行人のこころみともどこかで繋がったものを連想させるこころみである。前回触れたように、柄谷が「トランスクリティーク」と言う場合も、核心をなしていたのは「《外部》への横断をつうじての超越」ということであった。

ついでは、自己と他者との関係についての省察。

自己と他者との関係について市川は述べている。《重要なのは、自己と他者の関係の錯綜のなかにありながら、どうしようもなく他者であるものと、どうしようもなく自己であるものとにぶつかった後での、自己と他者とのかかわりの問題である。そのかかわりのなかで、私は初めて他者としての〈他者〉を発見し、自己としての〈自己〉を発見する》

想い起こされるのは、三木清が一九三八年に発表した論考「解釈学と修辞学」である。そこでは、解釈学の論理を《独立の存在である他者との関係を欠如させた経験の自己内的理解の論理》であるとしたうえで、そうした解釈学の論理の内閉性を打破しうる可能性を秘めたものとして《独立のものの間の関係の論理》である修辞学＝レトリックの論理の意義が力説されている。わたしが〈ヘテロトピアの思考〉を練りあげるうえで参照基準のひとつとなってきた論考である。

三木が思想家として抱えこんでいた最大の問題は「超越」の問題であった。ただ、三木の場合、それはあくまで「内への超越」として考えられていた。自己の内なる無底の底への超越である。しかし、真に必要とされたのは、超越の構図そのものの根本的な変更ではなかったのか。自己の内なる無底の底への超越を外なる他者への横断的な飛躍を介して遂行することが必要とされたのである。この必要にひとつの答えというか展望らしきものを提示したのが「解釈学と修辞学」であった。

市川が「横ずれの超越」としての「トランス・フィジック」ということを口にしたとき、三木の「解釈学と修辞学」のことが意識されていたのかどうかはわからない。たぶん意識されていなかったのではないか。それだけになおさら、両者の問題意識の符合には刮目すべきものがあるといってよい。

5　雑種文化論

昨年（二〇〇八年）の暮れ、加藤周一が亡くなった。享年八十九。亡くなる数か月前まで『朝日新聞』での「夕陽妄語」の連載などを担当していたその健筆ぶりにいくばくかの感慨を覚えながら振返ってみて、これまでわたしはどうも加藤とはそりが合わなかったなとあらためておもう。

わたしが加藤の書いたものに接したのは、大学に入ってまもない一九六〇年の夏、筑摩書房刊『近代日本思想史講座④知識人の生成と役割』（一九五九年）に寄せられた「戦争と知識人」を仲間との読書会の場で取りあげたのが最初であった。折しも第一次安保闘争終息直後の挫折感のなかで、わたしたち対米開戦前後の時期に生まれ、「戦後民主主義」を純粋培養されて育った世代のあいだには、自分たちの世代体験を批判的に再考してみようという気運が高まっていた。この批判的再考作業の一環として取りあげたのだが、そのとき読後に残ったものといえば、戦時下知識人たちへの著者の「高みの見物」的な診断にたいする抑えようのない違和感であった。

この初発の時点での違和感は『日本文学史序説』（筑摩書房、一九七五年）を読んだときにも払拭されるどころか、いや増すばかりであった。今回はとりわけ、丸山眞男の「歴史意識の「古層」」（筑摩書房刊『日本の思想⑥歴史思想集』解説・第一章、一九七二年）におけるシニシズムとも符節を合わせつつ、「日本人の精神構造」なるものを析出しようという文化本質主義的な戦略がとられているのが鼻についた。

もっとも、加藤が書いたもののなかで惹きつけられたものがなかったわけではない。なかでも特記されるのは「日本文化の雑種性」（『思想』一九五五年六月）である。このエッセイにわたしが接したのはずいぶんと遅く一九九〇年代も半ばになってから、講談社文庫『雑種文化――日本の小さな希望』（一九七四年）に収録されているテクストをつうじてであったが、そこでうち出されている《日本文化は根本から雑種である》という主張には文化のありようについてのわたしの関心をいたく刺激するものがあった。とともに、このような主張が戦後まもない時期にうち出されていたことを知って、戦後精神の闊達ぶりをいまさらのように再認識させられもした。

ただ、その場合でも、同じテクストのなかに《原理に関しては、英語の文化も、フランス語の文化も、純粋種であり、英語またはフランス語以外の何ものからも影響されていないようにみえる》とあるのには首をかしげないわけにはいかなかった。そもそも文化に純粋種なんてあるのだろうかというのが、わたしの偽らざる疑問であった。

また、加藤は「日本文化の雑種性」を発表したのと同じ時期に《仏教渡来以前の原始宗教的世界には、超越的な彼岸思想がなかった。仏教、儒教、および西洋文化の影響も、その点においては、日本人の意識をけっきょく変革しなかった》というような、後年の『日本文学史序説』を先取りした発言をおこなっている（「果して「断絶」はあるか」『体系文学講座⑦日本文学』青木書店、一九五六年）。だとすれば、海老坂武も『戦後思想の模索――森有正、加藤周一を読む』（みすず書房、一九八一年）で指摘しているように、この発言と雑種文化論とのあいだには明らかな食い違いが存在するといわざるをえないだろう。これを加藤はどう処理しようとしたのかというのも問題であった。

このように雑種文化論自体についてもいまひとつ腑に落ちないものがあって、加藤について明確な像を結ぶことができないでいたところ、最近、目から鱗が落ちるようなエッセイに出会った。『現代思想』二〇〇九年七月臨時増刊号の総特集《加藤周一》に寄せられた廣瀬純の「ディストピアの潜勢力」がそれである。

加藤はある講話のなかで雑種文化論の要諦をつぎのように解説している。《サラダはニンジンとかタマネギとかいろいろ入っているでしょう。でもニンジンの嫌いな人は、ピンセットでニンジンをとり出して捨てることができます。サラダは混在しているけれども、ニンジンはあくまでも純粋なニンジンで、タマネギはタマネギですから。ところが、それをスープに煮込んじゃうと、溶けて混じっちゃって、ニンジンの味がするからいやだといっても、それだけをピンセットでとり出すわけにはいかないんです》（『二〇世紀の自画像』筑摩書房、二〇〇五年）

廣瀬はこの加藤の発言に注目する。そして加藤の雑種文化論をこう読み解いてみせるのである。

《加藤が唱えた「雑種」とは、互いに異なるかたちでコード化された複数の文化が共存しているような「サラダ」を謂うのではない。「雑種」とは、互いに異なる複数の「特別なリンゴ」の共存のことではないのだ。そうではなく、すべての事物を脱コード化の運動のなかに巻き込む「スープ」、すべての事物が一様に「普通のリンゴ」としてあるようなディストピアとしての「スープ」こそが、加藤のいう「雑種」すなわちハイブリッドなのである》と。

なんとも突飛な着眼である。が、加藤が文化の雑種性に託そうとしていた「日本の小さな希望」は、たしかにこの廣瀬のいう「ディストピアの潜勢力」にこそあるといってよいのではないだろうか。

6　死に至る共同体

二〇〇七年十一月十一日、東京外国語大学で《沖縄・暴力論》をテーマにしたシンポジウムがあった。その折、間宮則夫監督のドキュメンタリー映画『それは島――集団自決の一つの考察』（一九七一年）を観る機会があった。

映画は太平洋戦争末期の一九四五年三月二十八日、沖縄・慶良間列島の渡嘉敷島で起きた「集団自決」の核心に迫ろうとしたものであった。撮影は、一九七〇年九月下旬から十一月上旬まで、島で空き家を借りて合宿しながらおこなわれている。

だが、作り手たちの意図はどうやら達成されることなく終わってしまったようである。島の生活誌を綴ったドキュメントとしては、たしかに映画はほどほどの成果を上げている。しかし、撮影スタッフによるインタヴューが「集団自決」のことに及んだとたん、島人たちは口を固く閉ざして語ろうとはしない。《島とは踏み込めば踏み込むほど、とらえどころがない。いってみれば、気負い込んだ私たちは見事、島の血縁共同体的なヒエラルキーによって、他所者・旅人として、あたたかくむかえられ、丁重にあつかわれて、つつがなく追い出されてしまったような気がしてならない》。こう間宮監督は撮影後に告白している（「集団自決の思想——集団自決の記録『それは島』撮影後書」『青い海』一九七一年九月号）。

『それは島』のロケが敢行される直前の三月二十八日には島で二十五年ぶりに軍民合同の慰霊祭がおこなわれた。そして、戦争当時、大日本帝国陸軍海上挺進隊第三戦隊長をしていて、沖縄タイムス社編『鉄の暴風』（一九五〇年）や渡嘉敷村遺族会編『慶良間列島渡嘉敷島の戦闘概要』（一九五三年）で、「集団自決」の「軍命」を下したとされた赤松嘉次元大尉が元隊員たちとともに慰霊祭に出席しようとするも、那覇空港で激しい糾弾に遭い渡島断念を余儀なくされるという事件があった。島人たちが「集団自決」について質問されることに極度に警戒的であったのには、この一件も影響していたのかもしれない。

しかしながら、問題の根っこはひょっとしてもっと深いところにあったのではないだろうか。それはたぶん、間宮監督自身、島人たちは当時の戦況一般については饒舌なくらい雄弁に語ってくれたと証言する一方で、「集団自決」にかんしては彼らが固く口を閉ざして語ろうとしないのは《自らの意識の中に「赤松」の存在を認めていたからではないだろうか》と問いかけていることのうちに求められるのではないかとおもわれる。

同様の問いかけは『現代の眼』一九七一年八月号に寄せられた友利雅人の「あまりに沖縄的な

〈死〉」でもなされていた。

『それは島』は、一九七一年五月十九日、沖縄で取り組まれようとしていたゼネストに呼応して、在京の沖縄出身学生からなる沖縄青年委員会（七〇年二月結成）が東京で開いた集会の席で上映された。この機会に観たのだろうか、『それは島』が《村の内部の確執に触れようとする他所者》にたいする村民の《したたかな拒絶》を写し出していることにも言及しつつ、友利はほかでもない《村民が語ることを避けた領域》にこそ、「集団自決」という出来事の本質を解く鍵は存在しているのではないかと考える。

そして、赤松大尉とその部下たちの責任は当然追及されるべきであるとしながらも、村民のほうも全員が「集団自決」の現場にいたのである以上、《ひとつの暗黙の共犯関係》を否定するわけにはいかないとしたうえで言う。《この意味において集団自決における責任追及はいつでも二重なのである》と。

さらにはこうも言う。《「ほとんどの家が寝床で潮騒が聞こえるくらい静かで、平和な島」の生活のなかに、巨大な国家意志がおしよせてくる。島民は皇国観念によって自らを逃れようもなく縛りつけていく。あたかも自然のように。離島であること、ムラの共同体秩序が強かったこと、皇国防衛の楯という観念が骨がらみに浸透していたこと、米軍の直接的攻撃の対象とされ、その外圧に抗する術がなかったこと、それらのさまざまな錯綜をはらみつつこの破局への過程は展開していった。死に至る共同体とはこのようなものをさすのではないか》と。

しかも、友利によると、渡嘉敷島の「集団自決」が露わにした《国家志向、いわば死ぬことによって日本国民として生きるという共同性のパラドクス》は、戦後「祖国復帰」運動を推進してきたイデオローグたちの意識の暗部にも連綿と流れつづけてきたというのだ。しかと受けとめて省みてみるべき指摘ではないかとおもう。

友利雅人は本名・池間政次。一九四七年宮古島の生まれ。国費留学生として早稲田大学に入学するも、三里塚闘争で頭部に重傷を負ったこともあって中退。当時は沖縄闘争学生委員会（六九年八月結成、七〇年解体）の元メンバーたちがつくった結社「離島社」に所属していた。その友利の「あまりに沖縄的な〈死〉」は、同じく一九四七年に南大東島に生まれた仲里効も『オキナワ、イメージの縁（エッジ）』（未來社、二〇〇七年）で述べているように、《沖縄の戦後世代がどのように戦争と出会い、戦後責任へ批判的に介入するかを示した注目すべき論考》と言ってよいだろう。

7　共生共死

仲里効によると、友利雅人は仲里同様、沖縄の施政権が日本に返還される前後の時期に『沖縄タイムス』の記者・新川明らの唱えた「反復帰・反国家」の思想から深い影響を受けた一人であったという。

しかしながら、友利が「あまりに沖縄的な〈死〉」で考察の主題とした渡嘉敷島における「集団自決」事件については、当時新川とともに「反復帰・反国家」の論陣を張ったことで知られる岡本恵徳や川満信一も友利の論考が発表されたのと前後する時期に言及しているが、その受けとめ方にはかなりの温度差があるように感じられる。

とりわけ目を惹くのは、岡本にせよ川満にせよ、近代的個人主義思想への反発と裏腹に、沖縄の島的共同体における「共生」的な生き方への思い入れがことのほか顕著なことである。

まずは岡本恵徳の場合。岡本は一九三四年宮古島に生まれているが、その岡本が谷川健一編『叢書・わが沖縄』第六巻『沖縄の思想』(木耳社、一九七〇年)に寄せた論考「水平軸の発想——沖縄の共同体意識について」において述懐しているところによると、彼にとって「沖縄」はもともと《息のつまる人間関係の支配するところ》であり《停滞してすこしも動き出そうとする気配の感じられぬ後進地域》であったという。要するに《脱出すべき不毛な地域》——それが「沖縄」であったというのだ。

ところが、琉球大学を卒業後の一九五八年にやってきた《わたしが志向していた「近代」がそのまま生きているように見える》東京での生活のなかで、岡本は脱出してきたはずの「沖縄」が《ほかならぬ自己の内側で自己を強く規定していること》を思い知らされる。

そこで岡本は《ふたたび歩き始めるとすれば、沖縄から歩き始めなければならない》と決意して沖縄へ帰っていくのだが、その沖縄で岡本はたとえば渡嘉敷島における「集団自決」事件のひとつの誘因をなしていたといわれる島の人々の「共同体意識」(中里友豪)ないし「共同体の生理」(石田郁夫)のうちに——ヨーロッパのように絶対的な規範としての〈神〉が措定されている社会や、それを自らの倫理規範として内面化した〈個人〉からなる近代社会の場合とは異なって——人間関係をあくまで横へのつながりにおいてとらえようとする「水平軸の発想」が働いているのを見いだす。と同時に、そのような共同体においては「共生」が生活の原理をなしているものと見る。

こうしてまた渡嘉敷島における「集団自決」事件についても、岡本は《本来、共に生きる方向に働らく共同体の生理が、外的な条件によって歪められたとき、それが逆に、現実における死を共にえらぶことによって、幻想的に〝共生〟を得ようとしたのがこの事件であった》というようにとらえることとなるのである。

ついでは川満信一の場合。川満は一九三二年生まれ。岡本よりも二年先輩の同じ宮古島の出身であるが、その川満も「民衆論――アジア的共生志向の模索」（『中央公論』一九七二年六月号）のなかで沖縄の島的共同体には近代的個人主義に立脚した国家や社会の構成原理とは別次元に位置する「共生」の原理が働いていると指摘している。

そして、「共生」には「共死」が裏合わせになっていることをおそらくは岡本以上に強調したうえで、こう述べている。個人主義の思想からすれば、たとえどんな極限に追いつめられようとも、なぜ自分一人だけでも生き延びようとしなかったのか、ということになる。が、「共生共死」の思想がいまもなお息づいている沖縄の島的共同体のようなところでは、自分だけこちら側（生）の世界に残って、全体があちら側（死）の世界へ移住するということはまず考えられない。《だからこそ、戦争で極限状態に追いつめられたとき生きるも一緒、死ぬも一緒という心の紐帯が集団自決を成り立たせる島的共同体の内法となったのである》と。

共同体意識の評価をめぐって、友利との温度差は明らかであろう。友利は、国家と島的共同体とのあいだには《共犯関係》が存在するとまで言い切っていた。そして、この点については岡本や川満も認識していなかったわけではない。「集団自決」そのものは共同体の本質をなす「共生」の原理が一定の歴史的条件のもとであくまでもネガティヴなかたちで発現したものであるが、それが現実にネガティヴなかたちでの発現を見るにいたったということの意味には重たいものがあると彼らも受けとめている。

それでもなお、両人は、彼らが沖縄の島的共同体のうちにいまもなお息づいているのを見いだした「共生」の原理そのものは近代的個人主義の「自分だけ生き延びよう」という考え方にたいするオルターナティヴとして手放そうとしない。川満の場合には、その「共生」の原理を「アジア」的拡がりにおいてとらえる可能性の模索もなされている。

両人の提起した展望の有効性については疑問がないわけではない。しかし、友利の問題提起も含めて、彼らが抱えこんでいた問題をいまいちど正面から取りあげなおすことによってしか、なにごとも始まらないというのもたしかなところであろう。

8　ホワイトのトロポロジー

二〇〇八年十月、ヘイドン・ホワイトが来日し、立命館大学と東洋大学で講演とシンポジウムがあった。うち、わたしは東洋大学でおこなわれた講演「過去と歴史」のコメンテーターを引き受ける羽目となったのだが、八十一歳という高齢とはとても思えない雄弁ぶりにはただただ驚嘆するばかりであった。

ヘイドン・ホワイトという批評家の存在をわたしが最初に知ったのは、ヴィーコの研究者としてであった。

わたしがヴィーコに本格的に取り組み始めたのは一九六八年であった。その年はあたかもヴィーコ生誕三百年にあたっていた。これを記念して、米国でニュー・スクール・フォー・ソーシャル・リサーチの講師などをしていたジョルジョ・タリアコッツォが、哲学以外にも人文・社会諸科学や批評の第一線で活躍している論者たちを結集した誌上シンポジウムを企画した。本は『ジャンバッティスタ・ヴィーコ——ある国際シンポジウム』と題して一九六九年に出版されたが、その共編者がホワイトだったのだ。

本にはホワイト自身の「クローチェのヴィーコ批評における生きているものと死んでしまったもの」というエッセイも収録されている。クローチェに「ヘーゲル哲学における生きているものと死んでしまったもの」(一九〇六年)という論考がある。これになぞらえたエッセイだったが、クローチェにはわたしも大学生のころから親しんできたこともあって、親近感をおぼえたのを記憶している。

だが、わたしをいっそう深く刺激したのは、一九七六年に出たタリアコッツォとドナルド・フィリップ・ヴェリーンの共編になる論集『ジャンバッティスタ・ヴィーコの人文学』にホワイトの寄せた「歴史の喩法——『新しい学』の深層構造」という論考だった。

ヨーロッパで古典古代以来用いられてきた詩的な喩《トロウプ》にメタファー(隠喩)、メトニミー(換喩)、シネクドキー(提喩)、アイロニー(反語)という四つの喩がある。ヴィーコは『新しい学』のなかでこれらを「人間的な観念の歴史」の基軸に据えたところから、諸国民の創建者たちの「詩的知恵」の世界についての推理をこころみている。ホワイトはこのヴィーコのトロポロジカル(喩法論的)なアプローチに着目する。そして、このアプローチをみずからのアプローチとしたところから『新しい学』の深層構造を明らかにしようとしている。

同じアプローチはこの論考に先立って一九七三年に世に問われた『メタヒストリー——十九世紀ヨーロッパにおける歴史的想像力』でもすでにこころみられていたが、この歴史へのトロポロジカルなアプローチにわたしはいたく刺激されるところがあった。なかでも、『メタヒストリー』の序論「歴史の詩学」は、一九七八年に編まれたホワイトの批評論集『言述の喩法』の序論「トロポロジー、言述、人間的意識の諸様式」とあわせて、繰り返し読ませてもらった。

わたしは当時、歴史学は社会科学の補助学としての地位から脱却して、本来の土壌である人文的教養の原点に立ち戻ったところから起死回生を図るべきではないかと考えていた。そして、そのための方策をいろいろと模索しているところだった。このわたしの暗中模索にホワイトのトロポロジカルなアプローチは一定の方向を指し示してくれたのだった。

もっとも、この点については『思想』第八六六号（一九九六年八月）の《思想の言葉――「歴史の詩学」再考》でも率直に表明しておいたところであるが、ホワイトのアプローチに不満がなかったわけではない。

鵜飼哲は、ソール・フリードランダー編『アウシュヴィッツと表象の限界』（上村忠男ほか訳、未來社、一九九四年）への書評（『インパクション』一九九四年八月号）のなかで、ホワイトの「歴史の詩学」には《けっして現前へともたらされることのない歴史の他者たちの眼差し》を受けたところで、歴史の倫理への厳しくも切実な問いを開く可能性がはらまれている、という趣旨の指摘をおこなっている。

ホワイトは「歴史の詩学」を二つの理論的前提に依拠して構想している。

（一）歴史家が過去に起こった事件について記述するためには、それらの事件のすべてをもれなくみずからの上に住まわせた「ヒストリカル・フィールド（歴史場）」についての全体的なイメージを前もって形象化していなくてはならない。

（二）「ヒストリカル・フィールド」の前もっての形象化は歴史家の前認知的な無意識のレヴェルで遂行される。

鵜飼の指摘はこのうちの（二）に着目したものではないかと推測される。だが、どうだろう。ホワイトの「歴史の詩学」が真に鵜飼の要請に応えるものになるためには、省察をさらに一歩深く掘り下げて、そもそも「ヒストリカル・フィールド」の前もっての形象化が歴史家の前認知的な無意識のレヴェルで遂行されざるをえないのはなぜなのか、その根拠理由を問うてみなければならないだろう。ところが、ホワイトには考察をそこまで深化させようとした形跡は見あたらないのである。

近く岩崎稔の監訳になる『メタヒストリー』の日本語訳が作品社から出る予定と聞く。この機会にホワイトについての本格的な議論がいまいちど展開されることを願っている。

9　形態学と構造分析

イタリアの歴史家カルロ・ギンズブルグはこれまでいくつもの注目すべき実験を重ねてきた。なかでも印象深く記憶に残っているのは、『夜の歴史』（一九八九年）で報告されている《サバトのフォークロア的な根源》を求めての旅の途上で、隣接する諸領域の動向や成果にも目を配りつつくわだてられた実験である。それはかずかずのスリルに満ち満ちた壮大な心躍る思考実験であった。

しかしまた、そこには——野心的な試みには往々にして付きもののことながら——いくつかの論理的な飛躍が散見されるのにくわえて、論争相手の真意についての曲解ないしは受けとり損ないが見受けられるというのも、これはこれで率直に指摘しておくべき否定しようのない事実ではないかとおもう。

典型的なのは、フランスの社会人類学者クロード・レヴィ＝ストロースの「構造分析」についての受けとめ方である。

詳細については『思想』誌一九九一年五、六月号に発表した論考「歴史家と母たち」(その後、改訂と増補のうえ、拙著『歴史家と母たち』未來社、一九九四年、に収録)に譲りたい。ここでは――このほど(二〇〇九年十月三十日)百一歳の誕生日を目前にして亡くなったレヴィ＝ストロースへの追悼の意味をこめて――要点のみをまとめ直しておくとして、たとえば、レヴィ＝ストロースは『構造人類学』(一九五八年)に「民族学における構造の概念」と改題のうえ収録されている一九五三年の論文「社会構造」において、同じく「構造」という概念を研究の中心に設定しながらも、それを経験的実在そのものの構造の意味で使用しているイギリスの社会人類学者、A・R・ラドクリフ＝ブラウンとの相違を明確にして、《社会構造という概念は、経験的実在にかかわるものではなく、経験的実在にもとづいてつくられたモデルにかかわっている》と説明している。

ところが、レヴィ＝ストロースが彼の「構造」に付与しているこの肝腎の論理的なモデルとしての性格面について、これをギンズブルグはどうやら十分にとらえきることができていないようである。そして、それをむしろラドクリフ＝ブラウン流の経験主義的な構造概念と同一視してしまっているようにみえるのだが、どうだろうか。

さらに問題なのは、つぎの点である。

レヴィ＝ストロースは、一九八三年六月ソルボンヌで開かれた第五回マルク・ブロック会議においておこなった講演「歴史学と民族学」で、構造分析にとっての歴史研究の意義を強調して、《歴史学に背を向けるどころか、構造分析は想定されうる道の一覧表を歴史学に手渡すのであって、それらのうちでこれが実際にたどった道だと決定できるのはひとり歴史学だけである》と述べている。

この事実を『アナール』誌同年十一―十二月号に掲載された講演の記録を読んで知ったギンズブルグは、ここでレヴィ＝ストロースが提唱している構造分析と歴史学との連携プランのうちに、あたかも同じ時期、――まずは魔法昔話のうちに形態学上共通のパターンが存在することを突きとめたうえで、その類似性のよってきたるところは過去の歴史的な現実に求められることを立証しようとしたロシアの口承文芸学者ウラジーミル・プロップの先例にならって――ギンズブルグ自身がくわだてつつあった形態学と歴史学との連携プランと類似するものを見てとっている。

だが、これもどうだろう。レヴィ＝ストロースの連携プランと、プロップおよびそのプロップを手本としてギンズブルグが実践しつつあった形態学をつうじての歴史学への道という構想とは、はたしてギンズブルグの主張するような意味において項変換の可能な同位的関係にあるものなのだろうか。大いに疑問であるといわざるをえない。

しかも、双方が一見したところでは類似しているように見えて実際には大きく相違するものであることについては、レヴィ＝ストロース自身が一九六〇年応用経済学研究所の『カイエ』に寄せたプロップ論「構造と形式」（その後『構造人類学2』一九七三年、に収録）のなかで指摘していたのだった。

見てみよう。レヴィ＝ストロースは述べている。プロップの立脚しているフォルマリズムの「形式」は《それにとっては外的なものである内容との対立をつうじて定義される》。これにたいして、構造主義の「構造」は《自らと区別された内容をもたない》。それはそれ自体が《実在の本来的性質として構想されたあるひとつの論理的組織のうちに捕捉された内容》なのだ、と。

このレヴィ＝ストロースの批判をギンズブルグはどう読んだのだろうか。関連文献の渉猟にかけては怠りないはずのギンズブルグにしてはめずらしく、『夜の歴史』には同論考への言及が見られない。しかしながら、ギンズブルグは一九八六年に「形態学と歴史学」という副題を付けて自ら編んだ論文集『神話・象徴・証跡』の序文においてプロップに言及したくだりを《『魔法昔話の歴史的起源』のなかで当のプロップが記録作業の空白部分を生硬な進化主義に依拠した一連の常套句で埋め合わせてしまっているのを見ると、この種のくわだて〔形態学をつうじての歴史的復元作業というくわだて〕がどんなに多くの危険に満ちているかがわかる》と結んでいる。それだけに気にかかるところである。

10　プラトンかカントか

わたしが『夜の歴史』を読んで感じたところを『思想』誌に発表してほどなく、わたしの所感についてのコメントを記した手紙がギンズブルグから届いた（一九九三年二月十七日付）。

ギンズブルグは一九八八年からカリフォルニア大学ロスアンジェルス校に本務校を移していたが、長年担当してきたボローニャ大学での講座も当時はまだ保持していた。そのボローニャ大学で宗教史の勉強を続けていたわたしの教え子・森泉文美が論考の骨子をイタリア語に翻訳して、ギンズブルグに手渡してくれた。これに目を通してのコメントであった。

手紙の全容は『歴史家と母たち』（未來社、一九九四年）に紹介してある。うち、ここではレヴィ＝ストロースの「構造分析」にかんするギンズブルグの受けとり方を問題にした部分へのギンズブルグの回答についてのみ要点を再確認しておくと、なによりもわたしの目をひいたのは、わたしがレヴィ＝ストロースのプロップ批判に言及したことがプロップにおける「プラトン的」潮流の存在をギンズブルグに認識させるとともに、ギンズブルグがこの認識をもってレヴィ＝ストロースとの関係の明確化のための足がかりにしようとしているらしいことであった。

じっさいにも、プロップのアプローチは明らかにゲーテの形態学から、そしてゲーテをつうじてプラトンから着想を得たものであったことにわたしの留意をうながしたうえで、ギンズブルグはうち明けている。《わたし自身のアプローチがレヴィ＝ストロースのアプローチとどのような意味で相違しているのかをもっとはっきりと強調しておくべきでした》と。

そうだとすると、しかしながらギンズブルグ自身の立場はどうなのだろうか。というのも、ギンズブルグは同時にこうも述べているからである。《言ってみればプラトン的な極とカント的な極とのあいだにあってのあるひとつの緊張関係が後年の「構造主義」の内部においても見いだされるのではないかとわたしはおもっています》と。

プラトンとカント。――ギンズブルグ自身は、はたしてどちらの立場をとろうとしているのだろうか。

ギンズブルグは『夜の歴史』のなかでユングやエリアーデのいわゆる「元型」概念の批判的再定義をこころみて、人間精神の内部にあって展開されていると目される《身体的経験をシンボル形式にしあげるカテゴリー的活動》のうちに神話的形象の誕生の秘密を解くための鍵を探りあてている。ここにはカントの構想力論からの明らかな影響が見られると言ってよい。そして、このカントからの影響という点については、ギンズブルグ自身、一九九三年に来日したさいに竹山博英から受けたインタヴュー（『週刊読書人』一九九三年二月十五日号）のなかでも認めている。

それどころか、レヴィ＝ストロースの創刊になる人類学雑誌『オム』誌一九九二年一―三月号での『夜の歴史』をめぐっての気鋭の人類学者カルロ・セヴェーリとのやりとりのなかでは、自分の考察はすぐれてカント的な意味においての超越論的レヴェルに位置するものだとさえ言ってのけている。

ギンズブルグは、不安定な経験的基礎にしか依拠することのできない推測的な歴史学にはさまざまな危険が潜んでいると指摘している。しかし、そう指摘するギンズブルグ自身が推測的なことでは変わりのないあるひとつの心理学にもとづいて探求を遂行しようとする危険を犯してはいないだろうか。――こうセヴェーリから疑問が投げかけられたのにたいして、ギンズブルグは、自分のアプローチはあくまでも「超越論的な準位」のところでなされており、そこではセヴェーリの言う「推測的歴史学」も「推測的心理学」もなんらの役割も果たさない、と反論しているのだ。

ただ、このギンズブルグの主張は、率直にいって、わたしには承服できるところではない。『夜の歴史』のエピグラフには「母たち」、つまりは生成の理念的「原型」にかんするゲーテの『ファウスト』の一節が掲げられている。この事実などから推察しても、どうも今回のギンズブルグの仕事には一種のプラトニズムが支配しているようにおもわれてならないというのが、偽りのない読後感である。

わたしは論考の最後でギンズブルグに「宿題」を出して、ヴィーコの『新しい学』に出てくる《事物の自然本性とは、それらの事物が一定の時に一定の様式で生じるということにほかならない。時と様式とがかくかくしかじかであれば、つねに事物もまたかくかくしかじかのものとしてしか生じてはこない》という命題について、これをどう解釈するのかと問うておいた。

このヴィーコの命題は、一般には、近代に特有の歴史主義の思想を先駆的に表明したものであると受けとられている。しかし、これはむしろプラトニズムの思想を表明したものではないのか、というのがわたしの解釈である。これをギンズブルグもまたわたしと同様、プラトニズムの方向で読み解くかどうか、確かめてみたかったのである。

その後、わたしの出しておいた「宿題」についてのギンズブルグからの返答はない。けれども、いつの日にか答えが聞けるものと期待している。

11　当事者性の獲得？

屋嘉比《やかび》収『沖縄戦、米軍占領史を学びなおす――記憶をいかに継承するか』（世織書房、二〇〇九年）は、わたしたちが沖縄の現代史を考えるうえでいくつかの貴重な知見を提供してくれる。なかでも貴重なのは、沖縄県の読谷村にある二つのガマ――チビチリガマとシムクガマにおいて見られた二つの対照的な住民の戦争体験の意味するところを探ろうとした論考、「ガマが想起する沖縄戦の記憶」である（初出は『現代思想』二〇〇〇年六月号）。

チビチリガマでは、そこに避難した一三九名の村民のうち八十三名がノーマ・フィールドのいう「強制的集団自殺」によって死亡した。他方、シムクガマでは、千人余の村民が全員米軍に投降して捕虜となって生き残った。この違いはどこからやってきたのだろうか。

こう問いを立てたうえで、屋嘉比はまず、チビチリガマでは、中国への出兵経験をもつ在郷軍人と中国戦線に同行した従軍看護婦の口をつうじて語られた日本軍による中国での残虐行為の話が「強制的集団自殺」にいたる重要な契機となったのではないか、とみる。米軍に捕まると、日本軍が中国人に働いたのと同じ蛮行を自分たちも受けるに違いない。こういった強迫観念に囚われたのだろうと推測するのである。

ついでシムクガマの場合には、屋嘉比はハワイへの移民体験をもつ二人の村民がいたことが「強制的集団自殺」に追いこまれるのを回避するうえで大きく作用したものとみる。二人には、移民先での体験からして、「アメリカ兵は手向かいしなければ民間人を殺すようなことはしない」という判断があった。こうして二人はガマを出て米軍と交渉し、千人余の村民の命を救った。ここに屋嘉比は《移民体験が沖縄戦のなかで沖縄を日本国家の縛りから解き放った》ひとつの稀有な事例を見てとるのだった。注目すべき着眼であると言ってよい。

ただ、本書の「はじめに――記憶をいかに継承するか」には、屋嘉比もその一人である沖縄生まれの戦後世代が沖縄戦を考えるうえで大切なことは、沖縄生まれとは言いながらも戦争体験という点では非当事者の位置にあることを自覚しながら、体験者の語る体験談を共有し分かち合うことによって〈当事者性〉を獲得する努力をおこなっていくことではないだろうか、とある。同趣旨の発言は、本書の冒頭に配されている「戦後世代が沖縄戦の当事者となる試み」(初出は屋嘉比収編『友軍とガマ――沖縄戦の記憶』、社会評論社、二〇〇八年)でもなされている。

しかしながら、これはどうだろう。沖縄戦の体験談を共有し分かち合うというところまではよい。が、〈当事者性〉の獲得とはいったいどういうことなのか。

導きの糸にされているのは、岡本恵徳の発言である。岡本は谷川健一編『叢書・わが沖縄』全六巻（木耳社）の第六巻『沖縄の思想』（一九七〇年）に寄せた「水平軸の発想――沖縄の共同体意識について」のなかで、沖縄戦のさなかに渡嘉敷島で起きた「集団自決」事件を沖縄の島共同体が培ってきた「共生共死」の観念が戦争という極限状況のなかでネガティヴなかたちで発現した典型的事例と受けとめている。

そのうえで、《真に沖縄戦の体験をとらえその意味を問いつづけるためには、渡嘉敷島での集団自決は沖縄のすべての人のうえに起りえたものとして対象化されなければならないだろう》とするとともに、そのような「対象化」は《再び同様な条件に置かれるならば、わたし自身が起すかも知れぬ悲惨であるという怖れを発条とすることにおいてはじめて》可能となると述べている。

屋嘉比は、ここで岡本が口にしている「わたし自身が起すかも知れぬ」という言葉のうちに、非体験者である戦後世代が〈当事者性〉を獲得するための手がかりを探りあてようとするのである。

だが、まずもって注意しなければならないのは、岡本や屋嘉比が採ろうとしている方法には、過去の出来事への共感的自己移入の方法と一脈通じあうものが感知されるということである。しかし、このような自己移入の方法が適用可能なのは、同一文化圏内の、それも時代的に近接した対象に限られる。しかも、その場合でも必要とされるのは、対象との同一化をくわだてることではなくて、対象をあくまで〈他者〉として認識し、〈他者〉として遇することではないのだろうか。

それにどうだろう。チビチリガマとシムクガマの場合における戦争体験の相違にしても、あくまで戦後生まれの「非当事者」である屋嘉比による、対象から距離を置いた批判的なまなざしがあったからこそ、認識にもたらすことが可能とされたのではなかったか。このような批判的視点は、ガマに逃げこんでいた「当事者」たち自身には持ちえようのない視点であったはずである。

わたしたちに要請されているのは、岡本も「対象化」という言葉で表現しようとしていたように、人それぞれに特異のものである〈体験〉をだれもが共有し理解しうる〈経験〉にまで普遍化することである。そのためには、「〈当事者性〉の獲得」などといったことにこだわる必要はない。むしろ、「非当事者」としての特権をこそ、わたしたちとしてはぞんぶんに活用していくべきだろう。

12　《あいだ》にとどまる

拙著『クリオの手鏡――二十世紀イタリアの思想家たち』（平凡社、一九八九年）の増補新版『現代イタリアの思想をよむ』（平凡社、二〇〇九年）に寄せてくれた解説「ヘテロトピアを開きつづける」のなかで、岩崎稔が意表を突いた指摘をおこなっている。わたしの「ヘテロトピアの思考」と谷川雁の「原点」の思想とのあいだには符合するものが認められるというのだ。

岩崎はまず、わたしが「ヘテロトピアの思考」と呼んでみずからの批評実践のよりどころとしてきたもののうちに《あいだ》とでも言うべきものに耐えて思考しつづけようとする姿勢、対立やアポリアにひたすら即しつづけようとする姿勢を見てとる。そのうえで、こう問いかけるのである。谷川が一九五〇年代、「原点が存在する」という言い回しで語ろうとしていたことも、まさに今日ならヘテロトピア的と呼ぶような思考、《あいだ》にとどまりつづける思考に密接にかかわっていたのではないか、と。

ゲーテの『ファウスト』には、万有の根源的形成の場たる「母たち」の国について語ったくだりがある。それは悪魔メフィストフェレスの住むキリスト教徒の地獄とは無関係な、「異教の徒」の「別の地獄」である。その「母たち」のところへ、ファウストは《よろしい。ひとつ底の底を究めてみようじゃないか》と奮い立って、行き方を尋ねる。するとメフィストフェレスはこう指図する。《精魂をこめて降りようとなさい。ずっしりと足を踏みつけて段々降りてゆくのです》

「母たち」の国については、わたしも『クリオの手鏡』所収の「ベネデット・クローチェあるいは〈哲学の政治〉について」やカルロ・ギンズブルグ論『歴史家と母たち』(未來社、一九九四年)で考察をこころみたことがある。クローチェ論の場合には弁証法の起源との関連において、またギンズブルグ論の場合には時間もなければ場所もないとされる歴史以前の領域を前にしての歴史認識の限界の問題との関連においてであったが、この「母たち」の国にかんする『ファウスト』のくだりについては、谷川も「原点が存在する」(『母音』一九五四年五月号)のなかで、メフィストフェレスの「段々降りてゆくのです」という指図を引き取って、つぎのように述べていた。

《「段々降りてゆく」よりほかないのだ。飛躍は主観的には生れない。下部へ、下部へ、根へ、根へ、花咲かぬ処へ、暗黒のみちる所へ、そこに万有の母がある。存在の原点がある。初発のエネルギイがある。メフィストにとってさえそれは「異端〔ママ〕の民」だ。そこは「別の地獄」だ。一気にはゆけぬ》

この一節について岩崎はこう解説する。ここで重要なことは「降りてゆく」という志向性によって名指されている谷川の「原点」が《なんらかの実体的な原理や根拠ではない》ということである、と。『クリオの手鏡』の増補新版『現代イタリアの思想をよむ』に解説を寄せてくれた直後に刊行された岩崎稔・米谷匡史編『谷川雁セレクション』全二巻（日本経済評論社、二〇〇九年）の岩崎による第一巻の序説「谷川雁と戦後精神の潜勢力」には、「原点」に降りていくといっても、《それをもし「アジア」とか「民衆」とかいうような確固としたものと決めつけてしまうと、谷川の思想がもっている潜勢力の過半は見失われてしまう》としたうえで、谷川が「原点」で語ろうとしていたことはむしろ不断の《あいだ》にとどまる思考となろうとすることではなかったのだろうか、というようにもある。

このように《あいだ》にとどまりつづけることの必要性を示唆している点で、わたしと谷川とのあいだには、状況への感受性において、あるいは思考の作法において、《かなり親しいものがある》と岩崎は言うのだった。

繰り返すが、正直にいって意表を突かれた思いだった。まさか「ヘテロトピア」に谷川の「原点」と近しいものがあろうとは夢にも想っていなかった。だが、思い返してみると、たしかに「ヘテロトピア」というのは言説の異他なる反場所のことなのだから、それを《あいだ》と受けとってもなんら不思議はないのだった。それに《あいだ》にとどまりつづけようとする姿勢というのは、まぎれもなく、わたし自身の信条としてきた姿勢にほかならない。また谷川の「原点」についての岩崎の解釈のほうも、一見したところでは奇抜にみえるものの、よく考えてみるとそこにはなかなか鋭いものが感知されるのだった。

岩崎の解説はつぎのような言葉でもって結ばれている。《しかし、こうした思考は、戦後左翼の新旧の支配的な言説によって、また戦後民主主義の安定した主体主義の言説によって、そしてあげくのはてには、資本という唯一の主体の論理によってかき消されてしまったのであり、その帰結にわたしたちは呆然と立ちつくしている。谷川が見据えていたもの、上村氏が取り組んできたものは、いまだに適切には問いとしてすら共有されてはいないのである。クリオの手鏡には、そんな課題も映っている》

面はゆい感がしないではない。が、戦後思想を一から読みなおそうという岩崎の意気込みには大いに共感するところがある。そのために投ぜられた一石としてありがたく受け入れさせてもらうことにしよう。

13　柳田国男以後

赤坂憲雄の「柳田国男の発生」の第一作『山の精神史』（小学館、一九九一年）を読んで知的興奮にうち震えたときのことはいまでも鮮明に記憶している。

衆人の耳目を惹くようなセンセーショナルな解釈がこれみよがしに提出されているわけではない。著者の姿勢はきわめて禁欲的である。およそいっさいの先入見を封印し、テクストをともかく愚直に読み進めていこう、それも時系列に沿って「発生的に」読んでいこう、という姿勢に徹している。赤坂は述べている。《わたしはできるならば、柳田の思想が生成発展を遂げてゆく現場に裸形をさらしてみたい》と。

柳田の思想の発生現場への裸形での立ち会い。この赤坂のこころみに寄り添いつつ、わたしもまた虚心坦懐にテクストを読み進めていった。そして、おのずと得心するにいたっていたのだった。平地に定住して稲作をいとなむ農耕の民に定位した「常民の学」としての柳田の「民俗学」は、山人《やまびと》・漂泊民・被差別民ら、農耕社会にとって異類異形のモノたちを排除したうえで成り立っていたのだということを。

『遠野物語』の序文には《国内の山村にして遠野より更に物深き所には又無数の山神山人の伝説あるべし。願はくは之を語りて平地人を戦慄せしめよ》とあった。この初発の時点で柳田を魅了していた山人からの訣別ののちに「民俗学」は誕生したのだった。このことを赤坂の『山の精神史』は柳田の思想の発生現場に裸形をさらすことによって明らかにしてくれたのである。テクストの精読に徹した文献学的方法のまことに注目すべき成果といってよいだろう。

ところで赤坂は『山の精神史』を世に問うた翌年、東北芸術工科大学の教員として山形に赴任している。そして「東北学」なるものを立ちあげるべく、そのための「野良仕事」(フィールドワーク)に着手する。

その成果は『東北学へ』三部作として順次本にまとめられていくのだが(作品社、一九九六―九八年)、そのあたりからだろうか、赤坂は「ひとつの日本」に代わる「いくつもの日本」ということをしきりに口にするようになる。二〇〇〇年に出た岩波新書の『東西/南北考』では、サブタイトルにもずばり「いくつもの日本へ」とある。

その間、柳田国男論のほうも、第一作『山の精神史』と同じく「民俗学」以前の柳田における「異類異形のモノたち」への関心のありようを丹念に掘り起こそうとした第二作『漂泊の精神史』(小学館、一九九四年)をまとめ終えて、「民俗学」を立ちあげてからの柳田に重心を移しつつ、第三作『海の精神史』（小学館、二〇〇〇年）へと書き継がれつつあった。そして、その過程でも、柳田の「民俗学」は要するに「ひとつの日本」を下方から受肉させようという意図に発して成立したものであったのではないか、といったような言明をわたしたちは目にするようになる。とともに、こうした「ひとつの日本」から「いくつもの日本」への方向転換というかたちで柳田以後の民俗学への展望が語られるのに接することともなるのである。

たとえば『環』二〇〇〇年春号に寄せられた「柳田以後の民俗学のために」という一文（『一国民俗学を越えて』五柳書院、二〇〇二年所収）にはつぎのようにある。

《「いくつもの日本」へ、という。それはこの数年のあいだ、わたしが折りに触れて唱えてきた、方法的な転換の方位を示す、呪文にひとしい言葉である。この呪文とともに、柳田以後への扉は開かれる。柳田は疑いもなく、「ひとつの日本」を抱いた思想家であった。その「ひとつの日本」の溶解してゆく現場から、柳田以後を刻印された、もうひとつの民俗学への道行きは始められる。そのとき、「いくつもの日本」がひっそりと姿を現わす》

この赤坂の「いくつもの日本」という言葉にわたしは違和感を禁じえなかった。「ひとつの日本」を立ちあげるために排除されてきた「異類異形のモノたち」を掘り起こすというのはよい。が、その結果見いだされたのが「いくつもの日本」とは！　これでは「日本」という実体そのものは結局手つかずのままではないか、というのが正直な感想であった。「ひとつの日本」を解体するためには、文化についての本質主義的な理解からの脱却が不可欠なはずである。ところが、赤坂は素朴にも、なおもそうした本質主義的文化理解の域にとどまっているようにおもわれたのだった。

それでも、『神、人を喰う——人身御供の民俗学』(新曜社、二〇〇三年)で知られる六車《むぐるま》由実という気鋭の民俗学者がいるが、彼女は『東西/南北考』を評した一文(供犠論研究会ホームページ、二〇〇〇年)のなかで、かつて赤坂が『異人論序説』(砂子屋書房、一九八五年)や『王と天皇』(筑摩書房、一九八八年)などで主題としていた王権=天皇制の問題を東西/南北の座標軸からあらためて問い直すことから開かれてくる可能性への期待を語っていた。そこでわたしもそうした可能性に期待することとした。

だが、それから十年後の今年(二〇一〇年)、『旅学的な文体』(五柳書院)と『婆のいざない——地域学へ』(柏書房)の二著があいついで刊行されたが、いずれも六車やわたしの期待とはおよそかけ離れたものであった。

14　彼は「旅人」であったか

赤坂憲雄は前回紹介した最近著『旅学的な文体』のなかで、《よその国の事情は知らないが、この国で民俗学を創った柳田国男は、たしかに、すぐれた旅師であった》と述べている。

同様の評価は、すでに色川大吉によってもなされていた。色川によると、《柳田国男の人生は旅から旅への一生だった》のであり、その旅は《彼の読んだ万巻の書に匹敵する意味を彼の民俗学にもたらした》という（『柳田国男——常民文化論』日本民俗文化大系1、講談社、一九七八年）。この色川や赤坂の評価は、柳田の学風についての大方の共通理解とみてよいのではないだろうか。

ところが、これにたいして、子安宣邦は『近代知のアルケオロジー』（岩波書店、一九九六年）に収められている論考「一国民俗学の成立」のなかで、《柳田国男は終始旅をした。しかし旅人ではなかった》と反論している。これはいったいどういう意味なのか。子安の議論をいま少し立ちいって追ってみよう。

まずは「旅人」の定義についてであるが、これを子安は訪れた土地の住民にとって異なる存在のことであると規定する。

そのうえで、「山人」から「常民」への柳田の関心の転換をもたらす契機となったとされる一九二一年一月の沖縄旅行について、子安は疑問を呈して言う。《平地的共同社会の〈外〉から〈内〉への関心の転換をもたらすような旅とは何だろうか》と。

子安の診断によると、《柳田はたしかに沖縄に旅をした。しかしそれはその土地に異なる旅人としてではなかった》。そうではなくて、《むしろ〈やまと〉の内へと回収される沖縄への視線をすでに具え、その視線に確信をもった親しい観察者として》柳田の沖縄旅行はなされたのだった。

しかも、民俗学的資料の収集者がその土地に異なる「旅人」であってはならないとは柳田自身が説いていたことであった、と子安は言う。

じじつ、柳田は『民間伝承論』(一九三四年)のなかで、採集資料のうち、《目に映ずる資料を第一部とし、耳に聞える言語資料を第二部に置き、最も微妙な心意感覚に訴えて始めて理解できるものを第三部に入れる》としたうえで、《自分は第一部を洒落て旅人学と呼んでもよいといっている。通りすがりの旅人でも採集できる部門だからである。これに倣うて第二部を寄寓者の学、第三部を同郷人の学ともいう》と述べている。そして、とくに第三部の資料について、《これは同郷人・同国人でなければ理解のできぬ部分で、自分が郷土研究の意義の根本はここにあるとしているところのものである》と説明している。

また、柳田自身が推進しようとする「民間伝承の採訪」とアンソロポロジスト（人類学者）やエスノロジスト（民族学者）が手がけてきた「土俗調査」とを比較して、前者は「同郷人・同国人」によるものであるため《精密に微細な内部の心理的現象にまで調査を進め得る》のにたいして、後者は「旅人・寄寓者」による「異人種」を対象とした調査であることから《まことにおおまかな見聞しか期待することができぬ約束のもとにある》点に両者の最も注目すべき相違点があるとしている。

この柳田の説明のうちに子安は調査対象に〈外在する〉視線と〈内在する〉視線の対比を見てとる。とともに、《内在する視線とは、自国のフォクロアの学を思考するものの有する特権的な視線なのだ》との裁定をくだす。一見したところ、ここで柳田が展開しているのはあくまでも民間伝承の学の確立に向けての方法上の議論であるようにみえる。が、そのじつ確認されているのは〈内から見うる〉者の特権性にほかならないというのである。

しかしまた、子安によると、〈内なる観察者〉によってなされる調査対象との親密な視線の主張は、《見透しうるという過信によって、見られたこともまた一個私の視線の所産であることを蔽い隠す》のであった。

ここで子安は、バリ島で採集された「ヌガラ」という政治秩序をモデルとしてインドネシアの文明と国家のあり方を探ろうとしたクリフォード・ギアツが、自分の構築したモデルは経験的材料で構築されているとはいっても、あくまで抽象物であり、観念的構成物であるとして、それの適用による理解には制約がある、と述べていることに注目する。そして言うのである。このようなギアツの「慎重な自覚」は《研究者の視点が対象に外在していることによって一層強められるだろう》と。とともに、《それに反し、〈内からの〉見者の特権をいう意識は、もとより対象との距離を消滅させるだけでなく、見られたことが彼によって、しかもひたすら同心円を描こうとする彼によって見られたものであることを隠蔽する》との念押しをする。

これは柳田の学の核心を突いたなかなか鋭い批判であると言うべきである。

ちなみに、子安の論考「一国民俗学の成立」については、赤坂も『創造の世界』一九九九年秋号に発表された論考「一国民俗学を越えて」（のちに『一国民俗学を越えて』五柳書院、二〇〇二年に収録）のなかで取りあげている。だが、どういうわけか、子安が柳田批判の眼目とした肝腎の《内なる観察者の特権性》の問題については一言も触れていない。

15　あるリアクション

子安宣邦が柳田国男批判の眼目とした《内なる観察者の特権性》の問題に即座に反応を示した論考がある。前々回名前を引き合いに出させてもらった六車由実の論考「それでもなお私たちが「柳田」を論じるのはなぜか?――柳田のイデオロギー批判に対する一つのリアクションとして」(『「柳田国男の会」研究報告集』第三号〔一九九八年〕)がそれである。問題の所在を鋭敏に見てとった、しかしまた疑問点も少なくない論考である。

まずもって疑問におもわれるのは、六車が子安の柳田批判を《すべてを鳥瞰できる超越的な立場》からなされたものととらえていることである。

子安は『近代知のアルケオロジー』のなかで、民俗的素材を《自国の内部観察者の親密な視線》のもとで読むことを主張する柳田の民間伝承の学=「一国民俗学」を指して、それは歴史の外にある平民の生活をあくまでも「国民」形成の観点から解釈しようとする学であると規定していた。そして、そこでは《地方の俚謡や平民の衣食は既成の歴史を解きほぐす外部としてあるのではない。それらは「国民」を主題とする「一国民俗学」の内部に読み込まれていく素材としてあるのだ》と述べていた。六車は、子安の批判のうちに《柳田民俗学が宿命的に孕む構造的問題》が鋭くもえぐり出されているのを見てとる。と同時に、その批判の仕方に「わだかまり」をも表明して言うのである。《私が子安氏の批判に対してもつ「わだかまり」のひとつは、それが、すべてを鳥瞰できる超越的な立場からなされている、ということから生じる》と。はたしてそうだろうか。

六車は子安の批判が「超越的」であるということの証左として、子安がクリフォード・ギアツの『ヌガラ』における方法的態度と比較しながら「内なる視線」を特権化する柳田の無自覚さをあげつらっている点を挙げる。ギアツの議論は言語論的転回以降の社会科学における「客観的事実」への懐疑を土台に展開されたものである。そうであれば、そうした認識を共有しえないでいた柳田の時代的限界を批判するのは、《現代から過去を裁く歴史の後智恵にすぎない》(上野千鶴子『ナショナリズムとジェンダー』)といえるのではないだろうか、というのだ。

しかし、子安がギアツを参照しているのは、あくまでも、「内なる視線」の自己閉鎖性を打破しうる「外部からの視線」の意義を探りだそうとする意図に発してのことであった。この子安の意図を言語論的転回以降の「客観的事実」への懐疑うんぬんの問題と同一視してしまうのは、――この懐疑がギアツにあったということ自体は事実であるが――混同以外のなにものでもないと言うべきだろう。

また、六車によると、たとえば赤坂憲雄が柳田に向き合うときには、フィールドという「現場」で、その「現場」をどのようにしたらとらえられるのかという実践的な目的が自覚されているのにたいして、《超越的な立場をとる子安氏には、このような「現実」に対する働きかけも、またそもそも「現実」に対する視線も、まったく欠如している》とのことであるが、これも一方的な臆断というほかない。

だが、以上の点にもまして疑問におもわれるのは、六車が子安のいう「内部の視線」と「外部からの視線」の問題を加藤典洋が『敗戦後論』（講談社、一九九七年）において議論している「共同性」と「公共性」の問題に引き寄せて理解しようとしていることである。

加藤が『敗戦後論』の「あとがき」で説明しているところによると、「共同性」とは《同一性を基礎にした集合性》のことであり、「公共性」とは《互いに異なる個別性と差異性を基礎にした集合性》のことである。そのうえで加藤が言うには、さきの戦争における死者の哀悼の仕方をめぐって戦後日本の思想界で展開されてきた議論のなかでは、自国の三百万の死者の英霊化による哀悼をいう「旧改憲派」だけでなく、自国の死者の英霊化を否定して、日本の侵略戦争によるアジア諸国の二千万の死者への謝罪をいう「旧護憲派」も、死者との関係を共同的な関係としてとらえていて、それを公共化することができずにきたのだった。「旧護憲派」も、一見「共同性」から抜け出ているようでいながら、じつは自国の死者を排したところで国外の死者とのあいだに同一性を基礎とした共同的関係であることには変わりない関係を取り結んでしまっているというのである。

六車は、柳田の「一国民俗学」およびそれをめぐる現今の評価の仕方のうちにも、加藤が見てとっているのと同様の問題が立ち現われているのを確認することができるとみる。そして、とりわけ子安については「外部からの視線」を特権化している点において加藤の言う「共同性」の域を脱していないという。だが、《「外部からの視線」の特権化》がどうして「共同性」への自己閉塞化につながるのか、理解に苦しむと言わざるをえない。

なお、加藤によると、「共同性」に代えて「公共性」を獲得するには《共同性と同じ世界の住人である私性》による「共同性」の《殺害》が必要とされるとのことである。六車はこの加藤の主張を突破口にしようとしているが、この「私性」戦略の可能性についてもいま少し詳しい説明が欲しいところである。

16　遅ればせの回答

このたび、岩波書店から『知の棘——歴史が書きかえられる時』が刊行される運びとなった。〈歴史のヘテロロジー〉をめぐって『思想』誌上で一九九七年から二〇〇〇年にかけて連載してきた考察を『歴史的理性の批判のために』（岩波書店、二〇〇二年）と題する本にまとめて以後も微力ながら続けてきた思索の、さしあたっての総括である。

ところで、〈歴史のヘテロロジー〉に向けてのわたしの試論のなかでは、野家啓一が『物語の哲学』（岩波書店、一九九六年）などで展開してきた「歴史の物語り論」についての批判的検討作業がひとつの焦点をなしていた。そして、これにたいしては野家から『物語の哲学』増補新版（岩波現代文庫、二〇〇五年）への「あとがき」で応答があった。ただ、この応答にわたしのほうでは今回の新著でも所感を表明する機会を逸してしまった。

そこで、この場を借りて簡単ながら所感を記しておくとして、まずは誤解を解くことから始めたい。

野家は、《歴史修正主義論争の進展の中で、旧版『物語の哲学』は、「国民の物語」を標榜する修正主義の流れに与するものとのあらぬ誤解を受け、同じ哲学分野の研究者からの厳しい批判にさらされることになった》と述べている。そして、代表例として、わたしの『歴史的理性の批判のために』と、高橋哲哉の『記憶のエチカ』(岩波書店、一九九五年)および『歴史/修正主義』(岩波書店、二〇〇一年)とを挙げている。

だが、高橋の場合はいさ知らず、わたしの場合についていうなら、わたしはたしかに野家の「歴史の物語り論」版構成主義が同じく構成主義的立場をとる坂本多加雄の「国民の物語」の登場に直面して《理論構成上の脆さを露呈した》とは述べたが、前者を《「国民の物語」を標榜する修正主義の流れに与するもの》と受けとめたことは一度もない。それこそ「あらぬ誤解」である。

しかしまた問題はその先にある。

わたしは『歴史的理性の批判のために』のなかでアーサー・ダントーが「理想的クロニクル」と呼んでいるもののもつとおもわれる積極的意義に言及し、《「理想的クロニクル」というのは歴史叙述にとっての前構成的な可能性の領域であって、そこには、いまでは「記憶されえぬもの」や「語りえぬもの」となってしまった「歴史の他者たち」の経験もふくめて、過去に起こったいっさいがありのままに記録されているのではないか》と示唆しておいた。

ここでわたしが示唆した「前構成的な可能性の領域」について、野家は《「物語り論」もこれを無視するわけにはいかない》と述べる。そして、この点で彼の考察が不十分であったことを率直に認めてもいる。

ただ、野家はこのことを認めたうえで、続いてわたしが神川正彦の『歴史における言葉と論理』（勁草書房、一九七〇―七一年）における所説に依拠して、ダントーのいう「理想的クロニクル」を「イデアールなありのままの記述」ないし徹底的な個別性に彩られた「ジェネラリゼイション・ゼロ／インディヴィデュアリゼイション・インフィニティ」の記述とアナロジカルな関係にあるものと同定するとともに、それを「ありのままの事象」に重ね合わせていることに疑問を呈して言う。《「ジェネラリゼイション」をゼロにすることは、言葉をもってする記述であるかぎり、できる相談ではない》と。《「インディヴィデュアリゼイション」が無限大に近づけば、それだけ「パースペクティヴ性」の歪みもまた増大し、「ありのままの事象」からは離れざるをえない》とも。そして、こうわたしへの応答を締めくくる。《物語り論はむしろ、「イデアールなありのままの記述」が不可能であり、「パースペクティヴ性」を免れないことの自覚から出発するのである》と。

しかし、こういったことは野家に注意されるまでもなく、先刻承知のことである。わたしの意図は、たとえイデアールな記述であっても、それが「言葉をもってする記述」であるかぎり、すでにそこにはなにがしかのジェネラリゼイションが作動していることをわきまえたうえで、神川にならって、あえて「ありのままの事象」と「イデアールなありのままの記述」とが一体化している状況を論理的要請として想定してみようという点にある。ここからは、これも神川の言葉を借りるなら、「ありのままの事象」の徹底的個別性に彩られた「理想的クロニクル」の呈する《記録のラプソディ》性と、その「ありのままの事象」が言葉の世界へとすくいあげられ、歴史家によって記述されるさいに作動する《連続化ジェネラリゼイション》とのあいだの、緊張と対立に満ちた関係が浮き彫りになるのではないか。ひいては、記述としての歴史の物語り的まとまりに亀裂を生じさせ、それを異他化するための取っかかりがつかめるのではないか。これがわたしの意図し期待するところなのであった。野家にはこの点をいま少し丁寧に汲みとってほしかったとおもう。

最後に一言。「前構成的な可能性の領域」について、野家は《記述の「パースペクティヴ性（＝射映）」とそれを支える「現出／現出者」の間の現出論的差異》という現象学的観点からのアプローチの可能性を示唆している。この方向からのアプローチがどのような展開を示すこととなるのか、注視したい。

17　奇縁

先日（二〇一〇年十月二十三日）、成城寺小屋講座で《私の出雲――詩人・入沢康夫氏を迎えて》という催しがあった。

「成城寺小屋講座」というのは、現在和光大学で教員をしている宗教思想史家の山本ひろ子が開いている自主講座である。かつて彼女自身主要会員の一人であった「寺小屋教室」にちなんで命名したものだという。

寺小屋教室では、わたしも、一九七〇年代末から八〇年代前半にかけての最後の数年間、「学問論」と銘打った講座を担当していた。その懐かしさもあって聴きに出かけてみたのだったが、いくつか得がたい経験に浴することとなった。

まずもって得がたかったのは、入沢康夫当人の「私の出雲」と題する話である。

入沢の出身地は出雲（島根県松江市）である。その入沢が、『倖せ それとも不倖せ』（書肆ユリイカ、一九五五年）所収の初期詩篇から、『わが出雲・わが鎮魂』（思潮社、一九六八年）と『死者たちの群がる風景』（河出書房新社、一九八二年）を経て、『アルボラーダ』（書肆山田、二〇〇五年）所収の「ワガ出自」にいたるまでの彼の詩に通奏低音のように流れている〈出雲〉との関係について、みずから自作に注釈を付けるというかたちで話してくれたのだった。この入沢の話を聴く機会に恵まれたことは、詩が萌える瞬間についてかねてよりささやかながらも思索をめぐらせてきたわたしにとって、じつに得がたい経験であった。

ついでは、詩人・入沢康夫と宗教思想史家・山本ひろ子とのあいだで実現した、奇縁というほかない出会い。

山本は『異神——中世日本の秘教的世界』（平凡社、一九九八年）において、新羅明神、赤山明神、摩多羅神、宇賀神、牛頭天王といった、記紀に登場する日本生え抜きの神でも経典中の仏菩薩でもない第三の尊格、「異神」たちが活躍する日本中世の秘教世界について考察している。

入沢の証言によると、彼は『異神』の存在を『アルボラーダ』所収の作品「宿神来了」の着想源となった中沢新一の『精霊の王』（講談社、二〇〇三年）をつうじて知ったとのことである。そこでさっそく『異神』をひもといてみた入沢は、同書第一章の付論に新羅明神と赤山明神が中国仏教ではそれぞれ嵩山と赤山に鎮座していたとあるのに出会う。とともに、自分の生まれ育った土地・松江にも嵩山、赤山と呼ばれる山があることに思いあたる。ここから想を得て成立したのが「ワガ出自」という作品であったというのだ。

じっさいにも、「ワガ出自」は《黒イ小粒ノ二枚貝ガ獲レル／半淡半鹹ノ水海ノホトリ、／赤山ト／嵩山ノ間ニハサマレタ／幽事・顯露ノオドロニ相ヒ会フ石原ノ一隅デ、／フカブカト積マレタ松葉ニ埋モレ／ヌルヌルノ頭巾ヲカブツテ生ヲ亨ケタ。》と歌い出されている。

そして三段落目には《サミシサニ、カリカリト榧ノ実齧リ、／トリドリニ鳥ドモガ啼ク東ノカタ、／嶺線ノ形状、童女ノ寝姿ニ似タリトサレル嵩山ニ登ツテハ／ソノ明神ニ愛護サレ、／猪ヲ犬ガ追ヒ共ニ石トナル北西ノ、／二巨松翳サス学ビ舎ノアル赤山デハ／素髪ノ翁ニ見込マレテ、天ノ逆手ノワザヲ仕込マレ、／仕込マレテ育ツタ。》という詩行が出てくる。

一方、入沢が『異神』から想を得て「ワガ出自」を作ったことを知った山本も、二十年ほど前の雪害で壊れた安来市清水寺の護法堂に安置されていた神像が摩多羅神であることが判明した、との報せを今年三月に『山陰中央新報』の記者から受けて現地に飛び、問題の神像を確認したうえで、『文学』二〇一〇年七・八月号と九・十月号に発表した「出雲の摩多羅神紀行」と題する論考の前篇「遙かなる中世へ」の冒頭と掉尾を入沢の詩集『わが出雲・わが鎮魂』の一節で飾っている。それぞれ、《何をしに出雲に来たのか。友のあくがれ出た魂をとりとめに来たのだ。》で始まる詩節と、《だまされてはならない、／群立つ雲のような、／七巻きまいた葛のような、／この贋の出雲の／底知れぬ詐術に。》と歌われている詩節である。また、《詩人の類想にはただただ感嘆するしかない》との言葉を添えて、後篇「黒いスサノオ」を「ワガ出自」から《サミシサニ》以降の句を引いて締めくくっている。

成城寺小屋講座が今回入沢康夫を招いて話を聴くこととなった背景には、こうした経緯があったのだった。これはまことに奇縁としか言い表しようがない。出雲大社の祭神・大国主大神は縁結びの神としても知られる。この大神がとりもった縁であったのだろうか。

詩人・入沢康夫とのこの奇縁から山本ひろ子自身のすでに蓄積のある摩多羅神研究にどのような新展開がもたらされるのか、大いに注目されるところである。

ちなみに、わたしの生家も出雲とゆかりの深いスサノオを祀る神社である。そして現在その神社の宮司をつとめながら物を書いている弟・上村武男と、出雲における摩多羅神像発見のニュースを山本ひろ子に報せてきた『山陰中央新報』の記者・岡部康幸さんとは、岡部さんが弟の『山陰を旅する人たち』（編集工房ノア、一九八九年）を書評して以来の知己であるという。今回の催しの席上その岡部さんに会うことができたのも、奇縁といえようか。

18　弱い思考

法政大学出版局から依頼を受けてからもう二年余りになるだろうか。わたしは目下、ジャンニ・ヴァッティモとピエル・アルド・ロヴァッティの共編になる論集『弱い思考』(一九八三年)の翻訳を山田忠彰(美学)、金山準(政治思想史)、土肥秀行(文学)の三氏に協力してもらいながら進めている。それぞれが分担した訳稿もようやく出揃いつつあるようなので、さほど遠くない時期に刊行の運びとなるだろう。

論集には計十一本の論考が収録されているが、ヴァッティモとロヴァッティの共同執筆になる「まえおき」には、同書に収録されている論考は《理性の危機にかんするイタリアの論者たちのさまざまな言説も、フランスのポスト構造主義の多くのヴァージョンも(ドゥルーズのリゾームからフーコーのミクロ物理学にいたるまで)、なおもあまりにも形而上学へのノスタルジーに囚われており、とりわけハイデガーとニーチェがわたしたちの文化に告知してきた存在の忘却あるいは「神の死」の経験をほんとうに徹底させることをしていない、という考え方を共有している》とある。

そして、「弱い思考」というタイトルにはこういった最近の思想動向のはらむ問題点についての批判的見解のすべてが込められているとして、つぎの四点が列挙されている。

（一）形而上学的明証性（したがって根拠のもつ強制力）と、主体の内と外において作動している支配とのあいだには結びつきがあるという、ニーチェの、そしておそらくはマルクスの発見を、真剣に受けとめなければならないということ。

（二）だからといって、この発見をただちに——仮面を剝ぎ取り、脱神話化することをつうじて——解放の哲学へと語形変化させるのではなく、外観と言説手続きと「象徴形式」とを存在の可能的な経験の場とみて、これらのものからなる世界に、新しい、より友好的なまなざしを向けること。

（三）しかしまた、その真意は「シミュラークルを称揚すること」（ドゥルーズ）にあるのではなく、（ハイデガーの使っている「リヒトゥング（Lichtung ＝森の中の樹木が伐採されて太陽の光の射し込む場所）」という語のありうる意味のひとつに従うなら）おぼろげな光のなかで形姿が徐々に明らかになってくるような思考をめざすことにあること。

（四）解釈学がハイデガーから採用した存在と言語の同一化を、形而上学が科学主義的で技術主義的な成果をあげるなかで置き忘れてしまった、根源的な真実の存在を再発見するための方法としてではなく、痕跡や記憶としての存在、あるいは使い古され弱体化してしまった存在に新たに出会うための方途として理解すること。

ヴァッティモらのいう「弱い思考」の戦略がどのようなものであったのかは、この「まえおき」の短い言葉からも容易に察知されるのではないだろうか。

なによりも注目されるのは、「弱い思考」についてはフランスで一九六八年の「五月革命」以後に擡頭したポスト構造主義のイタリア版であると受けとめる向きがあるが、こうした受けとめ方を右に紹介した「まえおき」はきっぱりと拒否していることである。

また、同じく右の文中、「理性の危機にかんするイタリアの論者たちのさまざまな言説」とあるのは、一九七九年に刊行されたアルド・ガルガーニ編のアンソロジー『理性の危機』に寄稿している論者たちの言説のことである。カルロ・ギンズブルグが彼の有名な論考「証跡――徴候解読型パラダイムの諸根源」を寄稿していることもあって何度か読み返してきた、わたしにとって愛着の深いアンソロジーであるが、この『理性の危機』への寄稿者たちの言説についても、ニーチェのいう「神の死」の経験、あるいはハイデガーのいう「存在忘却」の経験を徹底させることをしていないとして、忌憚なく批判の俎上に載せられている。このように、ニヒリズムの徹底化の必要性がことのほか力説されている点も、「弱い思考」の特記すべき注目点であろう。

ちなみに、アントニオ・ネグリは、一九九八年に編まれた彼のスピノザ論集『スピノザ』に付したあとがき「そして結語に代えて――スピノザとポストモダン派」のなかでヴァッティモらの「弱い思考」に言及して、つぎのように回顧している。自分が獄中で『野生のアノマリー』(一九八一年)を執筆するさいに参照したドゥルーズやマトゥロンの「新しい存在論的スピノザ解釈」は、その後《ポストモダン時代のもろもろの新たな弱い現象学的考察》に《ひとつの肯定の哲学》を対置しようとするにあたっても、きわめて有益で重要なものであった、と。

しかし、これまでも機会あるたびに指摘してきたが、問題=罠はむしろ、ネグリのほうの「強さ」、あるいは徹底して肯定的であろうとする姿勢のうちにこそ潜んでいるのではないかとおもわれる。ネグリらが実践しようとしている「転覆の政治」が内部にアイロニカルな懐疑の契機を欠如させた「マルチチュード」の直接無媒介なたえざる自己構成のいとなみとして了解されるとき、そこから出現する新しいデモクラティックな共和国がそれ自体ひとつの自己抑圧的な全体主義社会でないという保証はどこにもないのである。

19　バロックとポストモダン

他人の本の表題を目にしてぎょっとさせられたという経験は、ものを書く者ならだれにでもあるのではないだろうか。わたしがジュゼッペ・パテッラという美学を専攻するイタリア人研究者の近著『ジャンバッティスタ・ヴィーコ――バロックとポストモダンのあいだで *Giambattista Vico: tra Barocco e Postmoderno*』（二〇〇五年）を手にしたときもそうであった。

それというのもほかでもない。ヴィーコをひとりの典型的なバロック人と受けとめるとともに、近代ヨーロッパ的な諸科学の危機がいまや全面化しつつあるかにみえる現代において彼のバロック的な思考のスタイルが有しているとみられるアクチュアルな意義を明らかにすること。このことこそは、わたしが拙著『ヴィーコ――学問の起源へ』（中公新書、二〇〇九年）でも告白したような事情から一九六八年にヴィーコに本格的に取り組み始めて以来、今日にいたるまで四十年余りにわたって追求してきた、もっとも中心的なテーマであった。タイトルから推察するに、どうやら本書の著者もわたしと同じような問題関心からヴィーコに接近しようとしているらしい。ぎょっとさせられたのも分かろうというものである。

と同時に、わたしと同じような関心からヴィーコへの接近をくわだてる研究者がイタリアでもついに登場したかというのが、パテッラの本に接してまずはわたしが覚えた感慨であった。

じっさいにも、二十世紀イタリアにおけるヴィーコ研究の主流は、ヴィーコの哲学のうちに《萌芽状態における十九世紀》を見てとったベネデット・クローチェの圧倒的な影響下にあった。そして、そのクローチェはといえば、「バロック」にたいして生理的ともいえる嫌悪感を露わにしていたのだった。これは、たとえばドイツでは、マイネッケやアウエルバッハのように、ヴィーコを典型的にバロック的な思想家として解釈しようとする動きが早くから登場していたのとはきわだった対照をなす、イタリア特有の現象であったといってよい。

もっとも、二十世紀も八〇年代を迎えるころからは、イタリアでも、ビアジオ・デ・ジョヴァンニをはじめとして、バロック人ヴィーコへの関心が盛り上がりを見せはじめる。ただ、その場合でも、ヴィーコのうちにバロック的な心性の持ち主を見てとることの現代的意義はなにかとなると、答えはかならずしも明確ではないというのが率直な感想である。ヴィーコを現代思想との関連のなかでとらえることには、どうやらイタリアのヴィーコ研究者はおおむね慎重なようなのであった。

一方、ヴィーコ生誕三百年にあたる一九六八年以来、ヴィーコにかんするいくつかの国際シンポジウムを組織してきたアメリカ合州国の研究者、ジョルジョ・タリアコッツォは、一九七八年に開催されたヴィーコ／ヴェネツィア会議での報告から三十六本を選んで編んだ『ヴィーコ――過去と現在』（一九八一年）に寄せた序言のなかで、ヴィーコを《ポスト近代 Post-Modern ないしポスト西洋 Post-Western と呼びうるような哲学における新時代の創始者》であると規定している。しかし、そのタリアコッツォにおいて「バロック」への言及は皆無に近い。

こうしたなかでのパテッラの本の登場である。感慨にはひとしおのものがあった。なかでも注目されるのは、本の表題と同じ見出しの付いた最終第七章である。

そこではまずバロックの文化が隆盛を見た十七世紀について、それはかつてなく異種混淆的な世紀であったとの理解が示されている。十七世紀は、一方では、かずかずの偉大な発明・発見をもたらした実験主義と、デカルト的な「コギト」の明証的確実性に立脚する理性、ひいては幾何学的様式によって組織された思考の確立された世紀であった。とともに、他方では、インジェーニョ（ingegno）の発揮する結合の能力（次項を参照）と感覚の有する無限の資源の権利要求がなされ、幾何学的様式にもとづく理性の矛盾を人間の歴史的な経験の土壌の上でとらえようとするパスカル的な「繊細の精神」が主張された世紀でもあった。そして、パテッラによると、ヴィーコは年代的には十八世紀啓蒙主義の時代にあって著作を世に問いながらも、その思想はあくまでも十七世紀におけるバロックの文化のそうした多面体的な経験の哲学的達成物であるとみなすことができるというのだった。

しかも、パテッラによると、そのようなバロックの文化の最深部から、ヴィーコは現代人の感性に予想もしなかったような仕方で語りかけてくるのだという。

パテッラは書いている。現代の哲学理論、ことに「ポストモダン」の名のもとで通用している哲学理論が追求しているのは、「近代」を支え導いてきたのとは別種の思考の論理であろう。もはや一枚岩的で直線的で自己閉塞的な合理性ではなくて、多声的で複数的で多極的な合理性、そして歴史的な流動性を特徴とする新たな理性の形態であろう。そうであってみれば、わたしたちはそこに同様の原理によって賦活されていたバロックの文化的世界への強力な注意喚起がなされているのを見いださないわけにはいかないのではないか、と。これは十分な説得性を具えた主張であるといってよい。注目されるゆえんである。

20 節合

ジュゼッペ・パテッラは、前回紹介した『ジャンバッティスタ・ヴィーコ――バロックとポストモダンのあいだで』が出版されたのと同じ年の二〇〇五年、『文化美学――多文化主義を超えて *Estetica culturale. Oltre il multiculturalismo*』という著作を世に問うている。

今日では文化一般のありようが多文化主義的な方向へときわだった変容をとげつつあるかにみえる。そうしたなかにあって、自身の専攻する美学の存在理由を根本から問いなおすとともに、時代の要請に応えうるようなかたちでの美学再建の可能性を探ろうとした意欲作である。

なかでも目をひいたのは、現代における多文化主義的潮流の嫡子といってよいカルチュラル・スタディーズにおいて方法論上の鍵概念をなす「アーティキュレーション＝節合」（articulation）という概念について、これとバロックのパラダイムを構成していた「インジェーニョ」（ingegno）の概念とのあいだにパテッラが類似するものを見てとっていることであった。

英語の"articulate"には、「音節や語をはっきり発音する」とか「自分の考えを明瞭に表現する」という意味以外に、「関節で繋ぎ合わせる」という意味がある。そして、運転台の部分とトレーラーの部分とを臨機応変に繋いだり離したりできるようになっているトラックのことを"articulated lorry"と呼んだりする。

この"articulated lorry"の例を引き合いに出しながら、カルチュラル・スタディーズ・バーミンガム学派の創設者の一人であるステュアート・ホールは「アーティキュレーション」に《一定の条件のもとで二つの異なった要素を一体化させることのできる連結のかたち》という定義をあたえている（『ジャーナル・オヴ・コミュニケーション・インクワイアリ』誌一九八六年二月号に掲載されたインタヴュー記事「ポストモダニズムとアーティキュレーションについて」を参照）。日本におけるカルチュラル・スタディーズの推進者たちが「アーティキュレーション」に「節合」という訳語をあてがっているのは、この点に留意してのことではないかと推測される。

だが、そうだとしたらどうだろう。カルチュラル・スタディーズの方法論の根底にはバロック的なインジェーニョの原理が作動しているとみてさしつかえないのではないだろうか。じっさいにも、ヴィーコの定義にもあったのではなかったか。インジェーニョとは《遠く離れた相異なることどものあいだに類似性を見つけ出して、それらをひとつの想像的普遍概念へとまとめあげていく能力》のことである、と。——こうパテッラは言うのだった。これはなんとも突飛で意表をつく指摘ではある。しかし、指摘されてみると「そうだったのか」と目が覚める思いをさせられたことも事実である。

疑問がないわけではない。類似点もさることながら、むしろ相違点のほうが大きいような気もする。カルチュラル・スタディーズの理論家たちが「アーティキュレーション」を術語として使用するとき、力点はあくまでも連結の作用に置かれている。「節合」という日本語訳が妥当なゆえんである。さらに、とりわけホールに代表されるカルチュラル・スタディーズのバーミンガム学派版の場合には、グラムシのヘゲモニー概念を参照しつつ、さまざまな文化的実践と権力装置との密接不可分な関係に着目することによって、知識と権力、文化と社会のあいだの伝統的な二分法を乗りこえようとしている点に最大の特徴を有している。

これにたいして、ヴィーコが「インジェーニョ」という語を使うとき、力点はむしろそれが発揮する発見術的な効果のほうに置かれている。遠く離れた相異なることどものあいだに類似性を見つけ出し、そこからひとつの概念を案出することこそがめざされるのだ。フランスの批評家クリスティーヌ・ビュシ＝グリュクスマンが『見ることの狂気』（一九八六年）のなかであざやかに描き出している修辞学のバロック的な偏奇と逸脱にみずから身を投じることによってである。

それでも、こういった相違点を踏まえたうえでなお、わたしとしてはパテッラの一見したところでは突飛な指摘が開示する新たな地平に期待を寄せたい。そして、この気鋭の美学者の冒険にしばらく付き合ってみようとおもう。

ちなみに、パテッラが「アーティキュレーション」の概念と「インジェーニョ」の概念とのあいだに類似性を見てとるにあたっては、ローマ《トル・ヴェルガータ》大学でパテッラが所属しているのと同じ美学講座の主任教授を務めているマリオ・ペルニオーラが自身の主宰する理論誌『アガルマ』第一号（二〇〇〇年）に寄せた論考「カルチュラル・スタディーズを恐れているのはだれなのか」における同趣旨の指摘が導きの糸になっている。

またパテッラからは二〇一〇年に刊行された彼の最新著の贈呈を受けたが、その最新著のタイトルも意味深長なことに『節合 *Articolazioni*』となっている。そして第一章には「インジェーニョとしての創造性――バロック・パラダイム」と題された論考が配されている。

21　追悼・多木浩二

多木浩二が四月十三日に肺炎で逝去したとの報に接する。享年八十二。

わたしが多木浩二という人物の存在を最初に知ったのは、一九六八年十一月に創刊された写真季刊誌『PROVOKE』の編集同人の一人としてであった。

同じく編集同人の一人であった中平卓馬とは、その四年ほど前から新宿あたりの喫茶店やバーで月に一、二回は映画や政治の話などをして時間を過ごす仲になっていた。その中平が『PROVOKE』という写真誌を創刊したというので——じつは雑誌が創刊された一九六八年十一月にはわたしはすでに東京を引き払って、妻の郷里・富山県の田舎町に隠棲してしまっていたため、中平とも会う機会がなくなっていたのだが——金沢の書店で手にしてみたところ、「思想のための挑発的資料」というサブタイトルを付したその写真誌の編集同人に多木浩二という〝写真家〟が名を連ねているのを知ったのだった。

巻頭には、中平と多木に同じく写真家の高梨豊と詩人の岡田隆彦を加えた編集同人四名の連署による、つぎのような文字どおり挑発的なマニフェストが掲げられていた。

《映像はそれ自体としては思想ではない。観念のような全体性をもちえず、言葉のように可換的な記号でもない。しかし、その非可逆的な物質性──カメラによって切りとられた現実──は言葉にとっては裏側の世界にあり、それ故に時に言葉や観念の世界を触発する。その時、言葉は、固定され概念となったみずからをのり超え、新しい言葉、つまりは新しい思想に変身する。……》

もっとも、『PROVOKE』は三号を出しただけで終わってしまい、一九七〇年三月に田畑書店から『まずたしからしさの世界をすてろ』という単行本を編集同人共同で出したのを最後に、グループも解散となる。そして多木自身はその後〝写真家〟としての経歴を封印してしまう。

写真誌『デジャ゠ヴュ』第十四号（一九九三年十月）には、多木をも交えて同年八月に渋谷・パルコギャラリーでおこなわれたシンポジウム「現代写真の位相──『プロヴォーク』以降」の記録が収録されているが、そのシンポジウムの席で多木は《正直に言って私は写真家には向いていません》と告白している。

さらに、編集部によるインタヴューに答えたなかでは、『PROVOKE』のマニフェストは《今から考えるとまったく自分でも幼稚であった》とも述べている。言葉そのものにも「表象としての可能性」があることを十分に理論化できないまま、《ほとんど直観でそう言っていた》というのだ。

しかし、そこには続けて、その「直観」自体は《見当はずれではなかった》というようにもある。

じっさいにも、多木は『PROVOKE』時代における〝写真家〟としての経歴を封印してからも、写真についてのエッセイは中断することなく書き続けていく。そして、写真が言葉ないし思想を挑発するための資料たりうるという「直観」そのものは、それらのエッセイにおいても変わらずに酵母として作用しているのが確認される。

たしかに、言葉自体にはらまれている表象としての可能性、あるいは別の場所で多木がもちいている表現を借りるなら、《比喩によって思考すること》の可能性をめぐって、その後の多木がめぐらせていった思索には目を見張るものがある。『眼の隠喩』(青土社、一九八二年)と『「もの」の詩学』(岩波書店、一九八四年)から『シジフォスの笑い』(岩波書店、一九九七年)にいたるまで、歳を重ねるごとに深まりを増していく多木の批評活動からは、わたしも多くの示唆を得てきた。しかし、批評家・多木浩二がつぎつぎに繰り出していく多彩な言葉のうちで、現在もなお他のどんな言葉にも増してわたしの脳髄を激しく刺激してやまないものがあるとすれば、『PROVOKE』のマニフェストに躍っていた「幼稚な」言葉こそはそれなのであった。

思い出といえば、多木と二度にわたって対話する機会に恵まれたのも、懐かしい思い出である。一度目は『現代思想』の一九九五年七月号でクロード・ランズマン監督の映画作品『ショアー』をめぐって特集が組まれたさいの対談「歴史と証言」。二度目はこれも『現代思想』の一九九六年十月号で「いま精神分析に何ができるか」という特集が組まれたさいの対談「歴史の詩学と精神分析」。

一度目の対談では『ショアー』でこころみられている実験的な演出法の意義について語りあった。

そこでは、話題はレトリックの問題にまで拡がっていった。その問題をめぐる議論のなかでは、『ショアー』に登場する証言はすべてがシネクドキーとして機能しているという興味深い指摘が多木からなされた。

二度目の対談では、右の多木の指摘を受けて、ヘイドン・ホワイトのいう「歴史の詩学」の問題点について、歴史が芸術とのあいだに実りゆたかな交わりを取り結んでいた神話的無意識の場への「退行」の可能性と関連させながら語りあった。

対談はベンヤミンとヴィーコの接点へと話が及んだところで終わってしまった。続きを両者の接点と目される「バロック」に絞ってやりましょうと約束しながら、それが果たせぬ夢となってしまったのが心残りである。

22　夢みるカント

埴谷雄高は、一九三二年、治安維持法違反の嫌疑で逮捕されて、豊多摩刑務所に収監されている。そのときに独房のなかで読んだカント『純粋理性批判』の「超越論的弁証論」、あるいは埴谷が当時おこなわれていた訳語にしたがって表現しているところによると「先験的弁証論」が小説『死霊』の構想に大きな影響をあたえているということは、埴谷自身が後日証言しているとおりである。

たとえば、埴谷が一九六五年に理想社版カント全集の月報によせた一文「カントとの出会い」。――そこには、自分は若いころ《スティルネルの徒》であると自任していたにもかかわらず、「俺は」と言いだしたまま、「俺である」と言いきることがどうしてもできなかったこと、しかも、埴谷が「自同律の不快」と命名するそのような事態は《或る種の目覚め》のように感じられたものの、それがなんの目覚めであるのか、ついに解らないでいたことが告白されたのち、《このような私が、カントの先験的弁証論のなかへ忽ちのめりこんだことは、いま考えると、至当な出会いと思われる》とある。

そしてこのような証言を埴谷がおこなっているという事実については、これまでも多くの論者によって指摘されてきた。

だが、埴谷とカントとの関係に格別の注意をはらった研究となるとどうだろう。かろうじて、鶴見俊輔「虚無主義の形成――埴谷雄高」(『共同研究　転向』上巻、平凡社、一九五七年)と、鹿島徹『埴谷雄高と存在論――自同律の不快・虚体・存在の革命』(平凡社、二〇〇〇年)を挙げることができるにすぎなかったのではないだろうか。

こうしたなかにあって、熊野純彦の新著『埴谷雄高――夢みるカント』(講談社、二〇一〇年)は、『死霊』の作者の思考を《カントの思考とのかかわりをときに意識しながら》読み解こうとした意欲作である。

もっとも、右の一文で埴谷がつづけて述べているところによると、《後年、私はカントのきびしい警告をさらに逆用して、小説という手段による形而上学の創立へ向かってひた走りに走ったので、カントとの接触はいわば暁方のきれぎれの夢のなかの一瞬に終わってしまった》とのことである。

しかし、《たとえそうであるにせよ、「きれぎれの夢」の一片は、それでもなお問われるにあたいするように思われる》と熊野はいう。そしてこれはたしかに熊野のいうとおりではないかとおもう。豊多摩刑務所の独房でのカントとの出会いが『死霊』の作者におよぼしている影響の形跡を追求してみることの価値には小さくないものがあるといってよい。

また、こうした見通しのもとで熊野によって着手されたカントと埴谷のテクストの突き合わせの成果にかんしても、それなりに見るべきものがあると評価することができる。

なるほど、熊野によると、『死霊』とともに有名になった「自同律の不快」の遠い論理的原型は『純粋理性批判』において「超越論的弁証論」の論述に当てられている部門のなかでもおそらく「純粋理性の誤謬推理」を問題にしたくだりにあったものとおもわれるとのことであるが、この推測をはじめとして、埴谷とカントの関係をめぐって熊野が立てている推測の多くはすでに鹿島によってもなされていた。しかし、それでもなお、こうした推測をめぐってカントと埴谷のテクストを綿密に比較対照しながらなされた熊野の立証努力が、鹿島のそれに劣らず、十分な説得性をそなえていることに変わりはない。

ただ、熊野は『死霊』の作者のこころみを《「夢みるカント」の誕生》というように規定している。カントが超越論的弁証論において人間理性の逸脱であるとして厳しく批判した「誤謬推理」ないし「仮象の論理学」を埴谷は逆手にとって、それを「夢みる」形而上学へと仕立てあげていったというのだ。さきの埴谷自身による回顧的述言を跡づけた恰好の解釈である。だが、これはどうだろうか。規定そのものに異存があるというのではない。この規定を導きの糸にしてこころみられている、『死霊』第五章以下で「夢魔」の語る「未出現宇宙」の存在論についての解読も、みごとというほかない。問題は別のところにある。

それというのも、『死霊』は、一九四六年から四九年にかけて第四章までが書かれたのち、長い中断をへて、一九七五年からあらためて第五章以下の部分が書き継がれていくのだが、その間に――鹿島が鋭くも見てとっているように――「存在」の問題を繋辞の「ある」、つまりは「である」を軸に考察しようとする視点から、「現事実的存立」を意味する「がある」を中心に展開する立場への移行が生じている。ところが、この「存在」問題への埴谷のアプローチの変更にまつわる込みいった事情が、熊野の分析からは抜け落ちてしまっているようにおもわれるのである。

また、鹿島によると、この変化と連動して、《根本から対立する諸立場を個々の登場人物に仮託し、彼らの対話を通して二律背反的諸命題の矛盾を鋭く呈示する》という、ドストエフスキーのポリフォニー小説に範をとった当初の構想は姿を消し、代わって作者の自説展開とみなすべきものが作品の全面を覆ってしまう結果となっているという。この点についての熊野の回答も、ぜひともうかがいたいものである。

23　土着化の陥穽

二〇〇九年四月のことである。中国文学者・藤井省三の手になる魯迅の代表作十六篇の新訳が『故郷／阿Q正伝』というタイトルで光文社古典新訳文庫の一冊として刊行されたが、同書に寄せた「訳者あとがき」で、藤井は竹内好による魯迅文学の翻訳についての忌憚ない批判を展開している。

ロレンス・ヴェヌーティという翻訳家がいる。近現代のイタリア人作家をはじめとする作品の英語訳を何篇か手がけてきたことで知られる。そのヴェヌーティがヨーロッパにおける翻訳の歴史を回顧した著書『翻訳者の不可視性』（一九九五年）や同じく彼の編になる『翻訳研究読本』（二〇〇〇年、増補版二〇〇四年）のなかで分類しているところによると、翻訳には domestication と foreignization の二つのタイプがあるという。原文を可能なかぎり自国の言語と文化に同化させようとするタイプの翻訳と、むしろ異化効果をねらったタイプの翻訳である。

藤井は、このヴェヌーティの分類を魯迅文学の日本語訳に当てはめてみるなら、それぞれ《魯迅文体および現代中国文化の日本への土着化》と《日本語・日本文化の魯迅化・中国化》と言い換えることもできるだろうという。そのうえで、これまでの魯迅の日本語訳は総じて土着化の傾向を色濃くもっており、なかでも竹内による翻訳は《土着化の最たるもの》であったとみる。（一）分節化した翻訳文体と（二）大胆な意訳がそれである。

うち、ここでは第一の点についていま少し具体的に見ておくとして、藤井によると、魯迅文体の特徴の一つに《屈折した長文による迷路のような思考の表現》が挙げられる。ところが竹内訳では句点が多用されて、一つの長文が多数の短文に分節化されている。このことによって、《迷い悩む魯迅の思い》の《明快な思考》への変換がくわだてられているというのだ。

たとえば「阿Q正伝」冒頭の一節。——この一節は、魯迅の原文では二文であった。それが一九五五年十一月に出た岩波文庫の竹内訳『阿Q正伝・狂人日記』ではつぎのように六文に分節化されている。

《私が阿Qのために正伝を書こうという気になったのは、もう一年や二年のことではない。しかし、書こう書こうと思いながら、つい気が迷うのである。それというのも、私が「その言を後世に伝うる」底の人ではないからである。なぜというに、昔から不朽の筆は不朽の人を伝すべきものと決っている。さればこそ人は文によって伝わり、文は人によって伝わる——というわけだが、そうなると一体、誰が誰によって伝わるのかが、だんだんわからなくなってくる。そしてしまいに、私が阿Qの伝を書く気になったことに思い至ると、何だか自分が物の怪につかれているような気がするのである。》

さらに一九八一年二月に出た改訳版では、旧訳版ではうかがわれた《魯迅の饒舌体を残そうとする努力の跡》もほぼ消失してしまった。その結果、「物の怪につかれているような」語り手の恐怖感に裏打ちされた阿Qへの共感もたいそう薄らいでしまったのではないか、と藤井はいう。また、阿Qのような一見愚かな人間のために、なぜわざわざ「正伝」を書くのか、という読者の疑問もこれにより後退しかねないだろう、とも。

こうして藤井は議論の全体を締めくくって断言するのである。――なるほど、分節化した翻訳文体を採用することによって、竹内は魯迅文学を戦後日本の社会に土着化させるのに成功した。これは竹内訳の大きな功績といえる。しかしながら、その一方で、竹内訳は《伝統を否定しながら現代にも深い疑念を抱いて迷走するという魯迅文学の原点を見失ってしまったように思われる》と。

なんとも手厳しい批判であるが、これはたしかに藤井の指摘するとおりではないかとおもう。わたしもこれまで多くの翻訳を手がけてきた。そして、日本語として通りのよい「達意の訳」になるよう、わたしなりに最大限の努力をしてきたつもりである。しかし、この「土着化」の努力が原文の精神を毀損する結果となってしまったのでは元も子もない。「土着化」には大きな陥穽が待ちかまえていると覚悟すべきだろう。自戒をこめて、藤井の指摘を肝に銘じておきたい。

ちなみに、《魯迅を土着化すなわち現代日本語化するのではなく、むしろ日本語訳文を魯迅化することにより、時代の大転換期を生きた魯迅の苦悩の深みを伝えようと努めた》という藤井の新訳では、問題の一節はつぎのようになっている。

《僕が阿Qのために正伝を書こうと思ったのは、二年以上も前のことである。しかし書きたいいっぽうで、後ろ向きに考えてしまい、このことからも僕が「不朽の言」を立てるような人ではないことがよくわかろうというもの、なぜなら古来不朽の筆は不朽の人を伝えるべきで、かくして人は文により伝わり、文は人により伝わる――となると、いったい誰が誰によって伝わるのか、しだいにわけがわからなくなり、結局は阿Qを伝えようということにたどり着くのだから、頭の中にお化けでもいるかのようである》

ここでとりあげた光文社古典新訳文庫版『故郷／阿Q正伝』への「訳者あとがき」は、藤井の最新著『魯迅――東アジアを生きる文学』（岩波新書、二〇一一年）にもほぼそのまま織りこまれている。

24　批判的地域主義

ガーヤートリー・チャクラヴォルティ・スピヴァクの『別のさまざまなアジア *Other Asias*』（二〇〇八年）をようやく読み終える。

刊行直後に入手してさっそく読み始めたものの、例のごとくの難解な文章に四苦八苦。並行して進めていた著作や翻訳の仕事でしばしば中断を余儀なくされたこともあるが、読み終えるのにあたら三年を費やす羽目となってしまった。しかも、こうして一通り読み終えた現在も、どこまで理解できたかとなるといささか心もとない。

それでも、スピヴァクが言わんとしていることの大筋はなんとかつかめたのではないかとおもう。つまりは《批判的地域主義（critical regionalism）を媒介にしてポストコロニアリズムをグローバリティへと書きなおすこと》――これが今回の新著においてスピヴァクが意図していることのようである。スピヴァクがアメリカ合州国でポストコロニアル批評家としてのデビューをはたしたのは、出身地インドにおける寡婦殉死（サティー）の慣行をめぐるコロニアル・ディスコースの研究によってであった。一九八八年に刊行されたC・ネルソン／L・グロスバーグ編『マルクス主義と文化の解釈』所収の論考「サバルタンは語ることができるか」に代表される仕事がそれである。そこでは、デリダの『グラマトロジーについて』の英訳（一九七六年）にたずさわるなかで得た〈脱構築〉的読解の流儀にかんする知見が主要な理論的支柱となっていた。

ところが、一九八九年の「ベルリンの壁」の崩壊以降、資本主義的市場経済が地球全体を覆い尽くすグローバリゼーションが加速度的に進行するなかで、スピヴァクの態度には微妙な変化が生じる。彼女自身も一九九九年の著作『ポストコロニアル理性批判』の「序言」で回顧しているように、まずは視圏がコロニアル・ディスコースの研究からトランスナショナルな文化研究へと拡がっていく。と同時に、「サバルタン」についても、グラムシに由来する〈支配の力学〉的な分析視点は維持されながらも、術語としては多くの場合「ネイティヴ・インフォーマント」ないし「アボリジナル」と言い換えられ、文化人類学的な認識パラダイムへの移行がなされる。

そして、こうした「ネイティヴ・インフォーマント」ないし「アボリジナル」の《不可能な視点》に準拠したところから、「正義」とか「人権」の普遍性に信頼して「国際的市民社会」の形成に向かいつつあるグローバル・フェミニストの活動のうちに同じくグローバルな金融資本による市場の専一的支配のプロジェクトとの《共犯関係》を見てとって、彼女らの活動スタイルが容赦なく批判されていくこととなるのである。二〇〇三年の『ある学問の死』では、グローバル・フェミニズムと金融資本の共犯関係を打破するための〈比較文学〉と〈地域研究〉の連携の必要性が熱っぽく語られてもいる。

このたびの新著は、このようにしてソ連・東欧社会主義圏の崩壊以降に獲得された新たな世界認識をさらに深化させたものであるとみてよい。

なかでも注目されるのは、一九九一年のソ連崩壊を機に独立したアルメニアのケースに即してポストコロニアリズムの可能性と限界についての省察をこころみた第三章「ポストコロニアリズムは旅するだろうか」である。

一九九四年のことである。スピヴァクはコロンビア大学で彼女の演習に参加していたアルメニア出身の二人の学生から質問されたという。「なぜアルメニアにはそれにふさわしいポストコロニアリズムが存在しないのでしょうか」と。折しも、スウェーデンの映画監督ペル＝オケ・ホルムクイストが撮った『アララトへの帰還』（一九八八年）が合州国在住のアルメニア人のあいだで評判になっていた。一九一五年に起きたトルコ人によるアルメニア人の「ジェノサイド」をめぐる〈記憶の戦争〉を描いたドキュメンタリー・フィルムである。二人のアルメニア人学生もこのフィルムについて考察した論考を準備中であったようで、右の質問はそうした考察の途上で発せられたものであった。

そこでスピヴァクは問題のフィルムを自身の眼でじかに観てみる。とともに、『アルメニアン・フォーラム』創刊号（一九九八年春）に発表された二人のアルメニア人学生の論考も読み返しながら、想いをあらたにするのだった。一口に「アジア」と言っても、そこには自分がよりどころとしてきたインドのケースでもって割りきることをゆるさない、じつにさまざまな状況が存在するのだな、と。

かくては「アジア」を複数化することの必要性。ひいては、そうした〈複数のアジア〉それぞれの事情に密着した〈批判的地域主義〉の模索。「批判的」の一語が添えられているのは、地域主義というとややもすればナショナリズムにおちいってしまいがちなのを警戒してのことであろう。

じっさいにも、ソ連崩壊を機に独立したアルメニアは、同じく独立したアゼルバイジャンとナゴルノ＝カラバフ自治州の帰属をめぐって戦争状態に入る。そこでは、石油利権をめぐるアメリカ＝EUとロシアのパワーゲームとも絡まりあいつつ、当事者双方の古くからの宗教的対立によって醸成されたナショナリズムが駆動因となっているのだった。

25　半チョッパリの悲哀

このたび、西部邁の『友情——ある半チョッパリとの四十五年』がちくま文庫に入った。二〇〇五年四月に新潮社から刊行されたとき、すぐにでも読みたいとおもいながら、入手しそびれていた本である。前年の二〇〇四年の暮れに突然脳梗塞で倒れ、命には限りがあることを思い知らされて、病に倒れる一年ほど前から準備していた『グラムシ　獄舎の思想』（青土社）を早急に仕上げる必要があったのだ。

くわえて、同じく二〇〇四年の秋には、かねてより親交のあった韓国の気鋭の女性研究者、姜玉楚が四十歳代半ばでみずから命を絶つという事件があった。その彼女への追悼の意味もこめて、『韓国の若い友への手紙——歴史を開くために』（岩波書店）の執筆に、これまた急かされるようにして着手したばかりという事情も重なっていた。

その後も、積年の宿題であったヴィーコ『新しい学』の翻訳（法政大学出版局）をはじめ、『ヴィーコ——学問の起源へ』（中公新書）や『カルロ・レーヴィ『キリストはエボリで止まってしまった』を読む』（平凡社ライブラリー）の執筆など、仕事がつぎからつぎへと目白押しという状態が続いていた。

だが、それらもようやく一段落。これからいよいよわたしの大学生時代にあたる一九六〇年代を回想した本の執筆にとりかかろうとしていた矢先のちくま文庫版『友情』の出来である。さっそく入手し、引きこまれるようにして一気に読み通す。

辻原登も解説で述べているように、《胸を打つ美しく、悲しいエピソードとシーン》が《鋭く、深いパンセ》とわかちがたく溶けあっていて、読後も余韻が醒めやらない。

それにしても胸が痛むのは、西部と中学二年のときに同級生になって以来四十五年にわたって「オッド・カップル」を組んできた海野治夫という在日二世が、幼少のころ自分に浴びせられた「半チョッパリ」という言葉をめぐって、とんでもない思い違いをやらかしていたという事実である。

海野は高校も西部と同じ札幌南高校に進むが、貧困などの理由で中退を余儀なくされ、八九三《ヤクザ》の世界に飛び込む。そして平成九年、六十歳のとき、西部に厖大な手記を託して自裁する。『友情』はこの海野の遺した手記をもとに綴られた作品なのだが、そのなかで西部が報告しているところによると、手記には日本人による朝鮮人「差別」を糾弾したつぎのような一節があったという。

《たかが大正、昭和にかけての三十七年間、侵略目的で朝鮮半島を植民地にしていたくらいで、チョッパリだの半チョッパリだのといえるほど、貴様たちは偉いのか、と中学一年生のころからか、自分の心のなかだけで絶叫するようになっていた。そして社会環境で、ましてや家族の面で、恵まれなかった俺は一体何者なのだ。日本人でもない、朝鮮人でもない、とすると半チョッパリとは何処の国の人間なのだ。と自問自答したことが、悟り切るある年代まで幾度あったことか》

ここからは、海野が「チョッパリ」という言葉をてっきり朝鮮人にたいする差別語だと思いこんでいることがわかる。ところが、本当をいうと、西部も注記しているように、「チョッパリ」ないし「ジョッパリ」というのは朝鮮人が日本人を侮蔑するときに使う言葉であったのだ。

わたしも数年前韓国の済州島をおとずれたさい、日本の敗戦直後に大阪の生野で生まれ、高校卒業後もバブルがはじけるまで土建会社の社長のお抱え運転手などをしてけっこういい目を見させてもらっていたという在日二世の観光タクシーの運転手、Kさんから、島では「ハンジョッパリ」（半日本人）と呼ばれて侮辱されることもしばしばだ、と聞かされたことがある。

ただ、この思い違いのうちに西部は友人の生い立ちにまつわる《一つの悲しい真実》を見てとる。そしてそこに海野治夫というひとりの在日二世における《存在の哀しみ》といったようなものを感じるのだった。

しかも、その在日二世・海野治夫における《存在の哀しみ》は彼の姉の場合よりも重いものがあったのではないか、と西部は推測する。

治夫の姉は日本敗戦の翌年、ある朝鮮人の男と結婚して韓国の木浦《モッポ》に渡るが、一年後には日本に戻ってきたという。その理由について、西部は《日本が敗戦した翌年のことであるから、半チョッパリの罵声が朝鮮人たちから彼女にあびせられたであろうことは想像に難くない》とする。そのうえで西部は言うのである。《彼女の場合、〔中略〕朝鮮人からの侮蔑なり迫害なりの根拠を理解することができた。しかし末弟の治夫にあっては〔中略〕チョッパリの意味すらが定かでない。そんな能力しかない者が、異国人のあいだの差別語をぶつけ合う厄介な言葉のやりとりのなかに、たった一人放り込まれたのである。その幼い子供のことを思うと、私とてやるせない気持ちになってしまう》と。まこと、やるせないかぎりである。

なお、「海野治夫」の本名は上野市治夫であることが今回のちくま文庫版の「あとがき」に記されているが、この点についてはすでに『サンチョ・キホーテの旅』（新潮社、二〇〇九年）所収の「北帰行の記録」のなかでも明かされている。

26　水の透視画法

共同通信が二〇〇八年三月から全国加盟新聞社に月二回配信してきた辺見庸の連載コラム「水の透視画法」がこのたび本になった。

「あとがき」に、これまで辺見の手がけてきた連載とちがって、今回は《たったひとりの読者だけを相手に、ひとりだけをよすがに書きつづけた》とある。《「多数者の常識」に依拠するのでなく、読者の個人性、ひとり性、絶望的なまでの孤独と不安をよりどころに、文をしたため、それをひとりびとりの胸のふかみにとどけようとした》というのだ。

辺見のこころみた「たったひとりの読者」への精神の架橋をわたしがうまく受けとめえたかどうかはわからない。ただ、二〇〇九年二月の時点で「五年前」というから、たぶんわたしが脳梗塞で倒れたのと前後するころだったのだろう、辺見も脳出血に襲われ、右半身不随になったとのことであるが、その後の「リハビリ」ならぬ、辺見称するところの「自主トレ」に励む様子を記した「歩くこと、書くこと——意識に先だつ実存の重さ」などには、思わず相槌を打っていた。

辺見いわく、《五年前、脳出血で右半身が麻痺するまで、歩くとは、呼吸とおなじくおおむね無意識になしえる自然動作であった。〔中略〕足はよく飼いならされた馬のように意識につきしたがった。意識はつねに実存に先行し、躰の原寸をはるかにこえる夢想にあそんだ。〔中略〕倒れてからはちがう。不具合のある躰が、意識の暴走を制動し、意識の傲岸と虚飾にてきびしい掣肘をくわえるようになった》。ここで辺見が指摘している「不具合のある躰」による「意識の暴走」の制動というのは、同じ躰の不具合に見舞われるなかで、わたしもまたみずから驚きながら秘かに感じていることにほかならないのだった。

だが、今回の本のなかでひときわ目を惹いたのは、「街路からくゆりたつ妖気——ベルイマンと茂吉」というエッセイである。

歴史が暗転するときには街路から「妖気のような、えもいわれぬ気配」がくゆりたつと、物故したある哲学者がインタヴューで辺見に語ったことがあるという。そして、そのとき哲学者は、そうした「妖気のような、えもいわれぬ気配」のただよう歌として、斎藤茂吉がミュンヘン大学医学部に留学中の一九二三年十一月、ヒトラーらによるヴァイマル共和国転覆のクーデター未遂事件（ミュンヘン一揆）に出くわして詠んだ「おもおもとさ霧こめたる街にして遠くきこゆる鬨のもろごゑ」という歌があるのを教えてくれたという。

このインタヴューのことを想い起こしながら、辺見は言う。《これから右にいくのか左にいくのか混沌としてはかりがたい日々にただよう妖気。闇をこぐような怪しい気配を、私はじつはいまに感じている》と。

エッセイ「街路から――」が書かれたのは二〇〇八年十二月。この年の九月には金融界をリーマン・ショックが襲い、人々のあいだに一九二九年の世界恐慌の悪夢がよみがえってくる。辺見もそうした悪夢に襲われたのであろう。

ところで、ミュンヘン一揆といえば、その前夜のベルリンを舞台にしたサイコ・サスペンス映画にイングマール・ベルイマン監督の『蛇の卵』（一九七七年）という作品があることは、映画ファンならたぶん知っているのではないだろうか。

辺見はつづいてこのベルイマンの異色作『蛇の卵』を取りあげて言う。この映画ほど《墜ちてゆく社会の妖気》を表現した作品はない、と。そして、かの年、かの地の尋常ではない「妖気」がベルイマンをして、ほかにも数ある世界史のメルクマールとなる事件のなかでも、一九二三年のドイツを舞台に選ばせたのではないかと忖度する一方で、《「おもおもとさ霧こめたる街にして遠くきこゆる鬨のもろごゑ」の不安感は、この映画の戦慄と土壌をおなじくしていることに、いまさらおどろかざるをえない》と記す。

茂吉にかんしては、彼がやがて対米開戦に狂喜し、戦争賛美の歌を量産するにいたったことを看過してはならないのではないかとおもう。ただ、『蛇の卵』はわたしもＤＶＤヴィデオをさっそくアマゾンから取り寄せて観てみたが、全篇が辺見の言うとおり《墜ちてゆく社会の妖気》に満ち満ちていた。それに茂吉にしても、二三年の茂吉と四一年の茂吉とは違うというのも、これはこれで疑いようもない事実である。

『水の透視画法』を書籍化するにあたって、「まえがき」に代えて書き下ろされた「予感と結末」で、辺見は突然生まれ故郷を襲った三月十一日の大地震と大津波に触れて、《原発禍をふくめ、こんなそら恐ろしい光景は眼にしたことがないはずなのに、しかし、わたしは正直ほのかな既視感をおぼえないでなかった》とうち明けている。そして、《戦争や大震災など絶大無比の災厄のまえには、なにかしらかすかに兆すものがあるにちがいない、というのがわたしの勘にもひとしいかんがえである》とするとともに、《作家はそうした兆しをもとめて街をへめぐり、海山を渉猟し、非難におくせずものを表現するほかないさだめにある》と述べている。

今回のエッセイ集は、そうした「作家のさだめ」にどこまでも忠実であろうとした辺見のみごとな所産のひとつであると言ってよいだろう。

27　歴史の当事者性

わたしは目下、いまからさかのぼること半世紀前、わたしが大学生だったころに体験したことがらについての回想記の執筆に取りかかっている。

大学生時代についての回想記であるから、記述の重点は当然ながら学業の方面に置かれることになる。

しかしまた、わたしは一九六〇年四月に東京大学に入学して以来、六八年三月に同大学院社会学研究科国際関係論課程の修士課程を修了するまでの八年間を大学生として東京で過ごしたのだったが、それはちょうど第一次安保改訂反対闘争がクライマックスを迎えていた時点から多くの大学で全学共闘会議に率いられた「学生の叛乱」が始まる寸前の時点までの八年間でもあった。そしてその間、わたしは新左翼系党派のひとつである構造的改良派の一員として活動してきた。この方面の体験についても、記述から外すわけにはいかないだろう。

ところで、新左翼の運動はそれ自体が今日では「歴史」の対象になりつつある。したがって、今回の回想記も、ひょっとして、そうした「歴史」のための証言材料に利用されることがあるかもしれない。このことはわたしも覚悟している。

ただ、自分が当事者の一人であった新左翼の運動がこのようにして「歴史」になろうとしていることについて、五〇年代末から六〇年代初めにかけての時期に共産主義者同盟（ブント）の一員であった長崎浩が、最新著『叛乱の六〇年代——安保闘争と全共闘運動』（論創社、二〇一〇年）のために草した「歴史の当事者性」という一文のなかで、興味深い抵抗をこころみている。見てみよう。

長崎によると、《歴史とはあくまで今日から死んだ過去へと視線を向けるものだ》という。この点にかんしては、わたしも岩波書店刊のシリーズ『歴史を問う』全六巻（二〇〇一年—〇四年）の各巻頭に編者を代表して提示した企画趣意文のなかで書いたことがあった。《歴史とは、なによりも、〈いま〉を生きるわたしたちの顔である。いま現在の生を生きるなかで、わたしたちの出遭うさまざまな困難、あるいは苦悩と欲求。それらを解決するための手がかりを求めて、わたしたちは過去に眼を向け、過去を手繰り寄せる。そして、そこから立ちのぼってくる声に耳を澄まし、未来へと歩みを進めていくための指針となさんとする》云々（この一文はその後、上村忠男『知の棘——歴史が書きかえられる時』岩波書店、二〇一〇年に織りこまれている）。「歴史」についての長崎の理解も、ここまではわたしの理解とほぼ同じ線上にあると言ってよい。

そのうえで、長崎は問い返す。《この視線を逆に向けて、歴史の当事者が今日の歴史記述を見るとすればどうだろうか》と。ただし、それは「死者たちの視線に立つ」という歴史的想像力のことではない。《いまここにまだ生きている者が、自分の過去が歴史になっていくのを見る》のである。その場合には、《歴史を書くことに比べれば、いわば逆の遠近法が当事者には働く》。それは《自分の葬式が執り行われ、参列者が故人をしのんであれこれ語っている様子を《足を突っ込みかけている「あの世から」眺めるのに似ている》。これを長崎は「歴史の当事者性」と名付ける。そして、「歴史になろうとしている歴史」に、そうした自分の当事者性をひとつひとつ対峙させてみようというのである。なんとも奇抜な、しかし興味深い発想である。

「歴史」――いわゆる「正史」――は、大方の場合、そうした当事者性の抹殺のうえに成立する。このことは長崎も先刻承知である。第二次世界戦争中の一九四〇年九月、ナチスの追及を逃れてアメリカ合州国への亡命をくわだてる途中、ピレネー山中で服毒自殺をとげたユダヤ系ドイツ人批評家、ヴァルター・ベンヤミンの遺稿「歴史の概念について」（一九四〇年執筆）の口吻をなぞるかのようにして、長崎は言う。《一般に正史なるものは、歴史の当事者性を抹殺して成立する。歴史が歴史になっていくとは、歴史の遠近法と当事者の逆遠近法とが交差、争闘しながら、当事者が結局のところ敗北する瞬間であるかもしれない》と。

だが、長崎によると、《この〔敗北の〕瞬間を当事者の逆遠近法こそが体験できる》のであった。《気負うところなくいうべきだが、やがて死にゆく者は、この徒労な戦いを闘わねばならない》。これが長崎の覚悟である。わたしも今回の回想記をこのような覚悟のもとで綴りたいとおもう。

もっとも、この発想が一九六〇年代にかんする長崎の回想記のなかでどの程度まで実践されたかとなると、いささか疑わしい。

『叛乱の六〇年代』自体は二〇〇〇年代に入ってから折々の機会に発表されたエッセイや講演記録を中心に編まれている。したがって、最初からひとつのまとまりある構想のもとに書き下ろされた著作としては『1960年代――ひとつの精神史』(作品社、一九八八年)を取りあげるほうが適当なのだろうが、この著作の執筆時点では「歴史の当事者性」に立脚したところから「歴史の制作」に割り込もうという姿勢はいまださほど自覚的ではなかったようである。

それでも、『叛乱の六〇年代』の冒頭で開陳された長崎の発想が示唆に富むものであることに変わりはない。

28　社会運動史研究会

先日（二〇一一年十二月十日）、東洋大学白山キャンパスで、同大学人間科学総合研究所主催による「戦後史学と社会運動史」をテーマにした公開シンポジウムがあった。

事前に送られてきた案内状によると、報告者は谷川稔と喜安朗だという。もしやとおもって出かけたところ、案の定、あの懐かしい社会運動史研究会の活動を回顧したシンポジウムだった。

社会運動史研究会というのは、全共闘運動の熱気がなおも冷めやらぬ一九七〇年五月、戦後日本のアカデミズムにおいて支配的であった民衆運動への社会構成史的アプローチやレーニン的な意識の外部注入論に依拠したアプローチに疑問を抱いた東大西洋史と国際関係論の若手研究者が中心となって立ちあげた研究会である。一九七二年七月には同人誌『社会運動史』第一号を世に問うている。

研究会には、その後まもなく京大など関西のメンバーも参加する。雑誌のほうも、半年から一年ぐらいのペースでコンスタントに刊行されていった。

わたし自身は一九六八年以降の数年間、アカデミズムと訣別して北陸の田舎町に引きこんでいたこともあり、研究会には参加していない。しかし、その動向には会が発足した当初から関心を寄せてきた。

手許に残っている『社会運動史』のバックナンバーをめくり返してみてあらためて確認させられたのは、外部からのいっさいの物差しを排除したところで、民衆運動のありのままの姿をあくまでも内在的にまるごとつかみ取ること——この一点に研究会の目標があったことである。いかにも全共闘運動の落とし子らしい野心的な目標設定である。

ただ、目標が目標であっただけに、今回のシンポジウムでも報告者の谷川が雑誌各号の編集後記を紹介しながら振り返っているように、研究会は最初からひとつの抜き差しならぬ矛盾をみずからのうちに抱えこんでいたように見受けられる。

じっさいにも、すでに第一号の藤本和貴夫による編集後記にも《地域・時代をとわず民衆運動を内在的にとらえていく必要を痛感しつつも、それを論理化することによって、そこからぬけ落ちてしまうものがあることを、ある種のいら立ちの中で常に感じざるをえない地点にいるのが現在のわれわれではないか》とある。

また、第四号（一九七四年九月）の編集後記では、松沢哲成が《関西から見れば東京のフレッシュな研究者群、私大（卒）の者から見れば東大西洋史の仲良しグループ、そして中味はアカデミックな堂々たる研究論文……コレハ、イッタイ、ナンデスカ？》と雑誌の「中途半端性」を痛烈に揶揄したのち、《(国家)権力と体制の総体を敵として設定し、これと日常不断に争い抗い、破砕・解体へ向かうこと――そういう大枠のなかでこの雑誌を創る営為を位置付けるべきである》と猛省をうながしている。

さらに第五号(一九七五年十二月)の編集後記では、加藤晴康が松沢の批判を《われわれが自らのよってたつところをそれぞれに問い直すことからもう一度はじめなければ、本誌の存立の根拠もない、そういう地点にわれわれがたちいたっていること》を示したものと受けとめたうえで、そうした問い直しがなされないなら、「社会運動史研究」はたんに既成の研究領域からの対象領域の拡大ないし変化を意味するにすぎないだろうし、ましてや、「民衆運動研究の方法」がたんなる対象処理の技術の問題となってしまえば、《ナンセンスというよりは危険でさえあろう》と警告を発している。

そして最終号となってしまった第十号(一九八五年四月)の編集後記では、福井憲彦と山本秀行の連名による《既成の観念や枠組を崩そうとして出発したわれわれの研究会が、その当初の目的をどこまで達成できたかは、疑問符なしには問えない実情だ》との自省の弁を聞くこととなるのである。

しかも、それだけではない。松沢の批判を受けて加藤が会のメンバー一同に警鐘を鳴らしてほどない一九七六年九月には『アナール』派第二世代を代表するフランスの歴史家ジャック・ル゠ゴフが来日し、そのときの講演記録が同年十二月号の『思想』に訳載されたのを機に、日本でも「社会史」旋風が巻き起こる。すると、研究会メンバーのうちでもとりわけ若い世代の大半がその渦のなかに吸いこまれていく。この現象を谷川自身は肯定的に評価しているが、はたしてどうだったのか。アカデミズム批判の初志はどこへ行ってしまったのかと疑わざるをえない。「社会史」には対象領域の拡大を図ることによって従来のアカデミックな歴史研究を補完しようとする意図こそあったにしても、研究主体のあり方そのものの抜本的な刷新をくわだてようといった心構えはさらさらないのだった。

最後に一言。もうひとりの報告者である喜安朗は、社会運動史研究会にとって主要な打倒対象のひとつであったはずの歴史学研究会で指導的役割を演じていた江口朴郎の『帝国主義と民族』(東京大学出版会、一九五四年)から大きな示唆を得たとうち明けていた。意外な感がしないでもなかったが、喜安の民衆運動史の起点にはマルクス主義史学の一部とのあいだになおも一定程度の接合関係が存在したことがうかがわれて、興味深かった。

29　エティックとイーミック

バルザン賞という賞がある。両大戦間期にファシズムに抗議してスイスに亡命したイタリアの日刊紙『コッリエーレ・デッラ・セーラ』の共同社主、エウジェニオ・バルザン（一八七四―一九五三）が娘のアンジェラ・リナ・バルザン（一八九二―一九五六）に遺贈した資金をもとに、一九六一年、人類の平和と友愛に努力してきた個人や団体、さらには人文社会科学系や自然科学系の分野で顕著な業績を上げた研究者への助成を目的として創設された賞である。第一回目はノーベル財団に百万スイス・フランが授与されている。人文社会科学系の受賞者のなかには、ジャン・ピアジェ、エマニュエル・レヴィナス、ポール・リクール、エリック・ホブズボームなどの名前も見える。

その二〇一〇年度バルザン賞をカルロ・ギンズブルグが受賞した。そして受賞を記念して二〇一一年十月初め、プリンストン高等研究所とカーネギー研究所で、それぞれ、「わたしたちの言葉と彼らの言葉――歴史家の仕事の現在にかんする省察」および「スキームとバイアス――二重盲検にかんする歴史家の省察」と題する講演をおこなった。

うち、プリンストン高等研究所でおこなった講演の原稿データがわたしのもとに送られてきた(二重盲検にかんする講演のほうは目下大幅に手直し中とのことで、後日送られてくることになっている)。マルク・ブロックが没後に公刊された著作『歴史のための弁明もしくは歴史家の仕事』のなかで記している「歴史家たちにとって大いなる絶望の種であることにも、人々には暮らしぶりを変えるたびに語彙を変える習慣がない」という述言に着目したところから、歴史家の用いる言葉と歴史家が依拠する証拠資料で用いられている言葉とのあいだに存在する込みいった関係について省察をめぐらせたものである。さすがギンズブルグ! と思わせる、多くの示唆に富む講演である。

なかでもわたしの注意を惹いたのは、文法素論(tagmemics)の創案者として知られるアメリカの言語学者で人類学者でもあるケネス・L・パイク(一九一二—二〇〇〇)の立てたエティック(etic)とイーミック(emic)の区別、すなわち、ある現象を外部の観察者の視点から客観的に分析する方法と内側にいる当事者の視点に立って分析する方法との区別にかんする議論を受けて、これを歴史の方法論的省察の場に導入しようとしていることであった。

パイクの『人間行動の構造の一般理論との関連における言語』(増訂版、一九六七年)を見てみよう。そこには、分析はまずもってエティックなデータから出発しながらも最終的にはイーミックな記述でもって置き換えられるとある。

《準備的な提示と最終的な提示。エティックなデータはシステムへのアクセスを提供する。そしてこれが分析の出発点をなす。それらのデータがあたえるのは、あくまでも試験的な結果であり、試験的なユニットである。しかしながら、最終的な分析ないし提示がなされるのは、イーミックなユニットにおいてであろう。全体的な分析のなかでは、当初のエティックな記述は漸次洗練されていく。そして最終的には、全面的にイーミックなものである分析によって置き換えられる》

このパイクの説明をギンズブルグは歴史家たちの研究の場に翻案することをこころみるのである。いわく、《歴史家たちはどうしてもアナクロニスティックなものにならざるをえない言葉を使った問いから出発する。そして調査の過程で、新たに発見された証拠にもとづいて、行為当事者たちの言語のなかで発せられている答えを回復し、このことによって当初の問いは修正される。行為当事者たちの言語は彼らの社会に特有のカテゴリーと関連したものであって、わたしたちの言語とはまったく相違しているのだ》

ギンズブルグは、「人類学者としての異端裁判官」という論考（一九八九年）のなかで、ベナンダンテたちをめぐる異端裁判の記録を読んでいた一九六〇年代初めごろの自分を振り返って、当時、心情的には被告たちと一体になっていたにもかかわらず、知的にはかえって迫害者たる裁判官たちと近接した位置にいたと述懐している。《しばしば、自分が判事たちの背後で、まさしく当の判事たち同様、犯罪人と目される者たちが自分たちの信仰内容を語る決心をしてくれるのを期待しながら、ひそかに彼らの動静をうかがっているような感じがした》というのだ。

ギンズブルグがパイクの立てたエティックとイーミックの区別の歴史研究の場への翻案をくわだて

たのには、魔術裁判へのみずからのアプローチについての「人類学者としての異端裁判官」での回顧的反省の弁を方法論のレヴェルでいっそう批判的に深化させたいとの意図があったのだった。齢七十を過ぎてなお、容易には答えが得られそうにない困難な課題に挑もうとしている真摯にして果敢な態度には、ただただ脱帽するほかない。

ちなみに、パイクへの言及は『クァデルニ・ストリチ〔歴史手帖〕』誌第七九号（一九九二年）に発表されたギンズブルグの論考「ミノルカのユダヤ人たちの改宗」でもなされている。管見のかぎりではあるが、これがギンズブルグの著作中にこれまでパイクの名が登場した最初にして唯一の箇所のようである。

30　パヴェーゼの場合

二〇一〇年秋、平凡社ライブラリーからカルロ・レーヴィの『キリストはエボリで止まってしまった』の読解本を出したさい、こころみたいとおもいながら果たせなかったものに、チェーザレ・パヴェーゼの『牢獄 ***Il carcere***』との比較的考察がある。

その『牢獄』の河島英昭による日本語訳『流刑』が、一九六九年に晶文社から初訳が出て四十年ぶりに、二〇〇八年、岩波書店が企画した河島英昭個人訳『パヴェーゼ文学集成』の第一巻に収録されたのち、このたび、岩波文庫に入った。

そこで、この機会に若干の考察をこころみておくとして、パヴェーゼは一九〇八年、北イタリア、ピエモンテ地方の小さな町サント・ステーファノ・ベルボで中産階級の家に生まれるが、幼くして父親を亡くし、一九一五年母親に連れられてトリーノに転居。一九二六年秋、レーヴィの出身大学でもあったトリーノ大学の文学部に進んでいる。そして、レーヴィが反ファシズム活動の容疑で二度目に逮捕された一九三五年、パヴェーゼも同じ容疑で逮捕され、同じく三年の強制居留（流刑）処分を言い渡されて、イタリア半島南端の僻村ブランカレオーネに送られるものの、翌三六年三月には釈放されている。

『牢獄』は、レーヴィの『キリストはエボリで止まってしまった』同様、この流刑地での体験を素材にした小説である。一九三八年から三九年にかけて執筆され、ファシズム政権崩壊後の一九四九年、長編集『鶏が鳴くまえに』のなかに収められて、公刊された。

だが、両作品を比較してみてまず目を惹くのは、同じく流刑地での体験が基になっているとは言いながら、『キリストはエボリで止まってしまった』では作者のレーヴィが実名で登場し、職業も画家のまま、そのうえ医学部出身の経歴が村人たちに知られて医者として頼りにされるのにたいし、『牢獄』では「ステーファノ」という名の「工学士」に仮託して作者の体験が語られていることである。パヴェーゼは、『牢獄』に先立って、同じく自身の流刑体験を基にした『追放の地 *Terra d'esilio*』（河島訳では『流刑地』）という短編小説を書いているが、そこでは仕事のいきがかりからイタリア半島南端の寒村に飛ばされた「ぼく」がトリーノで機械工をしていた流刑囚の（パヴェーゼとおぼしき）「オティーノ」に会うという設定になっている。

くわえては、流刑地での村人たちや彼らの生活への関わり方も、二人のあいだでは大きく相違している。

レーヴィのほうは、到着した直後に医者であることを聞きつけた村人から治療をせがまれたこともあって、農民たちの家を足繁く訪問している。また、村を支配する「旦那衆」同士のあいだで国家統一以来繰り返されてきた積年の抗争だけでなく、農民たちの暮らしぶりや民間信仰の実態などにかんしても、間接的な見聞以外に当事者たちから直接の証言を得る機会を得てもいる。そして、文化人類学者の民族誌を想わせるような筆致で、それらをつぶさに記録している。

これにひきかえ、パヴェーゼの場合はどうかと見れば、昼日中から酒場に顔を出してトランプ・ゲームに加わったり、そこで親しくなった二、三の若者と水泳やツグミ狩りに出かけたりしたという話こそ出てくるものの、小説の大半はステーファノが借りた掘っ立て小屋を掃除しにやってくる家主の娘エーレナとの秘められた情事の顚末に費やされている。そして、ブランカレオーネでも見られたはずの村の支配層のあいだでの抗争や、農民たちの生活実態については、ほとんど言及されることがない。いわんや、レーヴィが流刑地での体験から紡ぎだした〈農民の自治社会〉の夢などには、ステーファノことパヴェーゼはおよそ無縁である。

その一方でパヴェーゼの小説で印象的なのは、河島英昭も晶文社刊『流刑』の「解説」で述べているように、自分が流されてきた土地を格子なき「牢獄」と見立てたうえで、その目に見えぬ壁に囲繞された孤独のさなかにあって、《主人公が己れ自身に向ける呵責ない自己分析、自己検討、自己暴露の眼差し》である。

特徴的なくだりをいくつか引いてみよう。《ステーファノは唇を嚙みしめ顔をしかめた、心のなかに苦く豊かな力が鬱勃として湧いてきた。もはや、いかなる希望も、信じてはならなかった。そしてあらゆる苦しみを真っ向から引き受け、孤独の生活のうちにそれを嚙み砕くべきであった。つねに流刑の身にあることを思え》。《おのれを告発せぬことを苦しむまで、孤独であることに耐えよ。真の孤独こそは、耐えがたい独房だ。可哀想に、ぼくのママ〔エーレナを指す〕。そう繰り返すだけで、夜は甘かった》。《そのうちに彼は、思いきって、考えを飛躍させてみた。この世界全体が、ひとつの牢獄ではないか、万人が万様の理由によって閉じこめられている、ひとつの獄舎ではないか、と。そしてそのことのなかに彼は慰めを見出した》

しかも、そこでは、このようにして主人公ステーファノの自己内省の眼差しが研ぎすまされるのに応じて、周りの風景への彼の同化の度合いも高まっていく。そして、この点にこそ、河島が「詩物語」と呼ぶ小説『牢獄』の文学的価値は求められると言っても過言ではないのである。

雑誌『みすず』二〇〇九年六月—二〇一二年五月号に「ヘテロトピア通信」として連載。

II

G. C. スピヴァク　来日最終講演「他のアジア」
2007 年 7 月 18 日　国際文化会館
撮影：落田伸哉

世界システムの変容と「地域研究」の再定義

ソ連・東欧の社会主義政権が崩壊し、「冷戦」が終結したのち、資本主義的市場経済が地球全域を覆いつくす「グローバリゼーション」が加速度的に進行するにいたっています。そして、この「グローバリゼーション」の加速度的進行にともなって、イマニュエル・ウォーラーステインのいわゆる「近代世界システム the modern world-system」が全面的な危機を迎えることとなりました。このことは各方面から広く指摘されてきたところであります。

そうであってみればどうでしょう。このような「世界システム」の変容はとりもなおさず、「地域研究 area studies」自体も根本からの再定義を要求されているということを意味しているのではないでしょうか。

そもそも「地域研究」という学問分野が成立を見たのは、第二次世界大戦後のアメリカ合州国においてでした。そして、それは東西両陣営間の「冷戦」を背景としつつ、経済学・政治学・社会学、それに文化人類学も含めた社会諸科学の「インターディシプリナリーな」研究として発展してきました。ところが、当の社会諸科学そのものが、「グローバリゼーション」の加速度的進行にともなって、いまや大きく揺らぎつつあるのです。

なによりも見落としてはならないのは、「国民国家 nation-state」の揺らぎです。政治であれ経済であれ、あるいは文化や思想も、これまでの研究は、あるナショナルな存在をあらかじめ自明の前提としたところから進められてきました。この事情は社会科学の場合にも当てはまります。しかし、「グローバリゼーション」が加速度的に進行するなかで、国境を越えて活動する多国籍企業の活動が従来にもまして目立つようになりました。また、どの先進諸国の労働力市場においても外国人労働者の占める割合が飛躍的に増大するにいたっています。これにともなって、ウォーラーステインのいう「近代世界システム」を構成してきた「国民国家」そのものが大きく揺らぎ始めます。ひいては、「国民国家」の枠組みに囚われてきた社会諸科学の認識自体をも問い直すことがわたしたちには急務となっているのです。

しかも、この従来の社会科学のありかたの問い直しについては、じつは「地域研究」の現場そのものがそれを要求するにいたっているのです。「地域研究」の現場こそは「グローバリゼーション」の波を真正面から受けている場所なのです。ひいては、「地域研究」のパラダイムを構成している社会科学の有効性がもっとも厳しく試されている場所にほかならないのです。

ここでは、このような「地域研究」の再定義にむけての具体的な糸口をインド出身のアメリカ合州国の文学批評家、ガーヤートリー・チャクラヴォルティ・スピヴァクのこころみをつうじて探ってみたいとおもいます。

スピヴァクは比較文学を専攻するアカデミシャンです。しかし、同時に、一九八六年以来二十年余りにわたって生まれ故郷の西ベンガル地方で現地の子どもたちの教育にたずさわる教師のための学校を運営してきたアクティヴィストでもあります。この彼女のアカデミック・アクティヴィズムのこころみは「地域研究」の再定義にとってもなにがしか示唆するところがあるのではないかとおもいます。検討してみたいゆえんです。

＊

まずはグローバリゼーションそのものをスピヴァクはどのようにとらえているかということについてですが、スピヴァクはグローバリゼーションを「地球の金融化」というようにも呼びます。そして、そこに「帝国主義に転化した」資本主義の今日的な姿を見てとろうとします。

しかし、この言い回しのもとでスピヴァクが提示しようとしているのは、「資本主義の最高段階としての帝国主義」といったレーニン的定義ではありません。そうではなくて、帝国主義への資本主義の転化は、マルクス主義者たちの理解のうちにある歴史の発展法則からすれば、むしろ「後ろ向きの変容過程」としてとらえられるべき性質のものである、というのがスピヴァクの見解なのです。じっさいにも、わたしたちは今日グローバリゼーションと呼ばれる事態のもとで、海外援助（国際通貨基金や国際復興開発銀行）と外国貿易（関税と貿易にかんする一般協定や世界貿易機関）による負債と貢納のシステムが「新・新世界経済秩序」なるものの骨格をかたちづくっているのを目撃しています。これは資本主義が「帝国主義への後ろ向きの変容過程」をたどっているということでなくてなんであろうか、というわけです。

このスピヴァクの現代世界像をマイケル・ハートとアントニオ・ネグリの共著になる『帝国』（二〇〇〇年）において提出されている現代世界像と照らし合わせてみましょう。ネグリらのいう〈帝国〉とは要するにマルクス主義的な発展段階論を前提に置いたうえでその概念的可能性の極限においてとらえられた資本の動態にほかなりません。彼我の相違は明らかでしょう。注目に値する点であろうかとおもいます。

＊

以上の点にくわえていまひとつ注目されるのは、グローバリゼーションは――そこにおけるトランスナショナルな資本の動きが雄弁に物語っているように――マルクスのいう「一般的価値形態」のグローバルな規模における全一的支配をめざしているわけですが、世界の現実はなおもその一歩手前の「総体的または拡大された価値形態」の流通する異種混淆的な状態にある、とスピヴァクが診断していることです。スピヴァクのグローバリゼーション認識として注目に値する第二の点です。

ちなみに、「一般的価値形態」というのは、さまざまな商品がその価値をただ一つの同じ商品によって示すにいたった段階での価値形態のことです。この価値形態は最終的には貨幣という形態をとります。これにたいして、「総体的または拡大された価値形態」というのは、x量の商品Aとy量の商品Bとのあいだに交換が成立して前者が後者にとっての価値となる「単純な価値形態」の段階は脱して、x量の商品Aがy量の商品Bまたはz量の商品C等々と等しいといったように、複数の商品とのあいだに交換関係を取り結ぶにいたってはいるものの、そこに見られるのはなおも《雑多な種類の価値表現の寄せ木細工》であって、さまざまな商品の価値をただ一つの同一の商品Aによって現す「一般的価値形態」にまではいたっていない段階の価値形態を指しています。

＊

さて、グローバリゼーションについての以上のような認識は、メトロポリスにおける労働力の肩代わりをしているペリフェリーのサバルタン女性たちが置かれている状況について、それはなおも「総対的または拡大された価値形態」の流通する異種混淆的な状況であるとの見方をスピヴァクに提供することとなっています。それと同時に、これは言い換えればそれぞれのローカルな拠点でのローカルな固有性がグローバルなものへと回収され尽くされる以前の状態であって、これらをつなげてネットワークをつくっていけば、グローバル化の流れへの抵抗戦略となるのではないか、との展望を開示することにもなっています。この抵抗戦略を指して、スピヴァクは『ポストコロニアル理性批判』のなかで「地球を包囲するglobe-girdling」運動と呼んでいます。

けれども、《世界システムの変容と「地域研究」の再定義》というわたしたちのテーマとの関連で言いますと、このような対抗グローバリゼーション・ネットワーク形成に向けての努力もさることながら、それ以上に興味深いのは、二〇〇三年に刊行された『ある学問の死』においてスピヴァクがこころみている「比較文学」と「地域研究」の連携のこころみのほうではないでしょうか。

カリフォルニア大学アーヴァイン校に付設されている批判理論研究所（Critical Theory Institute）では、毎年、批判理論の分野で注目すべき仕事をしている著名な研究者を招聘して、同大学の図書館に批判理論関係の蔵書を寄贈したエール大学の文学批評家ルネ・ウェレック（一九〇三—一九九五）から名をとった「ウェレック文庫批判理論講義 Wellek Library Lectures in Critical Theory」を主催しています。『ある学問の死』はスピヴァクが二〇〇五年五月におこなった同講義の記録をまとめたものです。タイトルにある「ある学問」というのは、スピヴァクが現在コロンビア大学で教えている「比較文学」のことを指しています。その「比較文学」なる学問の「死」がテーマです。

しかし、この講演＝著作においてスピヴァクがくわだてているのは、「比較文学」という学問に死亡宣告をくだすことではありません。ベルリンの壁の崩壊後、アメリカ合州国の一極的世界支配という形態をとって、各地にさまざまな対立と紛争を引き起こしつつ、グローバリゼーションが加速度的に進行するなかで、スピヴァクは、デリダのいう「来たるべき友愛のポリティクス」の実現に向けて、敵愾心の政治を脱政治化することをめざそうとします。この目的のために「比較文学」が果たすべき責務にはかつてにもまして重いものがあるというのが、みずから比較文学者をもって任ずるスピヴァクの自負するところなのです。

ただ、その責務を遂行するためには、「比較文学」はみずからを根底から刷新しなければならない、とスピヴァクは考えます。

第一には、「比較文学」はヨーロッパ諸国民の言語を軸に編制されてきた伝統的なありかたから脱却する必要があります。しかも、それは旧来の国民国家別の境域のうちにフランス語圏、ドイツ語圏、ポルトガル語圏、スペイン語圏、英語圏などを導入するといったかたちの、帝国主義の版図に沿った、とどのつまりはヨーロッパの自己拡大でしかないような再編ではなくて、「ヨーロッパの他者」である地球上の南の諸地域の言語、とりわけ、その慣用的な語法（idiom）に深く分け入っていくことのできるものでなくてはなりません。

第二には、「地域研究」との連携を強化することの必要性です。「地域研究」は、文化人類学や社会学の分野で開発されたフィールドワークの方法を活用しつつ、対象とする非ヨーロッパ世界の諸地域、とりわけアジア諸地域の社会と文化についての現地調査を進めるなかで、欧米人の自己理解のうちにある「国民国家」概念との大きな齟齬に直面してきました。そしていままでは、それが当初前提としてきた「地域」なるものの文化的自己同一性そのものにも自省のまなざしを向けつつ、境界横断的な志向性を強めつつあります。「比較文学」は、「ヨーロッパの他者」である地球上の南にまで視圏を拡大して自己刷新を図るためには、この「地域研究」の現場での経験から学ぶ必要があるとスピヴァクは考えるのです。その一方で、「比較文学」のほうでも、みずからの伝統的な資源であるテクスト精読の方法によって「地域研究」を補完しながらです。《人文諸科学に支えられないかぎり、地域研究は境界を横断すると称しながら、依然として国境を侵犯しているにすぎない。また、変容を遂げた地域研究とかかわりをもたないかぎり、比較文学は、境界の内部に捕縛されたままで、それを横断することなどありえない》。こうスピヴァクは述べています。

しかも、補完は従来の様態のたんなる補強にとどまるものであってはならないとスピヴァクは言います。ヨーロッパ諸国民の言語に基礎を置いた「比較文学」の植民地主義と「地域研究」の冷戦フォーマットの双方を、わたしたちは内部から打破するべく努めないわけにはいかないというのです。

ここで肝要なことは、フィールドでの経験を欧米モデルのアカデミックなコードへと変換するのではなくて、むしろ、そうした欧米的な知の枠組みからみずからを解き放つ努力をすることです。そのためには、「比較文学」は「ヨーロッパの他者」たちの視線のもとでみずからを「他者化 othering」してみなければならないというのが、スピヴァクの考えです。わたしたちは「ヨーロッパの他者」たちとのあいだに責任ある／応答可能な（responsible）関係を構築することを求められている。そのためには、彼ら／彼女らのなかで自分たちがどう想像されるかを想像するすべを学ぶ必要があるというわけです。

＊

このようにして進められるフィールドワークを指して、スピヴァクは「オープンプラン・フィールドワーク open plan fieldwork」と呼びます。「オープンプラン」というのは建築用語で「はっきりとした間仕切りをしない間取り」のことを言います。「オープンプラン・フィールドワーク」というのはこれになぞらえたもので、既存の社会・人文諸科学間の間仕切りを取り払ったうえでの現地調査のことです。

そして、その具体的事例として、スピヴァクはスピヴァク自身が西ベンガル州西部の周囲から孤絶した二つの原住民地域で実践してきた仕事を取りあげます。さきほども紹介しましたように、スピヴァクはその地域に簡易校舎を建てて、子どもたちの指導にあたる地元の教師の訓練をおこなうという《一対一対応でひとつひとつと積みあげていかなければならない骨の折れる仕事》を二十年余りにわたって続けてきました。この仕事こそは、「地域研究」と「比較文学」とを従来のあり方から脱却させるためのかけがえのない準備作業をなしているというのです。

《この仕事はいまやわたし自身にとって真の意味での訓練場となっている》とスピヴァクは言います。続けてはこうも告白しています。《そこにおいてわたしは学んでいるのである。将来の選挙民の最大セクターの構成員たちを訓練し、そのセクターの現在の教師たちが民主的対応の習慣を身につけるよう、彼らを一対一形式で訓練するための実践的な哲学をいかにして考案するか、それを底辺から学ぶことを学んでいるのである》

これはきわめて教示に富む述言ではないかとわたしはおもいます。スピヴァクのメッセージはあくまでも「比較文学」を志す学生たちに向けたものです。しかし、この彼女のメッセージからは、わたしたちの当面の課題である「地域研究」の再定義にとっても有益な示唆をいくつも受けとることができるはずです。

スピヴァクは一九八八年に発表した論考「サバルタンは語ることができるか」のなかで《サバルタンの女性という歴史的に沈黙させられてきた主体に（耳を傾けたり、代わって語るというよりは）語りかけるすべを学び知ろうと努めるなかで、みずから学び知った女性であることの特権をわざと「忘れ去ってみるunlearn」》というのが自分のとろうとしている戦略であると述べていました。この部分は『ポストコロニアル理性批判』に収められた改訂版では削除されてしまっています。削除の理由はわかりません。しかし、この「アンラーン」戦略と通じあうものを《底辺から学ぶことを学んでいる》というスピヴァクの述言からは読みとることができるのではないでしょうか。

＊

最後に一言、このように「オープンプラン・フィールドワーク」の意義を力説するスピヴァクのうちにうかがわれるのは、「正義」とか「人権」の普遍性に信頼したグローバル・フェミニストたちの啓蒙主義的態度とはおよそ対蹠的な〈歴史の他者〉たちとのかかわり方であるということも述べておきたいとおもいます。

じっさいにも、グローバル・フェミニストたちによって「開発のなかの女性」とか「ジェンダーと開発」といったテーマのもとに開催されてきた世界女性会議は、世界各地からメトロポリスに移住してきてグローバルな支配的中心部で活動している女性と、世界のいたるところで貧困に苦しんでいて上への社会的移動に接近することを拒まれている女性とは、「人間」として対等であるべきだとの観念を前提にしたところから宣言を発しています。そして、この前提に立って、世界の女性たちを単一の普遍的な法の支配下にある「国際市民社会 international civil society」の構成員として遇しようとしています。

しかし、このグローバル・フェミニストたちの努力には《なにか尊大なものが感じられる》とスピヴァクは言います。そして、そこにスピヴァクはグローバルな金融資本による市場の専一的支配のプロジェクトとの《共犯関係》をも見てとります。グローバル化しつつある資本は、あらゆる国民に通用する同一の為替システムを確立することによって、これまでの歴史のなかでさまざまなかたちをとって繰り広げられてきたミクロ経済とマクロ経済の闘争を平板にならし、「ア・レヴェル・プレイング・フィールド a level playing field」すなわち「対等の条件で競い合う競技場」と呼ばれるものを確立しなくてはなりません。同様に、グローバル・フェミニズムも、「人権」パラダイムにのっとって国際的な女性の権利を確立するためには、女性たちの歴史を織りあげてきた、無数に存在する特殊性を「単一の歴史」なるものへと平板化してしまうことを余儀なくされます。しかし、これは《単独性 singularity の抑圧》以外のなにものでもないのではないか、とスピヴァクは反問するのです。

もちろん、スピヴァクはグローバル・フェミニストたちの「善意 good will」そのものを疑っているわけでは毛頭ありません。スピヴァクが警告を発するのは、グローバル・フェミニストたちの行動が「善意」に発するものであるにもかかわらず、あるいは「善意」に発するものであるからこそ、金融資本による市場の専一的支配のプロジェクトと構造的に類似した模造品とならざるをえなくなっているという事態なのです。しかと受けとめて省みてみるべき警告ではないかとおもいます。

＊ 立教大学ＡＩＩＣ（Asian Institute for Intellectual Collaboration）が二〇〇九年十一月十五—十六日に同大学池袋キャンパスで開催した国際研究集会《Intellectual Collaboration and Social Design Studies: Methodological Dialogue between Theory and Practice》での基調報告である。

［参考文献］

Spivak, Gayatri Chakravorty, "Can the Subaltern Speak?" in *Marxism and the Interpretation of Culture*, edited by C. Nelson and L. Grossberg (Urbana and Chicago, University of Illinois Press, 1988)〔上村忠男訳『サバルタンは語ることができるか』（みすず書房、一九九八年）〕

Spivak, Gayatri Chakravorty, *A Critique of Postcolonial Reason: Toward a History of the Vanishing Present* (Cambridge, Mass., and London, Harvard University Press, 1999)〔上村忠男・本橋哲也訳『ポストコロニアル理性批判——消え去りゆく現在の歴史のために』（月曜社、二〇〇三年）〕

Spivak, Gayatri Chakravorty, *Death of a Discipline* (New York, Columbia University Press, 2003)〔上村忠男・鈴木聡訳『ある学問の死――惑星思考の比較文学へ』（みすず書房、二〇〇四年）〕

『現代思想』一九九九年七月号：特集《スピヴァク――サバルタンとは誰か》

上村忠男『歴史的理性の批判のために』（岩波書店、二〇〇二年）

上村忠男「グローバリゼーションとポストコロニアル批評の可能性」『Marxism & Radicalism Review』第二十三号（二〇〇四年四月）

Intellectual Collaboration and Social Design Studies: Methodological Dialogue between Theory and Practice. Proceedings of AIIC Academic Meeting, November 15–16, 2009（立教大学）〔英文原稿は“The Changing World-System and the Redefinition of ‘Area Studies’”という標題で *Annual Report of AIIC 2009*〔法律文化社、二〇一〇年〕に収録されている〕

「批判的地域主義」への定位

ガヤトリ・スピヴァク著、大池真知子訳
『スピヴァク みずからを語る——家・サバルタン・知識人』（岩波書店、二〇〇八年）
ジュディス・バトラー＋ガヤトリ・スピヴァク著、竹村和子訳
『国家を歌うのは誰か？——グローバル・ステイトにおける言語・政治・帰属』（岩波書店、二〇〇八年）

スピヴァクが最新著『別のさまざまなアジア *Other Asias*』（二〇〇八年）の「まえがき」で述べているところによると、グローバリゼーションが加速的に進行し、それにともなって「ポストナショナリズム」の可能性が盛んに論じられる昨今の情勢のなかで、自分が定位しようとしているのはむしろ「批判的地域主義《クリティカル・リージョナリズム》」とでも呼ぶべき立場だという。

「批判的地域主義」だって？　これはまたなんときわどい自己定位の仕方であることか。『ある学問の死』（上村忠男・鈴木聡訳、みすず書房、二〇〇三年）でいわれていたように、グローバリズムに「惑

星思考」を対置するというのなら、まだ話はわかる。それがよりにもよって「批判的地域主義」とは！　これではナショナリズムと紙一重ではないのか？——といぶかしく思いつつ、最新著のページを繙きはじめていたところへ、二〇〇七年に編まれたスピヴァクの二冊の対話の日本語訳が岩波書店から同時に出た。

うち、竹村和子さんの翻訳になるジュディス・バトラーとの対話『国家を歌うのは誰か？』には、「批判的地域主義」というかたちでの介入の必要性について、スピヴァク自身による簡潔な説明があたえられている。

それによると、たしかに国民国家型の統一プログラムはいまや実効性を失ってしまったが、それでもなお、国家にはその民主主義的な運営を保証する「抽象的な構造」が依然として残っている。そのかぎりで、国家は再分配のための有効な手段になりうる。だから、フェミニズムは資本のグローバルな運動と歩調を合わせてポストナショナリズムを志向するのではなく、国家を「抽象的構造」に再創成することをこそめざさなければならない、というのだ。

もっとも、そうした国家再創成のこころみにはつねにナショナリズムに陥る危険が伏在しているのも事実である。かくては、ナショナリズムに汚染されることのないよう粘り強い努力を重ねつつ、《国民国家の枠を超えて、批判的地域主義に入っていくこと》の必要性。《わたしたちがしたいと思っているのは、国家の抽象的な構造をナショナリズムの偏見から自由にしておくことなのです》

しかし、さらに興味深いのは、大池真知子さんの翻訳になる『スピヴァク みずからを語る』である。

なかでも、中国史を専攻するフェミニスト、タニ・E・バーロウとの対話「知識人としてきちんと答えたとは言いがたい回答」。そこでは、スピヴァクがここ二十年来インドの西ベンガル州で取り組んでいるという、村の教師を育成するための学校でのプライマリー・ヘルス・ケア的な実践のことが、村人たち自身の自主性に期待しつつ国連を後ろ盾にして「援助」しようとするNGOの活動家への痛烈な批判とともに、熱っぽく語られている。

《村人たちがやったんだという人がいますよね。たしかにそう。……でも活動家が間違うのはここだとも思うんです。彼らはこう言うばかりです。「村人自身が選ぶんだ、村人自身が選ぶんだ」とね。何百年ものあいだ人々は傷つけられてきたのだから、彼らが無傷のままでそこから抜け出せるような仕組みを選べるだろうと思ってはいけません。自分に最適なものをちゃんと彼らがわかっているなんて――ナンセンスそのものです》

とりわけ、そうした国連を後ろ盾にしたNGOの活動家にたいしては、スコピエの「ヨーロッパ－バルカン」ジェンダー研究センターで視覚文化講師をしている美術史家、スザーナ・ミレフスカとの対話「抵抗として認識され得ない抵抗」のなかでも、《彼らは、自分を少数派主義者でサバルタンだと言うんです。あの権力者たち、さっと「援助」を投げつけて、ぱっとどこかへ言ってしまう彼らがね》と、なかなか手厳しい。

要するに、国際NGOに取りこまれて、資本のグローバルな運動を補佐し促進する役回りを演じてしまうのでなく、現地のサバルタンたちの日常生活にプライマリー・ヘルス・ケア的な介入をこころみつつ、国家とのあいだに批判的な関係を保ちつづけること。これがどうやら「批判的地域主義」という言葉でスピヴァクがめざそうとしていることのようなのだ。

おぼろげながらも、スピヴァクのスタンスはつかめてきたような気がする。さしあたっては、『別のさまざまなアジア』の第三章「ポストコロニアリズムは旅するだろうか」あたりから読んでみることにしよう。

ちなみに、『別のさまざまなアジア』は竹村さんのグループが中心となって目下翻訳に取り組んでいる最中とのことで、岩波書店から刊行の予定という。期待したい。

『週刊読書人』第二七四七号（二〇〇八年七月十八日）

「民族責任」と対峙するために

鈴木道彦著『越境の時——一九六〇年代と「在日」』（集英社、二〇〇七年）

鈴木道彦といえば、なによりもまず『サルトルの文学』（紀伊國屋書店、一九六三年）や『プルースト論考』（筑摩書房、一九八五年）を世に問い、またプルースト『失われた時を求めて』の個人訳（集英社、一九九六—二〇〇一年）を刊行したフランス文学者・鈴木道彦のことが想い浮かぶ。

しかし、その鈴木には一九六〇年代から七〇年代にかけての十年余り、フランス文学者としての仕事のほうは抛って、在日朝鮮人問題に粉骨砕身、集中的にとりくんだ時期があった。直接のきっかけは、一九五八年八月に起きた都立小松川高校女子生徒殺害事件（「小松川事件」）の犯人とされた李珍宇《イジヌ》が一九六二年八月に処刑されるまでのあいだに同じく在日朝鮮人の女性作家・朴壽南《パクスナム》とのあいだで交わした往復書簡集『罪と死と愛と』（朴壽南編、三一書房、一九六三年）を読んだことであったという。これに一九六八年二月に起きた金嬉老《キムヒロ》事件の裁判にさいして立ちあげられた公判対策委員会での活動が八年間にわたって続く。

本書『越境の時』は、このようにして一九六〇年代から七〇年代にかけての十年余りを在日朝鮮人問題に没入することとなった鈴木が、その時期の体験をみずから回想したものである。回想記としては、フランスでの生活やアルジェリアでの見聞を軸に据えた『異郷の季節』（みすず書房、一九八六年）に続く二冊目の本ということになる。新書ながら、鈴木が自分の勤める一橋大学で受け持っていたゼミナールの機関誌『バタアル』創刊号（一九六六年）の特集「李珍宇の復権」に寄稿した、「小松川事件」にかんして鈴木の書いた最初のまとまった文章であるというエッセイ「悪の選択」が全文収録されているほか、金嬉老公判対策委員会の活動の顚末についても、紙幅のゆるす範囲で可能なかぎり具体的に報告されており、歴史資料としても貴重な興味深い回想記である。

それにしても、この回想記――それはまたなんと痛々しいまでに真摯で、かつまたドラマティックな転回に彩られた回想記であることか。

在日朝鮮人の問題が最初に鈴木のなかに問題として浮上してくるのは、在日社会から李珍宇のような存在を生み出した日本人の「民族責任」の問題としてであった。

鈴木は一九五四年から五八年までのフランス留学中、ＦＬＮ（民族解放戦線）の武装蜂起に端を発するアルジェリア戦争の勃発に際会している。そして、そのなかでサルトルによって発せられた《良い植民者がおり、その他に性悪な植民者がいるというようなことは真実ではない。植民者がいる、それだけのことだ》という言葉や、チュニジア生まれの知識人アルベール・メンミの《植民地的状況とは、民族の民族に対する関係だ。〔中略〕彼〔善意のコロン〕は、個人としては何の罪もないけれども、抑圧するグループの一員である限り、集団的責任にあずかっている》というような言葉に接して、「民族責任」という問題の所在をいまさらのように認識させられている。

それと同時に、このような「民族責任」にふれた結果として、鈴木自身も《一つの重大な宿題》を負わされることになる。《仮に日本人としての「民族責任」を問われる事態に直面したら、〔中略〕否応なしに抑圧者に組み込まれる自分はどうしたらよいのか？》という宿題である。そして、鈴木の判断によれば、そのような「民族責任」を現実に問われる事態に、その直後に起きた「小松川事件」は日本人を直面させることとなったのだった。《われわれは日本人である以上、どんな善意を持とうとも、存在自体で日々彼ら〔在日朝鮮人〕を抑圧していることになる》と鈴木は書いている。

だが、その後にかかわることになった金嬉老裁判の過程で、鈴木は《予期しなかった第二の難問》にぶつかる。鈴木らの対策委員会は発足声明のときから「告発者としての金嬉老を真に弁護する道」を探るという方向を明らかにしていた。《しかし、私は第一審の進行中に、場合によるとそのような主張が、金嬉老という一人の在日朝鮮人をますます他者に作られたものにする可能性があること、言い換えれば、私たちが単に日本の責任を強調するだけでは、かえって在日朝鮮人の主体喪失に手を貸す場合があることに気がついた》というのである。

この「主体」の問題を在日朝鮮人の側から鮮明に指摘したのは、作家の金時鐘《キムシジョン》であった。金時鐘は、一九七一年十二月十七日の公判に証人として出廷したさい、自分が金嬉老のいる被告席に坐っていないのは《奇跡に近い僥倖だ》とまで告白しながらも、「自分の不幸の一切が日本人によってもたらされている」とする金嬉老の考え方を厳しく批判して、こう要望している。《自分をこうあらしめたのは外部だけではなく、それを受動的に受けとめた自分自身にもあるんだというところまで意識がいってほしい》。そのことによってはじめて《本当の朝鮮》に行きつくことができる、と。

この金時鐘の言葉は鈴木に《加害と被害、抑圧と被抑圧、差別と被差別、といった枠組みだけでは、民族責任などと言ってもまだ不充分であること、そこに同時に他者の主体と向き合う努力が必要とされること》を痛感させる。こうして、七六年に対策委員会が解散してからは、鈴木はこの新たな難問を胸中深くかかえこんだまま、ほとんど在日問題について発言しなくなってしまう。《考えてみれば、ひたすら「民族責任」を主張するだけでよしと信じていた一九六〇年代の私の立場は気楽なものだった。〔中略〕こうして、私は徐々に口が重くなるのを感じていたのである》と、「エピローグ」にはある。当時の鈴木がどんなにか苦々しい思いに打ちのめされていたか、察して余りある述懐である。

疑問がないわけではない。たとえば、鈴木は在日朝鮮人と日本人とのあいだには植民地体制の生み出した乗り越えがたい壁があることを認めながらも、《しかしその境界を越えられないものと認めてしまえば、理解の手がかりは得られない》と述べ、共感に支えられた想像力の力を借りての「越境」を企てようとしている。《私には、事柄に関心を持つためにまず共感が必要だった。また共感がある限り、相手の実存にまで踏みこむことも可能に思われた。たとえ抑圧関係によって隔てられていても、その境界を越えることができるのではないか。いわば「越境」も可能ではないのか。それは一つの想像力の問題ではないのか》というのだが、これはどうだろう。このようなかたちでの共感的想像力をつうじた「他者理解」には、意図してか意図せずしてか「同化」へと帰着することにならざるをえない解釈学的暴力が潜んでいるとはいえないだろうか。

しかし、このような疑問の提出を可能にしてくれるのも、ほかならぬ本書の功績のひとつなのだ。ひとり在日朝鮮人問題に限らず、「他者を理解するとはどういうことか」という問題一般にも自省をうながす本として推奨したい。

『図書新聞』第二八三〇号（二〇〇七年七月二十一日）

金嬉老のまるはだかのおしり

人は通常、過去を忘却することによって日々の生活を送っている。幼少時に遭遇し深い衝撃を受けた出来事ですら、心の底に封じこめられたまま、表に出てくることはない。しかも、このようにして過去を忘却し、心の底に封じこめておくということは、ある意味では、人が健康で幸福な生活を送るうえでの必要条件であるといってもよいだろう。

しかし、ある日突然、思いがけない事件に出会ったのがきっかけで、封印していた過去がありありとよみがえってくることがある。そして、ひとたび封印を解かれた過去はもはや忘却をゆるさず、悪夢のようにつきまとって離れない。森崎和江さんにとっての金嬉老事件もそのような事件のひとつだったのではないだろうか。

一九六八年のことである。森崎さんは、大日本帝国支配下の朝鮮でお父さんが初代校長をしておられた慶州中学校の開校三十周年記念式典が四月に催されるとのことで、亡くなったお父さんに代わって招待され、訪韓のための準備で忙しくされていた。ちょうどそんな折の二月、暴力団員を二名射殺した金嬉老という在日朝鮮人二世の男が、ライフル銃をもったまま、静岡県榛原郡の寸又峡の温泉旅館にたてこもり、客を人質にとるという事件が起きた。

事件は当初、ありきたりのやくざがらみの事件のようにもみえた。ところが、犯人が自分は「在日朝鮮人」であると名乗り、現場に駆けつけた記者たちを招きいれたり、テレビに電話出演したりして、幼少期以来日本人から受けてきた差別と迫害を弾劾するにおよんで、事態は微妙に変化する。不用意な発言はするまいという警戒心が強まるとともに、一部の知識人からは、「在日朝鮮人」＝金嬉老にたいする、民族的贖罪意識とないまぜになった連帯感のようなものも表明されるようになる。

ただ、こうしたなかにあって森崎さんはどうであったかといえば、訪韓直後に書かれたエッセイ「二つのことば・二つのこころ」での証言によると、《私は人質の位置にいた。そして〔中略〕緊張して金をにらみ、ことばをおさえていた》とのことである。この証言には《子供のとき常にそうしていたように》という確認と、《そのとき私は伝達したい明確なものをもっていたか。もっていた。では、口外しえたか。いえない。いまは？　いえぬ……。／いえない。いえて、そして、いえない》という自問自答が続いている。それというのも、《私には金嬉老のまるはだかのおしりがみえる》からだ、というのだった。

じっさい、わたしも覚えているが、金嬉老を名乗る男は、たしかに丸裸の臀部を、テレビの画面に釘付けになっている日本人視聴者の眼前に卑猥にも突き出し、挑発していた。この「金嬉老のまるはだかのおしり」が、どうやら森崎さんに、朝鮮の地で過ごした幼少期に朝鮮民族の同世代の男の子たちから受けた「強姦」すれすれの仕打ちと、それに対決するなかでみずからを形成してきたという自身の生い立ちにまつわる秘密のことを想い起こさせたようなのだ。

森崎さんは続けている。

《私が幼時以来ふみわたってきた朝鮮は、たった一人の金嬉老ではなかった。無名で、不特定で、大人であり、幼児であった。〔中略〕私を人質としてぐるりと取りまいている金嬉老群が、四つくらいの男の子を前に立たせて、その子だけを私のほうへむけて、みなむこうをむいているのである。それは幼時以来の、在鮮日系二世の女の子の世界である。だれも笑わず、凍みたように沈黙している。妥協をゆるさぬ取引きがはじまる、男の子と私との間で》

そして、これが「空気」であって、「愛」であって、「私へ運ばれつづけた乳」であったとしたうえで、《いま私は金嬉老のまるはだかのおしりで強迫されつつ、私の中に形成されていたもので対決しているのである》と述べ、ふたたび《いえるか？　いえぬ。刺されようとも口外できぬ》と繰り返して、エピソードを結んでいる。

大日本帝国支配下の植民地・朝鮮で「在鮮日系二世の女の子」と朝鮮民族の男の子のあいだで繰りひろげられていた「妥協をゆるさぬ取引き」。そして、金嬉老の「まるはだかのおしり」を眼前にしての、その抑圧していた記憶の回帰。これは森崎さんにとってなんと残酷なフラッシュバックであったことか。

もっとも、「二つのことば・二つのこころ」において森崎さんが主題的に論じようとしたのは、日本国家が明治以来朝鮮民族に適用しようとしてきた〈同化の原理〉の問題性である。そこで森崎さんは自分を強迫してくる「まるはだかのおしり」の金嬉老をそのまま「在日朝鮮人」の金嬉老にスライドさせて、こう続ける。《が、万一、私がその位置〔人質の位置〕で発音したなら、在日朝鮮人の金嬉老は一発で私を殺すだろう》と。そして、日本人は〈同化の原理〉以外の対応を知らないから、目の前に立ち現れたものとの対応法がわからないぶきみさにさらされる必要があるのだとして、《日本の大衆が自分自身の日常的思惟様式の欠陥にめざめるためには、在日朝鮮人からの打撃が必要である》と断言する。少しのちに書かれた「同質性のなかの異族の発見」という論考では、《私が幼い頃から私を追いつめてきた朝鮮の子供らの眼に、いまこそ、あなた自身を語ってほしい》とも要請している。《あれは天皇なしの、彼自身の眼だった》というのだ。

それでもなお、頭では金嬉老事件を「同化」政策のつけであったと理解しながらも、森崎さんの心はその事実を甘受することができない。こうして、《犯罪と抱きあわせて、やっとことばによる自己表現の公開性を得ていた》男の「まるはだかのおしり」を、森崎さんのほうではキッと口を噤んだまま、睨み返すほかないのだった。

この森崎さんの反応をわたしたちはどう受けとめればよいのだろうか。

藤原書店刊『森崎和江コレクション——精神史の旅』「月報3」（二〇〇九年一月）

印象的な「死に至る共同体」をめぐる考察

仲里効著『オキナワ、イメージの縁（エッジ）』（未來社、二〇〇七年）

著者の仲里効は、一九九六年に立ちあげた雑誌『EDGE』の創刊の辞で沖縄のオリジナリティはそれが《日本とアジアのエッジ》に位置している点に求められるとしたうえで、こう続けていた。《ここは近代が通過し、伸縮する波打ち際。そして現代という力の流れを「間－主体」として織りあげる。ここにはあの国家や民族の球形の内部がない。ただ裂線のように走る「ヘリ」の鋭角があるだけだ》と。

そのように沖縄を「縁（エッジ）」としてイメージする仲里が沖縄の「祖国復帰」が祝われた年である一九七二年前後に製作された映画作品を選んで、それらの作品のなかで沖縄がどのように表象されているかを論じたのが本書である。二〇〇三年の山形国際ドキュメンタリー映画祭で「琉球電影列伝」のコーディネーターを務めた仲里の冴えわたった批評眼が遺憾なく発揮されており、映画論として第一級の傑作であるといってよい。

しかしまた、著者も「あとがき」でことわっているように、これはたんなる映画論ではない。《あえていえば映像を媒体にして時代と私（たち）がどのように出会ったのかの、いってみれば、〈交通論〉のようなもの》、それが本書である。

それだけではない。ここでいわれる「私（たち）」とは、なによりも「復帰ぬ喰ぇーぬくさー」（復帰の喰い残し）のことを指している。「復帰」後の時間に同化できないまま、「復帰」をくりかえし問いただしつづけてきた《統合のエコノミーに対しての抗いを群島状に散種する批判的主体》である。本書は、そのような「復帰ぬ喰ぇーぬくさー」たちの精神譜でもあるのだ。

この精神譜はわたしたちに沖縄の秘めている思想の力をあらためて認識させる。なかでも印象的だったのは、「死に至る共同体」と題された章である。

一九七一年五月十九日、佐藤・ニクソン共同声明にもとづく沖縄返還に反対して沖縄で実行されたゼネストに呼応して、仲里もそのメンバーのひとりであった沖縄青年同盟の前身、沖縄青年委員会が東京で企画した「沖縄返還協定粉砕／5・19ゼネスト貫徹沖縄労農集会」の会場で、慶良間列島の渡嘉敷島での「集団自決」をあつかった『それは島――集団自決の一つの考察』というドキュメンタリー（一九七一年）が上映された。

このドキュメンタリーを仲里は「集団自決」を映画でとらえようとこころみた《おそらくははじめての記録》であると評価しながらも、カメラは「集団自決」の修羅に入り込む手前で《島民の拒絶に会い、沈黙の扉を開けるまでには至っていない》ことに注意を喚起する。と同時に、そのようにかたくなに口を閉ざして、たとえば日本軍将校・赤松大尉による「軍命」があったのかどうか、事実関係をはっきりさせようとはしない島共同体の体質そのものの内部に、言葉をもって降りていったのが、仲里と同世代で「復帰」直前の時期に同じく東京の大学に「留学」していた友利雅人（一九四七―九七）の「あまりに沖縄的な〈死〉」（『現代の眼』一九七一年八月号）であったとして、この《沖縄の戦後世代がどのように戦争と出会い、戦後責任へ批判的に介入するかを示した注目すべき論考》の分析へと進んでいく。

そして最後は《『それは島』の〈それ〉の根拠に目を落としつつ、われわれの内部の「赤松」は繰り返し問われなければならないだろう。そのとき「死に至る共同体」が歴史の逆光のなかから輪郭を浮かび上がらせ、〈今〉に刻みつける》との言葉でもって締めくくられているのだが、ここからは、新川明、川満信一、岡本恵徳らが「復帰」直前に放った反時代的な発言から深い影響を受けながら、その彼らの問題提起をどう批判的に継承していくかを自らの課題としてきたという「復帰ぬ喰ぇーぬくさー」たちの思念と行動の動機がどのあたりにあったのか、その一端がうかがえるのではないだろうか。

『週刊読書人』第二六九八号（二〇〇七年七月二十七日）

III

ボストンで開催された円卓会議《25年後——『チーズとうじ虫』再訪》の
カルロ・ギンズブルグ　2001年1月5日
出典：*Uno storico, un mugnaio, un libro: Carlo Ginzburg,* Il formaggio e i vermi *1976-2002,* a cura di Aldo Colonnello e Andrea Del Col（Montereale Valcellina, Circolo culturale Menocchio, 2002）

トロポロジーと歴史学
——ホワイト＝ギンズブルグ論争を振り返る

1

雑誌『みすず』に連載中の「ヘテロトピア通信」第八回目の通信「ホワイトのトロポロジー」（本書三一—三四頁）でも記しておいたが、わたしがヘイドン・ホワイトという批評家の存在を最初に知ったのは、『新しい学』によって知られるナポリの哲学者、ジャンバッティスタ・ヴィーコ（一六六八—一七四四）の生誕三百年を記念して、米国でニュー・スクール・フォー・ソーシャル・リサーチの講師などをしていたジョルジョ・タリアコッツォが編んだ『ジャンバッティスタ・ヴィーコ——ある国際シンポジウム』（一九六九年）の共編者としてであった。

ヴィーコ生誕三百年にあたる一九六八年は、わたしがそのナポリの哲学者の仕事に本格的に取り組み始めた年であった。こんなこともあってさっそく入手したのだったが、本にはホワイト自身の「クローチェのヴィーコ批評における生きているものと死んでしまったもの」というエッセイも収録されていた。クローチェに「ヘーゲル哲学における生きているものと死んでしまったもの」（一九〇六年）という論考がある。これになぞらえたエッセイだったが、クローチェにはわたしも大学生のころから親しんできたこともあって、親近感をおぼえたのを記憶している。

だが、わたしをいっそう深く刺激したのは、タリアコッツォが今度はドナルド・フィリップ・ヴェリーンの協力を得て編んだ二番目の論集『ジャンバッティスタ・ヴィーコの人文学』(一九七六年)にホワイトの寄せた「歴史の喩法——『新しい学』の深層構造」という論考だった。

ヨーロッパで古典古代以来用いられてきた詩的な喩《トロウプ》にメタファー(隠喩)、メトニミー(換喩)、シネクドキー(提喩)、アイロニー(反語)という四つの喩がある。ヴィーコは『新しい学』のなかでこれらの喩を「人間的な観念の歴史」の基軸に据えたところから、諸国民の創建者たちの「詩的知恵」の世界についての推理をこころみている。ホワイトはこのヴィーコのトロポロジカル(喩法論的)なアプローチに着目する。そして、このアプローチをみずからのアプローチとしたところから『新しい学』の深層構造を明らかにしようとしている。

ホワイトの同じアプローチはこの論考に先立って世に問われた『メタヒストリー——十九世紀ヨーロッパにおける歴史的想像力』(一九七三年)でもすでにこころみられていたが、この歴史へのトロポロジカルなアプローチにわたしはいたく刺激されるところがあった。なかでも、『メタヒストリー』の序論「歴史の詩学」は、ホワイトの第一批評論集『言述の喩法』(一九七八年)の序論「トロポロジー、言述、人間的意識の諸様式」とあわせて、繰り返し読ませてもらった。

わたしは当時、歴史学は社会科学の補助学としての地位から脱却して、本来の土壌である人文的教養の原点に立ち戻ったところから起死回生を図るべきではないかと考えていた(上村忠男「歴史の論理と経験――ヴィーコ『新しい学』への招待」、樺山紘一編『社会科学への招待　歴史学』日本評論社、一九七七年を参考のこと)。そして、そのための方策をいろいろと模索しているところだった。このわたしの暗中模索にホワイトのトロポロジカルなアプローチは一定の方向を指し示してくれたのだった。

2

アーサー・C・ダントーの『歴史の分析哲学』(一九六五年――邦訳名『物語としての歴史』)やリチャード・ローティ編の『言語論的転回』(一九六七年)、さらにはフランスで一九六八年の「五月革命」を契機に擡頭しつつあったポスト構造主義の潮流などとも呼応する面があったためか、『メタヒストリー』は哲学者や文学理論家のあいだでは一定の反響を呼んだ。また時を同じくして出た文化人類学者クリフォード・ギアツの『文化の解釈』(一九七三年)とのあいだにも対象への接近の仕方において通じあう点がいくつか認められる。

しかし、肝腎の歴史家たちの反応はどうであったかと見れば、それは概して冷淡なものであった。そして多くはどうやら無視を決めこんでいたようであった。ただ、そうしたなかにあって正面から対決を挑んだ歴史家が何人かいた。なかでも特記されるのは、イタリア人歴史家カルロ・ギンズブルグの批判である。

詳細については拙著『歴史家と母たち――カルロ・ギンズブルグ論』(未來社、一九九四年)に収録してある論考「表象と真実」に譲る。ここでは要点のみをかいつまんで振り返っておくとして、ギンズブルグの批判の矛先はまず、ホワイトの立場はフィクションとヒストリーのあいだのいっさいの区別を無視しさろうとする「相対主義」ではないのか、という点に指し向けられる。

ホワイトは、『メタヒストリー』の序論「歴史の詩学」のなかで、自分が考察の対象とするのはあくまで《物語性をもった散文的言説という形式をとる言語的構築物》たるかぎりでの歴史書なのだとことわっている。そして、このような見方に立脚したところからの歴史書へのアプローチはエーリヒ・アウエルバッハの『ミメーシス——ヨーロッパ文学における現実描写』(一九四六年)とE・H・ゴンブリッチの『芸術と幻影——絵画表現の心理学的研究』(一九六〇年)を手本にしたものではあるが、彼らはリアリズム的な芸術を構成している「歴史的」要素はなにかと問うのにたいして、自分は同じくリアリズム的なものである歴史叙述を構成している「芸術的」要素はなにかと問うのだと宣言している。

これにたいして、一九八四年のことである。アメリカ人歴史家ナタリー・Z・デイヴィスの『マルタン・ゲールの帰還』(一九八二年)のイタリア語訳が出版されたが、同書に寄せた「証拠と可能性」と題する跋文のなかでギンズブルグはホワイトのアプローチに根本的な疑問を呈して言うのだった。アウエルバッハとゴンブリッチの場合にはともに《ある小説や絵画が表現の点から見て別の小説や絵画よりも適切かどうかは歴史的現実なり自然的現実なりをあらかじめ検討しておくことによって決定可能であるとの確信》に立脚している。これにひきかえ、ホワイトの場合に見られるのはフィクションとヒストリーのあいだのいっさいの区別を無視しさろうとする「相対主義」的態度であって、その結果「リアリズム」というカテゴリー自体も内容のない一片の言葉に堕してしまっているのではないか、と。

3

ついでは、ホワイトをその代表格の一人と見立てたうえでの「歴史への懐疑論的アプローチ」にたいするギンズブルグの批判。

『クリティカル・インクワイアリー』誌第八号（一九九一年秋）に発表された論考「証拠をチェックする」を見てみよう。

その論考のなかでギンズブルグはまず《現代の多くの歴史家たちによってなおも共有されている》実証主義について、実証主義の場合には《証拠は透明な媒体――わたしたちをじかに現実に接近させてくれる開かれた窓と見られている》と指摘したのち、このような立場は《疑いもなくまちがっており、実りある知識をもたらすことはない》と批判している。

そのうえで、しかしまた近年、社会・人文諸科学のなかでとみに勢威を増しつつあるかにみえる証拠にたいする「懐疑論」も《正反対の罠》に陥っているとして、つぎのように続けている。

《現代の懐疑家たちは証拠を開かれた窓ではなくて壁――文字どおり現実へのいかなる接近の可能

性をもあらかじめ閉ざしてしまっている壁であると見なしている。しかし、証拠が現実を指示しているかのように考えるいっさいの立場を理論的に素朴であると見なすこの極端な反実証主義的態度は、それ自体が一種の裏返しの実証主義であることが判明する。理論的素朴と理論的洗練とは〔中略〕ともに証拠と現実の関係を自明のものと受け取ってしまっているのだ》

しかしながら、ギンズブルグによると、証拠と現実の関係はそれ自体がきわめて問題的なものであると見なければならないのだった。

《まずもって、歴史家たちはけっして現実に直接にアプローチすることはできないのだということが強調されなければならない。〔中略〕証拠には無意的なものもあれば有意的なものもある。が、どちらの場合にも、特別の解釈枠組みが必要とされることに変わりはない。証拠が構成されるさいに準拠した特別のコードに関係づけられる必要があるのだ。どちらの種類の証拠も歪んだガラスにたとえることができるだろう。それの内的な歪み〔中略〕を徹底的に分析することなくしては、健全な歴史的復元作業は不可能なのである。しかしながら、この言明は反対方向からも読まれるのでなければならない。証拠をそれが指示している対象の次元へのいかなる参照もおこなうことなく純粋に内的に読むことも、同じく不可能である。〔中略〕現実をテクストとして研究せよという流行の命令は、いかなるテクストもテクスト外的な現実への参照なくしては理解されえないという自覚によって補完されるのでなくてはならない》

証拠なるもののとらえ方をめぐっての「開かれた窓」派と「壁」派の対立。そして両者の対立を止揚しうるものとしての「歪んだガラス」としての証拠というとらえ方。ひいてはその歪みの内的構造についての徹底した分析の必要不可欠性。――批判はなかなか用意周到で精緻である。

そればかりでない。右のような批判の背後には、一九六六年に十六、十七世紀の魔術と農耕信仰にかんする研究『ベナンダンテたち』を世に問うて以来、十六世紀のフリウリで魔術の疑いで裁判にかけられたひとりの粉屋の宇宙観を分析した『チーズとうじ虫』（一九七六年）を間にはさんで、サバトのフォークロア的根源を求めての壮大な旅の報告『夜の歴史』（一九八九年）にいたるまで、三十年近くに及ぶ「歴史の実務家」としてのギンズブルグの豊かな経験が控えているのだった。しかも、それはなにあろうか、ほかでもないテクストをもっぱら相手にしての、その読解の経験であったのだ。発言の意味するところはことのほか重いと見るべきだろう。

4

ただ、以上の点を認めたうえで、どうだろう。第一に、ホワイトはギンズブルグの危惧するような意味での「懐疑家」であるかどうかが問われなければならない。

なるほど、たとえばホワイトがアンガス・フレッチャー編『事実の文学』（一九七六年）に寄せた「事実を表象するフィクション」という示唆的な表題をもつ論考のなかには、小説と歴史、フィクションとヒストリーが形式の点でも目的の点でもなんら異なるところがないことを力説したくだりが見られる。いわく、《小説が歴史的表象の一形式であるのに劣らず、歴史もフィクションの一形式なのである》。

しかし、このホワイトにしても、だからと言ってかならずしも歴史的現実の認識不可能性を主張する「懐疑家」であるということにはならないだろう。『メタヒストリー』に結実することになる最初の構想はすでに一九六六年に『ヒストリー・アンド・セオリー』誌に発表された「歴史という重荷」という論考でも提示されていたのだが、この論考を冒頭に置いた一九七八年の第一批評論集『言述の喩法』の序文において、ホワイトは、同論考やそこから生まれた『メタヒストリー』にたいして一部の批評家から人文科学における知識の達成可能性にかんする極端な懐疑主義、さらにはペシミズムとの非難さえもがあったことに触れて、自分は歴史、文化、社会についての知識が達成可能であることを否定したことは一度としてないと反論している。このホワイトの言い分には十分な理由があると認めてよいのではないだろうか。

5

第二にはホワイトにたいするギンズブルグの「相対主義」批判についてもどうだろう。フィクションとヒストリーのあいだには形式の点でも目的の点でもなんら異なるところはないというのがホワイト自身の言であることはいまも見たとおりである。このかぎりではホワイトの立場はたしかに「相対主義」である。そして、このような「相対主義」的言説を歴史家たちが許しがたい暴言と受け止めるのもわからないではない。

さらに、さきに述べた『マルタン・ゲールの帰還』イタリア語訳所収の「証拠と可能性」には、ホワイトの立場を「相対主義」であると断じたのち、《こうした傾向にたいしては、歴史叙述の物語的次元についての自覚が強まることは歴史叙述に具わっている認識能力の減退を意味するものではけっしてなくて、むしろ、その強化をこそ意味しているということが強調されなければならない》とあるが、これもそのとおりだろう。

なかでも注目に値するのは、つづいて出てくるアレッサンドロ・マンゾーニへの言及である。長編歴史小説『婚約者』（一八二五—二七年、一八四〇—四二年）によって近代文学史上に不朽の名声をとどめることになったこの十九世紀イタリアの文学者は、一八五一年ごろに書きあげられたとみられる「歴史小説、ならびに一般に歴史と創作の混合体について」という論考のなかで、《歴史はありそうなことがら（il verosimile）をも時には使用しうるということ、それも格別の不都合なしにであって、それというのも、歴史はそれを上手に、すなわち、それをあくまでもそれ固有の形態において陳述し、このようにして、現実にあったことがら（il reale）とは明確に区別したまま使用するからであるということを指摘しておくのも場違いではないだろう》と述べている。そして、歴史が〈現実にあったことがら〉を忠実に物語ることをしばし離れて〈ありそうなことがら〉の推測におもむくのは、物語の目的であるところのものへ《歴史にとって唯一可能な仕方で》接近するためにほかならず、《推測をおこないつつ、歴史は、それが事実を物語るときと同様、つねに現実にあるものをこそめざしているのである》とことわっている。

この「歴史小説」、ないしは一般に「歴史と創作の混合体」の可能性についてのマンゾーニの方策を、ギンズブルグは《剝落部分を線条によって指示する》絵画の新しい修復方法にたとえる。そして、この方法を採用すれば、歴史叙述の場にあって、一方では想像力を駆使して証拠の欠落部分に推測を及ぼしつつも、他方で同時にそれらを証拠づけられた部分と明確に区別することが可能となり、かくては科学性が保持されるのではないかと言うのである。注目のうえにも注目に値する指摘である。

ただ、この点にかんしてはホワイトにも異存はないのではないだろうか。それどころか、ここでマンゾーニが提示し、ギンズブルグが積極的に受け継ごうとしている可能性こそは、ほかでもないフィクションとヒストリーのあいだには形式の点でも目的の点でもなんら異なるところはないという言い方のもとでホワイトが探り出そうとしている可能性でもあるのではないのか。

6

一九九〇年春カリフォルニア大学ロスアンジェルス校で「《最終解決》と表象の限界」をテーマにした会議が開催された。会議にはホワイトとともにギンズブルグも参加した。会議の記録は一九九二年に『表象の限界を検証する――ナチズムと《最終解決》』（邦訳名『アウシュヴィッツと表象の限界』、一九九四年）と題して公刊されたが、それに寄せた報告「一人だけの証人」のなかで、ギンズブルグは歴史研究にとって証拠の問題がどれほどまでに重要でしかも困難な問題であるかをあらためて強調したのち、ここでもまたホワイトの言説をしかしながら今回は主としてそれが陥っているとみられる「道徳的ディレンマ」に的をしぼって批判の俎上に載せている。

槍玉に上げられているのは、『言述の喩法』につぐホワイトの二冊目の批評論集『形式の内容』（一九八七年）に収録されている論考「歴史解釈のポリティクス」である。この論考においてホワイトは自分の抱懐している歴史観が《世上一般にはファシズム体制のイデオロギーに結びつけられている》ものであることを率直に認めている。その一方では、ファシズムの「社会的および政治的なポリシー」を自分は《おぞましい》ものとして拒否するとしながらである。

また、現代史が生み出してきた修正主義学説のなかでも最たるもののひとつに「ナチスのユダヤ人強制収容所にガス室は存在しなかった」とする説がある。そして、この説をひっさげて登場したロベール・フォリソンなる人物に一九八一年の論文「紙のアイヒマン」においてガス室の存在事実を立証する資料を事細かに列挙して反論している歴史家にピエール・ヴィダル゠ナケがいるが、このユダヤ系フランス人歴史家は同時にシオニストたちによるホロコーストの政治的利用の仕方をも批判して、シオニストたちの解釈は《真実に反する》と断定している。

ところが、ホワイトはこのヴィダル゠ナケの断定に疑問をさしはさんで、《そのような断定が歴史解釈としてどこまで真実であるかどうかは、広範囲にわたる現在のイスラエルの政治的ポリシーを正当化するにあたって、それがどこまで効果的であるかどうかにかかっている。〔中略〕イスラエルのポリシーに政治的に効果的な反撃をくわえようとするパレスチナ人民側の努力にも、同様に効果的なイデオロギーの生産がともなっている》と主張している。

このホワイトの主張にギンズブルグは反問して言うのである。そうだとすれば、フォリソンの「作り話」も、それが政治的に効果的であることが立証されさえすれば、真実であるということになるのではないか、と。ここにはホワイトの言説の限界がもののみごとにさらけ出されているというわけなのだ。

しかしながら、これもどうだろう。「歴史解釈のポリティクス」という論文は、十九世紀を迎えるとともに、歴史研究の分野にも、他の人文・社会諸科学一般の場合と同様、自然科学を手本にしてみずからを厳正中立な方法的統制のもとに置こうとする「ディシプリン化」の波が襲来し、それが今日にいたるまでの歴史研究のあり方を規定してきたとしたうえで、そうした「ディシプリン化」はそれ自体がひとつの政治なのだというミシェル・フーコー的な見地に立って、そこに伏在しているとみられる「ポリティクス」の性質を解明しようとしたものであった。この全体的なコンテクストを無視しては公平を欠くことになるのではないだろうか。

とくに「政治的効果」うんぬんの部分についていうなら、この部分は、ヴィダル゠ナケが《もはやわたしは歴史家たちが民族の遺恨を晴らす責務を負っているとは信じていない。わたしたちは、戦争は終わったのだという事実を受けいれなければならない》と述べているのを受けた発言であって、そこにはつづいて、《そのようなヴィダル＝ナケの訓示はつねに既成の政治的権力と社会的権威の中心から発せられるものであるということ、この種の寛容は支配的集団に奉仕する者たちだけがふりまく余裕のある贅沢なのだということは、わたしには明らかであるとおもわれる》とあったのである。

会議におけるホワイトの報告「歴史のプロット化と真実の問題」では、ナチスによるユダヤ人の大量虐殺事件は本質的に反表象的であっていっさいの修辞を排した直写的な手法によってのみ語られうるという趣旨のことが述べられている。この述言とも合わせて、留意されてよい点かとおもう。

7

ホワイトは、その後も歴史研究にとってトロポロジカルなアプローチがもつ意味についての省察を進めていく。その成果は彼自身の第三批評論集『フィギュラル・リアリズム――ミメーシス効果にかんする研究』（一九九九年）にうかがえるとおりである。ちなみに、タイトルにある「フィギュラル・リアリズム」というのはアウエルバッハが『ミメーシス』のなかで中世盛期からダンテにいたるまでのキリスト教の「予型《フィグーラ》論」的な現実描写の特徴を指して用いた言い回しから採ってこられたものである。

またギンズブルグのほうでも、『夜の歴史』を公刊してからは魔術裁判記録に立脚した「歴史の実務家」としての活動はいったん中断して、仕事の重心をヒストリーとフィクションの関係をめぐっての方法論的な省察へと移行させていく。

そうしたなかでとりわけ注目されるのは、ギンズブルグの最新論文集『糸と痕跡』（二〇〇六年）に収められている「冷厳な真実——歴史家たちへのスタンダールの挑戦」という論考である。この論考のなかで、ギンズブルグは『赤と黒』をはじめとするスタンダールの小説において多用されている自由直接話法の意義について論じて、自由直接話法は定義からして文字に記録された痕跡を残さないため、歴史家たちにはあらかじめ排除されている手法であるとしながらも、《語りの手法というのはさながら磁場のようなものであって、もろもろの問いを誘発し、さまざまな潜在的ドキュメントを引き寄せる》ことに読者の注意をうながしている。そして、この意味では、自由直接話法のような手法も《歴史家たちに向けて放たれた間接的な挑戦》とみなすことができるとしたうえで、《いつか歴史家たちが今日では想像もできないような形態においてその挑戦を受けて立つ日がやってくるかもしれない》と述べている。このギンズブルグの述言にはホワイトの立場とも秘かに通じあうものが読みとれるのではないだろうか。

『思想』第一〇三六号（二〇一〇年八月）

よくぞここまで——「歴史家と母たち」追想

いまは亡き小箕俊介さんにベネデット・クローチェの『思考としての歴史と行動としての歴史』の拙訳（一九八八年）の編集を担当していただいたのが最初だっただろうか。それ以来現在にいたるまでの二十余年間にわたしが未來社から世に問うてきた本の冊数は、著書と訳書をあわせると、十数点にのぼる。いずれも、少なくとも当人にとっては、小さくない意味をもつ本ばかりである。

しかし、それらのなかでも、いま読み返してみて、なおも壮年の盛りにあった執筆当時のわが〝学究心〟の旺盛ぶりが想い起こされ、熱いものがこみあげてくるのは、一九九四年に本になったカルロ・ギンズブルグ論『歴史家と母たち』、とりわけ第一部を構成している、本と同タイトルの論考「歴史家と母たち——『夜の歴史』を読む」である（初出は『思想』一九九一年五、六月号）。サブタイトルにもあるように、ギンズブルグの著作『夜の歴史』（一九八九年）をめぐって、著者とのあいだで批判的な対話をこころみたものである。

『夜の歴史』は、サバトの、それもとりわけ「フォークロア的な根源」を探し求めて、『チーズとうじ虫』(一九七六年)刊行直後からギンズブルグが開始していた旅の報告である。

サバトというのは中世から近世にかけてのヨーロッパで広く人々の想像界を支配していた〈悪魔の主宰する魔女たちの夜の宴〉のことであるが、このようなサバトなるものの像が形成されるにあたっては、異端裁判官や悪魔学者のつくりあげた図式以外にも、キリスト教出現以前の太古から人々のあいだで綿々と語り伝えられてきて、近世に入ってもなお農民の意識を深部にあって規定しつづけていたかにみえる、あるひとつの神話的古層の存在があずかって作用しているらしいこと――このことにギンズブルグはすでにデビュー作『ベナンダンテたち』(一九六六年)をまとめる過程でも気づいていた。

十六世紀後半から十七世紀前半にかけてイタリア北東部のフリウリ地方でおこなわれた異端裁判の記録に残っている「ベナンダンテ」と称する者たちの告白や証言によると、彼らはたいてい、年に四回、四季の斎日の木曜日の夜、霊魂となって、また時にはねずみやうさぎに姿を変えて、方々の畑や牧草地に出かけていき、そこで、ストレゴーネやストレーガ、つまりは男女の魔法使いたちと、作物の豊凶を賭けて戦うのだという。ベナンダンテのほうはウイキョウの枝を、ストレゴーネとストレーガのほうはモロコシの茎を、それぞれ武器にして。また当時の記録は、これらの夜の合戦に参加する、多くは男性からなるベナンダンテのほかに、同じく夜、霊魂となって、ディアーナ様とか、修道院長様、あるいはオリエンテ様などと呼ばれる女神の主宰する集会に参加し、そこで死者たちに会うと言っている、こちらのほうは主として女性からなるベナンダンテが存在したことをも伝えている。

このベナンダンテたちの信仰の正体について、最初は裁判官たちにも判断がつきかねたようである。が、それも、最終的には、ベナンダンテたちは要するに魔法使いの一派なのであり、彼らの夜の集会もサバトにほかならないということで決着がつけられる。ところが、その彼らの信仰内容をギンズブルグが歴史家の眼であらためて分析しなおしてみたところ、それらがとりわけシャーマニズムとのあいだにいくつかの密接な連関、それも《アナロジカルなだけではなくて現実的な》連関を有しているらしいことが明らかになってきたという。そして、ギンズブルグの診断によると、このことは《魔術の民衆起源の問題を大部分あらたに設定しなおす必要があることを示唆している》のだった。

ただ、この問題については、『ベナンダンテたち』の執筆時点ではようやく所在が指摘されただけで、本格的な究明は後送りにされていた。それをギンズブルグは、同じく十六世紀のフリウリで異端裁判にかけられたメノッキオというひとりの粉屋が抱懐していた宇宙像の読解をこころみた『チーズとうじ虫』の刊行以後、「魔術の民衆起源」という表現を「サバトのフォークロア的な根源」と改めたうえで、いよいよ本格的な探求の旅に乗りだす。その旅の報告が『夜の歴史』にほかならない。

『ベナンダンテたち』と『チーズとうじ虫』の二著は「ミクロストリア」の実験で知られる。観察規模を縮小することによって、マクロな観点では見落とされがちな歴史の細部を明るみに出そうというのである。この二著に親しんできた者の眼からすれば、『夜の歴史』に報告されている旅は、壮大な、あまりにも壮大な冒険の旅であった。

しかしまた得ることのできた成果には小さくないものがあった。歴史的復元作業の場への「形態学」的考察法の導入もそのひとつである。

ギンズブルグは、教会の悪魔学者たちがつくりあげてきたのとは別個に民衆のあいだで語り継がれてきたサバトの物語の根源にシャーマニズムの存在を見てとって、これの証明をこころみるのだが、時間的および空間的な隣接関係をたどりながらの通常の歴史学的方法は、たちまちにして挫折を余儀なくされてしまう。そこでギンズブルグは形態学を利用しようとする。世界各地に散在する神話＝物語のうちサバトの物語と形態学的な同形性を有するものを構造分析によって同定し、この作業のなかから浮かび上がってくる形式的連関をよりどころにして、歴史的アプローチの欠落部分を補完していこうとするのである。ここには奇しくも十八世紀ナポリの哲学者ジャンバッティスタ・ヴィーコが『新しい学』においてくわだてた「最初の人間たち」の「詩的知恵」の世界への接近方法を想起させるものがうかがえた。人間が人間として生きていくのに必要かつ有益なことがらについての人類の共通感覚を諸国民の言語と神話のうちに探り出して「知性の内なる辞書」にまとめあげ、そこから諸国民が時間の中で経由する歴史の根底にあると想定される「永遠の理念的な歴史」の構図を取り出そうという方法である。

わたしのほうではちょうど、このヴィーコの「永遠の理念的な歴史」の構想のうちに二十世紀ドイツの現象学者エトムント・フッサールが晩年の手稿「幾何学の起源」のなかで歴史学の可能性の条件として示唆した「意味の普遍的な構造的アプリオリ」の存在予想と深く通じ合うものを見てとって、この呼応関係の学問論的意義について本格的な考察を開始しつつあったところだった。ギンズブルグの実験は、このわたしの考察にひとつのさらなる具体的な材料を提供することとなったのである。なかでも、ギンズブルグの実験は、歴史的な事象を理解にもたらすにあたっての形式-論理的なレヴェルと経験的なレヴェルとの関係の問題、とりわけ前者が後者にたいして超越論的な位置にあることの意味について思索をめぐらせる機会をわたしにあたえてくれた。これはギンズブルグとの対話の最大の成果ではなかったか、といまでもわたしはおもっている。

くわえて、ギンズブルグは、最終的には、サバトのフォークロア的根源を人間精神の自然本性的なあり方、わけても零度の身体的経験である死をシンボル形式にまで仕上げようとする人間精神に生得的なカテゴリー活動のうちにあることを突きとめるのだが、この根源への旅をゲーテの『ファウスト』に出てくる「母たち」の国への旅になぞらえている。この世に存在する形あるものがまさにそこにおいて形づくられるところの根源的形成の場である。《そこには場所もなければ時間もない》とメフィストフェレスは『ファウスト』のなかで説明している。ギンズブルグによると、自分がくわだててきたサバトのフォークロア的根源を求めての旅は、まさしく、そのような場所もなければ時間もない歴史以前の国への旅であったというのだ。序論には、《わたしはずっと以前〔『ベナンダンテたち』のなかで〕、人間の本性といったようなものは存在しないのだということを歴史的な観点から実験的に証明してみようとしたことがあった。しかし、それから二十五年を経た現在、気がついてみるとわたしは当時とは正反対の命題を支持するにいたっていた。探求は、ある時点で、歴史認識の限界についての省察へと転換していったのである》という述懐の言が見える。この述懐の言も、わたしの学問論的関心をいたく刺激するところがあった。

それにしても『夜の歴史』と出会って、わたしはなんと途方もない勉強に励んだことか。じっさいにも、同書において展開されている議論の範囲たるや、文化人類学ないしは民族学、宗教学や神話学、民俗学関係のものはもちろんのこと、哲学や言語学、さらには口承文芸学から美術史にまでおよんでいて、その浩瀚さには驚嘆するばかりである。いや、それだけならいいのだが、その多岐にわたる議論のひとつひとつが読む者に鮮烈な印象と刺激をあたえるとともに、典拠とされている文献にかんしてのいちいちの確認を迫ってくる。

このようなわけで、わたしは、魔女裁判やサバトにかんする専門的研究文献だけでなく、クロード・レヴィ＝ストロースやウラジーミル・プロップ、あるいはまたジェイムズ・G・フレイザーやマルク・ブロックの再読から始まって、ルートウィヒ・ウィトゲンシュタインやロマーン・ヤーコブソンの諸論考、マルセル・デティエンヌやジャン＝ピエール・ヴェルナンといったギリシア神話研究者の著作、そして最後にはヴァルター・ベンヤミンの物語作者論にいたるまで、じつに多くの書物や雑誌論文に目を通すこととなった。目を通した文献のなかには、社会人類学者のロドニー・ニーダムが一九七五年に『マン』誌に発表した「多配列的分類」にかんする論文などもあった。そして、そこで確認した論点のひとつひとつをふたたびギンズブルグの展開している議論の場へと送り返しつつ、気がついてみると優に一年半余りの歳月が経過していたのだった。われながら、よくぞここまで頑張ったものだとおもう。壮年の盛りにあったからこそなしえた力業だったのではないだろうか。
その後、ギンズブルグはサバト研究から離れ、歴史とレトリック、あるいはまた立証との関係をめぐる方法論的な考察へと研究の重点を移動させていく。またわたしのほうでも、『逆光のロゴス』（未來社、一九九二年）によって新進気鋭のデリダ研究者として注目を集めつつあった高橋哲哉が一九九四年に発表した「記憶されえぬもの　語りえぬもの」という論考（岩波講座「現代思想」第九巻『テクストと解釈』所収）に接して、それまでその学問論的可能性に期待をかけてきた〈表象の歴史学〉の遂行する表象行為そのもののはらむ抑圧性に気づかされたのを機に、あらたに〈歴史のヘテロロジー〉の確立に向かって歩みを進めていくこととなる。歴史の外に追いやられた「歴史の他者」のまなざしのもとで歴史の存在理由そのものを根本的に問いなおそうというくわだてである。『歴史的理性の批判のために』（岩波書店、二〇〇二年）において大まかな指針を提示しておいたくわだてがそれである。しかし、その〈歴史のヘテロロジー〉の確立に向かっての歩みのなかでも、『夜の歴史』と出会って取り組んだいくつかの本や雑誌論文から得た知識は少なからぬ役割を演じている。

『ある軌跡――未來社60年の記録』（未來社、二〇一一年）

ずれを読み解く——ギンズブルグの方法について

カルロ・ギンズブルグというイタリア人歴史家の存在をわたしが最初に知ったのは、一九八一年の春、岩波新書の一冊として出た哲学者の中村雄二郎と文化人類学者の山口昌男の共著になる『知の旅への誘い』という本をつうじてであった。同書の第Ⅱ部、山口の担当部分に、前年にフランス語訳があいついで出たばかりの『ベナンダンテたち——十六世紀から十七世紀にかけての時期における魔術と農耕信仰にかんする研究』[1]（一九六六年）と『チーズとうじ虫——十六世紀のある粉挽きの宇宙』[2]（一九七六年）の二著について、読後の興奮さめやらぬ熱っぽい口調の紹介があったのである。《いよいよ待っていた歴史学が現われた》と。

興味をそそられ、さっそくイタリア語の原著を取り寄せて読んでみたところ、なるほど、二著とも、じつに斬新で刺激的である。なかでも瞠目させられたのは、山口の指摘している「周縁への旅」をとおしての「埋れた〈世界〉との出逢い」ということもさることながら、その旅の過程で対象に迫ろうとしてとられている方法のほうであった。

じっさいにも、右の二著においてギンズブルグが解明しようとしているのは、近世初期のヨーロッパにおける農民社会の宗教的態度ないし心性である。それを異端裁判の過程で書きとめられた農民たち自身の声をとおして解明しようというのが、ギンズブルグのめざすところなのだ。

しかし、もしそうであってみれば、ギンズブルグの前に立ちはだかっていた困難のほども容易に察しがつこうというものである。というのも、いまだ民衆が一般に読み書きを知らず、たとえ『チーズとうじ虫』で主題的に取りあげられている粉挽きのメノッキオがそうであったように読み書きができた場合でも自分の体験を文字にするというようなことはめったになかった時代にあっては、異端裁判の記録こそは民衆自身の声が書きとめられている数少ない資料のひとつであることは事実であるにしても、裁判ということがらの性質上、その記述内容には抑圧する側（異端裁判官）と抑圧される側（被告）の双方によるあまたの歪曲と隠蔽とが生じていることも、疑いのない事実だろうからである。このような抑圧する側と抑圧される側の双方による歪曲と隠蔽の壁を打ち破って対象の全体像を復元するにはどうすればよいのか。ギンズブルグが異端裁判の記録に着目し、それらをつうじて民衆の心性の世界に迫ろうとしたとき、彼の前にはこのような難問が立ちはだかっていたはずなのであった。

ところが、この難問に直面して、ギンズブルグはまずもってテクストそのものを細心の注意を払って読むことから始める。そして、異端裁判官たちの問いとベナンダンテたちの答え、あるいはメノッキオの場合には彼が読んだと証言している書物の記述内容と彼自身の読みとり方とのあいだに認められるずれ、それもほんの微細なずれに着目しつつ、――アルド・ガルガーニ編『理性の危機――知と人間的諸活動の関係における新しいさまざまなモデル』（一九七九年）に収録されている論考「証跡」[3]のサブタイトルにある「徴候解読型パラダイム paradigma indiziario」というギンズブルグの造語を使わせてもらうなら――まさに〈徴候解読的〉とでも呼ぶのがふさわしい一種独特なテクスト読解の方法によって困難を克服していこうとする。

なるほど、一方には異端裁判官の側の先入見とそれに由来する歪曲があり、他方では被告の側にも故意の言い落としや包み隠しがあって、現象にスクリーンをかけている。しかしまた、まさにこのスクリーンこそが現象を認識するための手がかりとなるのではないか。スクリーンのかけ方とその度合い――これらが歴史家の側からの問いの対象として立ち現われてくる。そのさい、とくに注意すべきなのは、異端裁判官の問いと被告の答え、あるいはメノッキオの場合には彼が読んだと証言しているいくつかの書物の記述内容と彼自身の読みとり方とのあいだに認められるずれである。テクストそのものの入念な読みをつうじて、それらのずれをひとつまたひとつと浮かびあがらせながら、層別化の操作を継続的に積み重ねていってみよう。そうすれば、抑圧する側の歪曲と抑圧される側の隠蔽によって構成されているコンテクストのなかから、歪曲と隠蔽をこうむる以前の元のものの全体像がほの見えてくるのではないか。こうギンズブルグは考えたようなのである。注目のうえにも注目に値するテクスト読解の方法であると言ってよい。

なお、「関係主義的現象学」の提唱者として知られるイタリア人哲学者エンツォ・パーチに学んだ一人にマルチェッラ・ポガトシュニックという研究者がいるが、彼女はパーチの創設した雑誌『アウト・アウト〈あれかこれか〉』の一九八一年一—二月号に寄せた論考「歴史における構築作業——カルロ・ギンズブルグの方法について」のなかで、右に見たようなギンズブルグの同定化の方法のうちに、フロイトが『夢の解釈』の夢の歪曲にかんする章で利用しているイギリスの人類遺伝学者フランシス・ゴールトンの重ね写真の方法——家族同士の類似性を探り出すために幾人かの者の顔を同じ一枚の乾板の上に撮影する方法——とのアナロジーを見ている。(4) そして、フロイトおよびゴールトンへの言及はいま名前を挙げたギンズブルグの論考「証跡」でもなされている。しかし、識別されたずれを手がかりにして、そこからひとつのまとまりのある像を織りあげていこうとする手法は、同時にまた、ギンズブルグ自身、『ジグソー・パズル——『キリストの恵み』にかんする演習』(一九七五年)のなかで、彼がボローニャ大学で同僚のアドリアーノ・プロスペリや学生たちと共同でおこなった宗教改革期イタリアの文書『キリストの恵み』にかんする同定作業を形容してそう呼んでいるように、ジグソー・パズルのそれにも似ていると言ってよいだろう。(5)

＊

ところで、イギリスの歴史家ローレンス・ストーンは、『パースト・アンド・プレゼント〈過去と現在〉』誌一九七九年十一月号に発表されて論議を呼んだ「物語の復活——ある新しくて古い歴史にかんする考察」[6]で、二十世紀に入ってから従来の伝統的な歴史叙述のあり方に取って代わる「科学としての歴史学」を標榜して現われて欧米の歴史学界において支配的な地位を築くにいたった「新しい歴史学」の潮流――マルクス主義史学、フランスのアナール学派、アメリカのクリオメトリクス（計量史）学派――の内部から、一九七〇年代以降、自分たちのモデルと方法にたいする多かれ少なかれ苦い幻滅をともなった批判的反省のもと、物語（narrative）の様式、すなわち、資料をその時間的な継起の順序にしたがって構成するとともに、内容をいくつかの下位プロットに沿って単一の一貫性あるストーリーへとまとめ上げていく様式への立ち戻りのこころみが出てきていることを指摘している。そして、その一人に『チーズとうじ虫』のギンズブルグの名を挙げているが、たしかに物語的叙述様式が採用されているという点は、わたしも『チーズとうじ虫』を読んで目を惹いた点のひとつであった。しかも、これは、ひとり『チーズとうじ虫』に限らず、『ベナンダンテたち』からイタリア・ルネサンス期の画家ピエロ・デッラ・フランチェスカの作品の年代鑑定をこころみた『ピエロにかんする調査』[7]（一九八一年）にいたるまで、歴史家ギンズブルグの採用しているもっともきわだった叙述様式であると言ってよい。

ただ、この物語的叙述様式の採用をストーンは「古い」歴史叙述への立ち戻りというように規定しているが、そうだとすれば、ギンズブルグの場合にはストーンの見立ては当てはまらないと言わざるをえない。

まずもって注意する必要があるのは、ギンズブルグの場合には、物語的叙述様式の採用はたんに読み物としてのおもしろさを狙ったものでもなければ、わが国でも歴史小説の意義をめぐる議論のなかで提起されたことのある歴史研究における文学的想像力の必要性という要請に発するものでもなく、さきほど言及した一九七九年の論考「証跡」でも主張されているように、およそ歴史認識なるものは本質的に徴候解読型の知のパラダイムに属しているとの認識にもとづいているということである。じじつ、一九七九年の論考「証跡」は、十九世紀の終わりごろ、人文学の分野に、イタリアの美術鑑定家ジョヴァンニ・モレッリの鑑定法、コナン・ドイルの小説の主人公シャーロック・ホームズの探偵術、そしてフロイトの精神分析という、いずれもが症候学にかんする一定の知見を踏まえて編み出された三つの方法に代表される「徴候解読型パラダイム」が登場したことに留意をうながすとともに、このパラダイムについての究明は「合理主義」と「非合理主義」との不毛な対立からわたしたちを救い出してくれるのではないかとの見通しに立って、それの系譜を原始の狩猟時代における人間たちの知のあり方にまでさかのぼったところから反省的にたどり直そうとしたものであるが、そのなかでギンズブルグはつぎのように述べている。

何千年ものあいだ、人間は猟師であった。数限りなく追跡を繰り返すなかで、彼は姿の見えない獲物の形姿と動きを、泥土に残された足跡、折れた木の枝、糞の玉、一房の頭髪の毛、ひっかかって落ちた羽根、消えずに漂っている臭いなどから復元するすべを習得してきた。よだれの線条のようなごく微小の痕跡を嗅ぎとり、記憶にとどめ、解釈し、分類するすべを習得してきた。密林の奥や落とし穴だらけの林間の草地にあって、複雑な知的操作を一瞬のうちになし遂げるすべを習得してきたのだった。／この〔猟師たちの〕知を特色づけているのは、一見したところでは取るに足らないようにみえる実地の経験にもとづくデータから、直接には経験することのできないひとつの総体的な現実にまでさかのぼっていくことのできる能力である。そして、これにいまひとつ特色として付け加えることができるのは、これらのデータはつねに観察者によって一続きの物語を生み出すような仕方で配列されうるものであるということであって、そのもっとも単純な形式は「なにものかがあそこを通り過ぎた」というものであろう。おそらく、（魔法をかけたり、悪魔祓いをしたり、神の加護を求めたりするための、祈禱とは区別された）物語という観念自体、猟師たちの社会のなかで、痕跡の解読の経験をつうじてはじめて生まれたのであった。〔中略〕猟師こそは「ストーリーを物語る」ことをした最初の者であったにちがいないのである。というのも、ひとり猟師だけが獲物の残した（知覚不能ではないまでも）ものいわぬ痕跡のなかに一続きの一貫したできごとの流れを読むことができたからである。

ここで「ストーリー」は「物語」であると同時に「歴史」でもある。歴史認識は元をたどれば猟師の知にまでさかのぼる「徴候解読型パラダイム」に属するものであること、そして、そうである以上、歴史叙述の様式も必然的に物語のそれでなければならないとの方法論的自覚がギンズブルグにはある。それにどうであろう。ストーン自身も認めているように、近年「新しい歴史学」の潮流自体の内部から起こってきた物語的叙述様式の復活の動きのなかにあっても、分析が記述と同様に歴史家の作業にとって不可欠の要素をなしていることに変わりはないのではないだろうか。

　すくなくともギンズブルグの場合には、データの読みとりのためにはなんらかの仮説の採用が不可欠であり、仮説のもとで演繹的な手続きを踏みながら推理をおこなっていく必要があるという認識が明確にもたれている。じっさいにも、ギンズブルグはテクストのうちに確認される異端裁判官たちの問いとベナンダンテたちの答え、あるいは『チーズとうじ虫』の場合にはメノッキオが読んだと証言しているいくつかの書物の内容とそれらについてのメノッキオの読みとり方とのあいだのずれに着目しつつ探求を進めていこうとするのだが、そのさい、ずれはそれ自体としてはなおもただちになにものかの有意味的な徴候ではないだろう。それらがなにものかの有意味的な徴候であるとされうるためには、まえもって、当のなにものかについての仮説的想定がなければならない。そうした仮説があらかじめ想定されていてはじめて、テクストのうちに確認されるひとつひとつのずれは、そのあらかじめ想定されたなにものかの徴候として意味づけられるのである。いまの場合でいえば、前キリスト教的な農耕信仰の伝統の存在というのがそれである。この伝統の存在そのものは、『ベナンダンテたち』においても、『チーズとうじ虫』においても、資料から導き出された帰結ではなくて、ギンズブルグが眼前にしているもろもろの資料的データを整合的に読みとっていくための仮説として設定されている。そして、この伝統の存在をあらかじめ仮説的に想定することによってはじめて、ギンズブルグは対象の統一的再構成をなしえているのである。この点については、ギンズブルグもはっきりと自覚していたとみてよい。

しかも、それだけではない。『キリストの恵み』にかんする演習の場合もそうであったが、『チーズとうじ虫』の場合でも、ギンズブルグは自分が進めている探求と推理の過程を率直に物語って包み隠すことがない。それどころか、その探求と推理の過程についての説明がそのまま著作の筋立てを構成している。『チーズとうじ虫』を「物語の復活」の典型的な一事例として挙げる場合に注意しておくべき点ではないかとおもう。

＊

『チーズとうじ虫』については、ほかにも述べたいことがいくつかある。

ここでは二点ばかり述べておくとして、第一に注意をうながしておきたいのは、とくに食物との関係に重点を置きつつアンシァン・レジーム下の人々が営んでいた物質的な生活の諸相をフォークロアの観点から解明しようとしたことで知られる歴史家のピエロ・カンポレージ(8)をはじめとして、『チーズとうじ虫』を読んだ大方の読者からは絶賛に近い評価が寄せられた一方で、メノッキオの言説は《はるか昔からの農民的伝統の、暗く闇に閉ざされた、ほとんど解読不可能なあるひとつの地層》から養分を吸い上げたものであるという、たしかに『チーズとうじ虫』全体を支えているとみられる中心的テーゼにかんして、このことをはたしてギンズブルグは説得力ある仕方で立証しえているのだろうか、と疑問を投げかけた読者もいなかったわけではないということである。

ルネサンス期の魔術にかんする研究で知られる思想史家のパオラ・ザンベッリもその一人である。この気鋭の女性思想史家が『アルキーヴィオ・ストリコ・イタリアーノ〔イタリア歴史学紀要〕』誌第一三七巻（一九七九年）に寄せた論考「《一人、二人、三人、そして千人のメノッキオ》？――自然発生的発生について（あるいは十六世紀のある粉挽きの「自律的な」宇宙生成論について）」[9]で指摘しているところによると、メノッキオの言説のうちに《あるひとつの共通の農民文化に還元しうるもろもろの特徴の存在》を確認するためには、先立つ時代に記録に留められた民間伝承のうちにすくなくともなんらかの痕跡を見いだすことができていなければならない。ところが、『チーズとうじ虫』では、メノッキオの言説と同時代の高等文化との関係については過剰なまでに詮索と裏づけの努力がなされているものの、先行する時代における資料との関係にかんしてはなんらの言及もないというのである。くわえては、メノッキオのとっている立場があるひとつの口頭伝承に由来するというのはありうることであるとしても、その伝承が太古来のものであるというのはありそうになく、立証もなされていないという。

また、アメリカ合州国の批評家、ドミニク・ラカプラも、『歴史と批評』[10]（一九八五年）の第二章「『チーズとうじ虫』――二十世紀のある歴史家の宇宙」のなかで、ギンズブルグがメノッキオの宇宙生成論を口承の民衆文化に帰着させているのは、検証と反証のルールにのっとった厳密に科学的な意味での仮説の域こそ超えているにしても、わたしたちが日常的な会話のなかで使っている意味での

「仮説」としては認めたいとしながらも、その仮説の実証にはザンベッリも言うように成功していないのではないか、と疑問を呈している。そして、この点にかんするかぎり、わたしもザンベッリとラカプラの所感に賛同したいとおもう。二人から提出された批判ないし疑問は、わたしも『チーズとうじ虫』を読んで感じたところであった。

ギンズブルグは、一九八〇年に『チーズとうじ虫』の英語版が出たさいに追記した注のなかでザンベッリの批判に答えて、ザンベッリはギンズブルグが『チーズとうじ虫』において主張したのは「農民文化の絶対的自律性という考え方」であると受けとめたうえでこれに論駁をくわえているが、『チーズとうじ虫』という著作を構築している仮説は十六世紀には支配的文化と従属的文化とのあいだにはなおも実り豊かな「循環性」が存在したという仮説であったはずであると反論している。(11) たしかに、『チーズとうじ虫』の序文では、この趣旨の主張が民衆文化史研究におけるミハイル・バフチンの『フランソワ・ラブレーの作品と中世・ルネサンスの民衆文化』の画期的意義に言及しつつなされている。しかし、支配的文化と従属的文化のあいだの「循環性」が問題にされる場合でも、双方の文化それぞれの独立した存在が前提になっていることに変わりはないのではないだろうか。じっさいにも、『チーズとうじ虫』の本文中には「農民ラディカリズムの自律的な潮流」という表現が出てくる。いわく、《わたしたちが問うてみなければならないのは、それら〔メノッキオの主張〕は宗教改革の激動が浮上させることに寄与してきたが、宗教改革よりもはるか昔に存在していた農民ラディカリズムの自律的な潮流に属しているのではないか、ということである》。ザンベッリとラカプラが問うているのは、この想定の立証にギンズブルグははたして成功しているだろうかということであったのである。

第二には、十六世紀イタリアの社会においてメノッキオという粉挽きが占めていた地位。これについても、ギンズブルグのとらえ方にはかならずしも全面的には賛同しがたいものがあると言わざるをえない。

ギンズブルグは、メノッキオをその時代の「平均的」とか「統計的にもっとも頻度が高い」という意味で「典型的な」農民とみなすことはできないとしながらも、そのような極限的なケースでも消極的と積極的の両方の意味において「代表的な」存在ではありうるのではないか、と述べている。消極的な意味では、ある特定の時代において「統計的にもっとも頻度が高い」ということで何が言われるべきであるのかをつまびらかにする手助けになるし、積極的な意味では、ほとんどすべてが「抑圧の文書庫」（ミシェル・フーコー）から出てくる断片的で歪曲された記録をとおしてしかわたしたちには知られていない民衆文化の潜在的可能性の範囲を画定することを可能にしてくれるというのだった。

だが、これもどうだろう。メノッキオが右のような意味において「代表的な」存在であるというのは、たしかにギンズブルグの言うとおりである。しかし、メノッキオがそのような存在でありうるのは、ラカプラもいま見た『歴史と批評』のなかで指摘しているように、ほかでもないメノッキオが口承文化と書字文化、民衆文化とエリート文化のあいだの境界線上に位置する「例外的な」存在であったからこそではないのだろうか。そうであってみれば、同じくラカプラも疑問を呈しているように、口承文化こそがメノッキオが自分の読んだ書物を読み解くにあたっての解読格子《グリッド》をなしていたというギンズブルグの解釈はかなり疑わしいと言わざるをえないのではないだろうか。

*

最後に、『チーズとうじ虫』においてとられている〈徴候解読的〉テクスト読解の方法といわゆる「ミクロストリア microstoria」との関係について一言。

一九八一年の春、ギンズブルグと経済史家のジョヴァンニ・レーヴィの企画立案になる《ミクロストリエ Microstorie》と銘打たれた歴史叢書の刊行が始まった。出版元であるトリーノのエイナウディ出版社の『一九八一年度新刊情報』に載っている「ひとつの提案」と題されたレーヴィの署名入り広告文によると、《範囲を限定して分析的な目でもって調査をすれば独自の重みと色合いを取り戻すような契機、状況、人物》についての歴史の叢書たらんとしているとのことである。[12] したがって、「ミクロストリア」に訳語が欲しいというのであれば、かつて服部之總が口にしたことのある用語を借りて、「微視の歴史学」とでもしておくのが適当であろうか。[13] レーヴィが経済史家であったことを考慮するなら、そこには巨視的な観点に立つマクロ経済学と微視的な観点に立つミクロ経済学の対比からの連想があったのではないかとも想像される。要するに、「ミクロストリア」というのはなによりも「観察規模《スケール》の縮小」実験にほかならないのである。そして、このような実験の結果、――ギンズブルグの論考「証跡」をめぐって一九八〇年に催されたある討論会でのギンズブルグ自身の応答にもあるように——《巨視的な規模のうえに立った場合にはたぶん観察されないでおわってしまう新しい現象》が姿を現わしてくれるのではないか、というのが「ミクロストリア」の実践家たちの期待するところなのであった。(14)

そうであってみればどうだろう。大方の評価では、『チーズとうじ虫』は「ミクロストリア」の代表作であるということになっている。そして『チーズとうじ虫』が観察規模をひとりの個人の証言にまで縮小したこころみであるというのは、たしかにそのとおりである。しかし、『チーズとうじ虫』においてなによりも注目されるのは、繰り返しになるが、あくまでもそこでとられている〈徴候解読的〉テクスト読解の方法のほうではないだろうか。このテクスト読解の方法と「ミクロストリア」でこころみられる「観察規模の縮小」とは似て非なるものであろう。

なおまた、ギンズブルグは象徴の文化史的研究に新境地を拓いた美術史家アビ・ヴァールブルクの「神は細部に宿る」という言葉を「証跡」のエピグラフに掲げているが、それはこの言葉が「徴候解読型パラダイム」の精神を簡潔に表現しているとかんがえたからにほかならない。したがって、この言葉についてもこれを「ミクロストリア」のモットーであるかのように受けとる向きがあるが、たしかに「細部」へのこだわりという点では「ミクロストリア」のモットーとしてもふさわしいものであるかもしれないにしても、この言葉をギンズブルグが「証跡」のエピグラフに掲げたとき、彼の意図は別のところにあったと言うべきだろう。そして歴史家としてのギンズブルグの真骨頂は「ミクロストリア」の実験家というよりも〈徴候解読的〉テクスト読解のエキスパートであることに求められるのであった。

＊ 本稿は、カルロ・ギンズブルグ著、上村忠男訳『夜の合戦——16—17世紀の魔術と農耕信仰』（みすず書房、一九八六年）に付した訳者解説「ギンズブルグの意図と方法について」のうち、とくに『チーズとうじ虫』に関係のある部分を抜き出したうえで、その後に得られた知見を加味して増訂をほどこしたものである。
なお、『夜の合戦』の訳者解説はその後、「カルロ・ギンズブルグと民衆文化史の可能性」と改題のうえ、拙著『クリオの手鏡——二十世紀イタリアの思想家たち』（平凡社選書、一九八九年）に収められた。現在は拙著『現代イタリアの思想を読む——［増補新版］クリオの手鏡』（平凡社ライブラリー、二〇〇九年）で読むことができる。

（1） Carlo Ginzburg, *I benandanti. Ricerche sulla stregoneria e culti agrari tra Cinquecento e Seicento*（Torino, Einaudi, 1966）. フランス語訳は *Les batailles nocturnes. Sorcellerie et rituels agraires en Frioul XVI-XVII*[e] *siècles*, traduit par Giordana Charuty（Lagrasse, Verdier, 1980）。日本語訳には上村忠男訳『夜の合戦——16—17世紀の魔術と農耕信仰』（みすず書房、一九八六年）と竹山博英訳『ベナンダンティ——16—17世紀における悪魔崇拝と農耕儀礼』（せりか書房、一九八六年）の二種類の版がある。
（2） Carlo Ginzburg, *Il formaggio e i vermi. Il cosmo di un mugnaio del '500*（Torino, Einaudi, 1976）. フランス語訳は *Le fromage et les vers. L'univers d'un meunier du XVI*[e] *siècle*, traduit par Monique Aymard（Paris, Flammarion, 1980）.
（3） Carlo Ginzburg, "Spie. Radici di un paradigma indiziario," in: *Crisi della ragione. Nuovi modelli nel rapporto tra sapere e attività umane*, a cura di Aldo Gargani（Torino, Einaudi, 1979）. この論考はその後、ギンズブルグ自身の第一批評論集『神話・エンブレム・証跡』*Miti, emblemi, spie. Morfologia e storia*（Torino, Einaudi, 1986）〔竹山博英訳『神話・寓意・徴候』（せりか書房、一九八八年）〕に収録された。
（4） Cf. Marcella Pogatschnig, "Costruzioni nella storia. Sul metodo di Carlo Ginzburg," *Aut Aut*, n.s. 181（gennaio-febbraio 1981）, pp. 27–43.

（5）Cf. Carlo Ginzburg e Adriano Prosperi, *Giochi di pazienza. Un seminario sul «Beneficio di Cristo»* (Torino, Einaudi, 1975).
（6）Lawrence Stone, "The Revival of Narrative: Reflections on a New Old History," *Past & Present*, n. 85 (November 1979), pp. 3–24.
（7）Carlo Ginzburg, *Indagini su Piero. Il Battesimo, il ciclo di Arezzo, la Flagellazione di Urbino* (Torino, Einaudi, 1981; nuova edizione con l'aggiunta di quarto appendici: Torino, Einaudi, 1994).〔森尾総夫訳『ピエロ・デッラ・フランチェスカの謎』（みすず書房、一九九八年）〕
（8）Cf. Piero Camporesi, *Il paese della fame* (Bologna, Il Mulino, 1978), capitolo sesto: Il formaggio primordiale.
（9）Paola Zambelli, "«Uno, due, tre, mille Menocchio»? Della generazione spontanea (o della cosmogonia 'autonoma' di un mugnaio cinquecentesco)," *Archivio Storico Italiano*, CXXXVII (1979), pp. 51–90.
（10）Dominick LaCapra, *History and Criticism* (Ithaca and London, Cornell University Press, 1985).〔前川裕訳『歴史と批評』（平凡社、一九八九年）〕
（11）Cf. Carlo Ginzburg, *The Cheese and the Worms: The Cosmos of a Sixteenth-Century Miller*, translated by John and Anne Tedeschi (Baltimore, The Johns Hopkins University Press, 1980), nota 58, pp. 154–55.
（12）Cf. Giovanni Levi, "Microstorie: una proposta," *Notiziario Einaudi '81*.
（13）服部之總『微視の歴史学』（理論社、一九五三年）。
（14）Cf. "Paradigma indiziario e conoscenza storica. Dibattito su *Spie* di Carlo Ginzburg," *Quaderni di storia*, 12 (luglio-dicembre 1980), pp. 52–53.

カルロ・ギンズブルグ著、杉山光信訳『チーズとうじ虫』《始まりの本》版（みすず書房、二〇一二年）

IV

FELTRINELLI
ANTONIO NEGRI
L'ANOMALIA SELVAGGIA
SAGGIO SU POTERE E POTENZA
IN BARUCH SPINOZA

アントニオ・ネグリ『野生のアノマリー』
1981年 初版の表紙

『野生のアノマリー』考

1

わたしがアントニオ・ネグリのスピノザ論『野生のアノマリー』(一九八一年)を読んだのは、一九八二年の春休みではなかったかと記憶する。出版後一年余り経ってからのことであった。新刊カタログで見つけての入手であったが、注文したのはネグリに関心があったからではない。「野生のアノマリー」というタイトルが気にかかっただけのことである。

もちろん、アントニオ・ネグリという人物については、一九七七年の四月七日に「トーニ・ネグリ逮捕」の大見出しがイタリアの日刊紙の第一面を賑わす以前から知っていた。『政治的デカルトあるいは分別あるイデオロギーについて』(一九七〇年)をはじめとする近代ヨーロッパ政治哲学史の研究者として。あるいはまたイタリアの議会外左翼、アウトノミーア運動の理論的指導者として。

しかし、まず近代ヨーロッパ政治哲学史の研究者としては、それまでにもいくつかの文章に接する機会があったが、それらから受けた印象のかぎりでは率直にいってさほど注目すべき存在であるようにはおもわれなかった。また、アウトノミーア運動方面の活動にかんしていえば、当時のわたしが議会外左翼もふくめてイタリアの左翼一般にたいする関心を失ってすでに久しかったことについては、別の場所でうち明けたことがあるとおりである(「評議会幻想」『現代思想』一九九七年七月号を参照のこと。このエッセイはその後、上村忠男『超越と横断——言説のヘテロトピアへ』〔未來社、二〇〇二年〕に収録されている)。

ただ、「野生のアノマリー」というタイトルには、内容が「バルーフ・スピノザにおけるポテーレpotereとポテンツァpotenzaにかんする試論」と副題にあることから察してスピノザ論であるらしいということとあわせて、わたしの関心をいたく惹くものがあった。

それというのも、『野生のアノマリー』が出た直後であったが、ヴィーコにかんして秀抜な研究をおこなっていることでかねてより注目していたビアジオ・デ・ジョヴァンニとロベルト・エスポジトという二人の政治哲学研究者がいまひとりジュゼッペ・ザローネという同じく政治哲学の研究者をくわえて『近代的理性の生成——デカルト、スピノザ、ヴィーコ』(一九八一年)という本を出した。この本に寄せられているデ・ジョヴァンニの「スピノザとヴィーコにおける〈身体〉と〈理性〉」という論考がことのほか刺激的で、スピノザとヴィーコという、二人の代表的な、しかしまた相互に大きく相違し対立するかにもみえる反デカルト主義者の思想について、その関係をどう理解すべきかと考えあぐねていたわたしに、〈身体のまなざし〉に立脚したところからデカルト流の〈コギト〉的主体の無根拠性をあばき出すという解釈ラインを呈示してくれていた。このようなわけで、新刊カタログでネグリの新著を目にした時期というのは、ちょうどわたしのなかでスピノザにおける〈身体のまなざし〉のありようへの関心が一挙に高まりつつあった時期であったのだ。

じっさいにも、「野生のアノマリー」とはなんとも気をひく言葉ではないか。いったい、どんなスピノザが描きだされているのか。本が届くのがほんとうに待ち遠しかった。

2

読後の満足感には期待以上のものがあった。

ネグリは、現代社会には依然としてコミュニズムの可能性が潜在しているとみる。しかしまた、ネグリの診断では、そのコミュニズムの可能性はマルクス主義にも深く浸透しているヘーゲル以来の弁証法的思考によって現実化の芽を摘みとられてきたのだった。そうした現代社会へのアクチュアルな政治的関心に導かれつつ、反弁証法的ないしポスト弁証法的な唯物論者としてのスピノザ像が『野生のアノマリー』では提出されている。このスピノザ像にはたしかに接する者の度肝を抜くものがある。しかしながら、論証は従来の研究成果、とりわけ一九六〇年代末に世に問われた二冊の本、ジル・ドゥルーズの『スピノザと表現の問題』（一九六八年）とアレクサンドル・マトゥロンの『スピノザにおける個人と共同体』（一九六九年）によって提起された新しい存在論的スピノザ解釈をしっかりと踏まえたうえで紡ぎだされており、なかなか堅実で説得力に富んでいる。

『野生のアノマリー』は、ネグリ自身の証言によると、逮捕・投獄されてからの一年という短期間に、それも数か所の監獄をたらい回しされるなかで執筆されたという。監獄という場所は、フーコーも一九六七年チュニスの建築研究サークルでおこなった「異他なる空間について」という講演において指摘しているとおり、近代の都市空間におけるヘテロトピアすなわち異他なる反場所のなかでも極めつきの反場所である。そうした反場所に身を置く羽目となったことが、ことがらの本質を批判的に透視するのにかえって幸いしたのだろうか。これまでにネグリの書いてきた本は相当の数になる。が、それらのなかでも、思想的な緊張度と深さにおいては随一のものといってよいだろう。

3

だが、同時にそこには相当の危うさが感じられるというのも疑いのないところである。

ネグリはいう。スピノザの形而上学はブルジョワ・イデオロギーの発展過程にあってのひとつのアノマリーを代表している、と。そして、そのアノマリー、すなわち異例性は、歴史的には、スピノザの生まれ育ったネーデルラント地域における資本主義の発達の例外性にささえられたものであり、哲学的には、ブルジョワ・イデオロギー特有の弁証法的思考様式をスピノザが受けいれようとせず、むしろ、ルネサンス期人文主義思想の遺産のなかからとりわけ諸事象の野性的かつ即物的な構成能力を継承して、それをコミュニズム的な集合理性の概念となって結実する唯物論的かつポスト弁証法的思考へと形成しあげていこうとした点にある、と。

これはこれ自体としてはたしかに魅力的で啓発的なスピノザ像である。が、しかしまたその一方では、ブルジョワ・イデオロギーなるものについての、ひいてはそれに特有のものであるという弁証法的思考様式についての、いささか性急にすぎる独断と単純化とが目につくことも否定できないのではないだろうか。

当時はイタリアの思想界でも「近代的理性の危機」ということがさかんに口にされるようになっていた。一九七九年には、ずばり『理性の危機』と銘打った論文集がアルド・ガルガーニの編集によって刊行されている。副題には「知と人間的諸活動の関係における新しいさまざまなモデル」とある。カルロ・ギンズブルグの「証跡――徴候解読型パラダイムの諸根源」を筆頭に、フランチェスコ・オルランドの「啓蒙主義のレトリックとフロイト的否定」やフランコ・レッラの「理性の信用失墜」など、計九本の論考が並んでいて、なかなか圧巻であるが、じつはさきに紹介したデ・ジョヴァンニらの『近代的理性の生成』はこのような傾向への一定の対抗動機のもとで出されたものであった。「近代的理性は危機におちいっている」というのが、いまや人びとの共通了解である。しかし、現在人口に膾炙している「理性の危機」というモデル、ひいてはまた当の「近代的理性」なるもののモデルの復元作用のなんと単純思考的で紋切り型であることか。近代的理性は当初から複数形における理性(una ragione plurale)として存在していたのであって、けっして単純化を寄せつけない生成の過程に巻きこまれていた。この近代的理性の複雑で多様な生成のありさまを複雑で多様なままに記録し、それに声と形をあたえることこそが、自分たちのめざした課題であるというのだった。このデ・ジョヴァンニらの挑戦を受けて立ちうるだけの用意周到さがネグリのスピノザ論にはあっただろうか。答えは否定的でしかありえないのではないかというのが、わたしのいつわらざる判断である。

4

しかも、このようなネグリのスピノザ把握のうちにうかがわれる、ブルジョワ・イデオロギーなるものについての、ひいてはそれに特有のものであるという弁証法的思考様式についての、いささか性急にすぎる独断と単純化は、その後、『構成する権力』（一九九二年）から現在にいたるまでの「構成する共和国」像の彫琢にむけてのネグリの理論的努力にも少なからぬ影を落としているようにおもわれる。

たとえば、デ・ジョヴァンニは『近代的理性の生成』にさきの論考「スピノザとヴィーコにおける〈身体〉と〈理性〉」を発表した直後、みずから編集人をつとめる哲学と政治理論の雑誌『チェンタウロ』の第二号（一九八一年五―八月）で「神学／政治」をテーマにした特集を組み、そこに「G・B・ヴィーコの〈国家神学〉」という論考を発表している。わたし自身『ヴィーコの懐疑』（一九八八年）に収録してある「はじめに怖れありき――ヴィーコと根拠の弁証法」を執筆するさいに大いに参考にさせてもらった論考であるが、そこでは、さきのヴィーコとスピノザの反デカルト主義の比較論的考察において呈示されていた〈身体のまなざし〉に立脚したデカルト流の〈コギト〉的主体の無根拠性の批判という解釈視点が、ヴィーコによる「諸国民の世界または国家制度的世界」の歴史についての記述の分析に導入されている。そして、そのヴィーコの「諸国民の世界または国家制度的世界」が構成されえたのは、野獣同然の状態に転落して感覚と想像力の塊と化していた「最初の人間たち」の、あくまでも「肉体の眼」をもって感知され形像化された天神ゼウスへの恐怖を拠りどころにしてであったことが確認される。と同時に、やがて人びとのあいだに悟性による判断力が備わるようになるにつれて、そこに起動することとなった〈根拠の弁証法〉のありようがペシミスティックに描きだされている。

これとくらべて、ネグリがスピノザからとりだして描きあげようとしている「構成する共和国」像のほうはあまりにも直截的にマテリアルであり、自己のありようにたいする反省の契機を欠如させていて、オプティミスティックである。しかしまた、ネグリらが現存の法形式をとった国家に対決して志向し実践しようとしている「転覆の政治 politica della sovversione」がこのようにして内部に反省の契機を欠如させた物質的集合理性——「マルチチュード」——の直接無媒介的なたえざる自己構成のいとなみとして了解されるとき、そこから出現するとされる新しいデモクラティックな共和国がそれ自体ひとつの自己抑圧的な全体主義社会でないという保証ははたしてあるのだろうか。

5

ネグリは『野生のアノマリー』刊行後も何篇かのスピノザ論を書いているが、『野生のアノマリー』

のテクスト自体もふくめて全体を一冊にまとめ、『スピノザ』と銘打った本が一九九八年に出た。これに付されているあとがき「そして結語に代えて――スピノザとポストモダン派」のなかで、ネグリはつぎのように述べている。

一九七〇年代の後半にスピノザ再解釈の基礎を据えた諸著作を読むことになったとき（そしてそれらの著作が提出している仮説をとりわけ政治的なレヴェルにおいて発展させることになったとき）、わたしは心底、自分がしているのは哲学史家としての仕事であるとおもっていた。そうであったからこそ、わたしはスピノザのアノマリーはとりわけ近代の黎明期に生じていた権力の哲学と転覆の哲学とのあいだの亀裂を掘りさげる助けになるとかんがえたのであった。そうであったからこそ、スピノザの周りには、哲学思想において、ホッブズ・ルソー・ヘーゲルという主権論の系譜に対抗する、マキャヴェッリとマルクスのあいだにあっての「別の」伝統が凝縮されているのを見てとったのであった。このわたしの判断は正しかったし、現在もなお正しさを失っていない。しかし、当時わたしが考えおよばなかったのは、その時期に進行しつつあったこの新しいスピノザ読解が、現代にあって、ポストモダン時代のもろもろの新たな弱い現象学的考察にひとつのポジティヴな（経験と存在の）存在論、ひとつの肯定の哲学を対置するのに、どんなに有益で重要なものであったか、ということであった。

「ポストモダン時代のもろもろの新たな弱い現象学的考察」というのは、たぶん、一九八三年にジャンニ・ヴァッティモとピエル・アルド・ロヴァッティによって編まれた『弱い思考』に代表されるような思想傾向のことを指しているのだろう。しかし、問題＝罠はむしろ、ネグリのほうの「強さ」、徹底して肯定的であろうとする姿勢のうちにこそ潜んでいるのではないのか。

ここはやはり「弱い思考」の提唱者たちの主張にもそれなりの根拠と道理があったとみるべきだろう。そして、『新しい学』の最終第三版（一七四四年）を《この著作において推理してきたすべてのことから、最後に結論すべきであるのは、この学は敬虔の研鑽を分かちがたくともなっているということであり、敬虔でないかぎり、じつのところ、賢明でもありえないということである》という言葉でもって結んでいるヴィーコに学ぶことである。

ちなみに、ヴィーコは当初、これのあとに「新しい学の応用法」という一節を置く予定でいたようである。草稿は現在も残っている。そこでは、《本書において解明された諸国民のたどる経過の観照から教示を得ることによって、諸国家の賢者たちとその君主たちは、善き制度と法律と模範を提示することをつうじて、人民を彼らのアクメーすなわち完全な状態にまで引き戻すことができるだろう》との進言がなされている。しかし、この一節をヴィーコはみずからの判断で最終的に削除したのだった。妥当かつ賢明な判断であったとおもう。このヴィーコの判断の示唆するところを現代社会の建設立案者（テクノクラット）たちはとくと考えてみるべきではないだろうか。

＊ 本稿は『現代思想』一九九八年三月号の特集《ユーロ・ラディカリズム——アントニオ・ネグリの思想圏》に寄せたエッセイ「アントニオ・ネグリのスピノザについて」に若干の手直しと追加をほどこしたものである。

〔参考文献〕

De Giovanni, Biagio, "«Corpo» e «ragione» in Spinoza e Vico," in: Biagio de Giovanni, Roberto Esposito, Giuseppe Zarone, *Divenire della ragione moderna. Cartesio, Spinoza, Vico*（Napoli, Liguori, 1981）, pp. 93–165.

——, "La《teologia civile》di G. B. Vico," *Il Centauro*, n. 2（maggio-agosto 1981）, pp. 12–22.

Foucault, Michel, "Des espace autres," in: Michel Foucault, *Dits et écris*, Vol. 4（Paris, Gallimard, 1994）, pp. 752–762.〔工藤晋訳「他者の場所」、『ミシェル・フーコー思考集成』10（筑摩書房、二〇〇二年）〕

Gargani, Aldo, ed., *Crisi della ragione. Nuovi modelli nel rapporto tra sapere e attività umane*（Torino, Einaudi, 1979）.

Negri, Antonio, *L'anomalia selvaggia. Saggio su potere e potenza in Baruch Spinoza*（Milano, Feltrinelli, 1981）.〔杉村昌昭・信友建志訳『野生のアノマリー——スピノザにおける力能と権力』（作品社、二〇〇八年）〕

——, *Il potere costituente*（Milano, Feltrinelli, 1992）.〔杉村昌昭・斉藤悦則訳『構成的権力——近代のオルタナティブ』（松籟社、一九九九年）〕

——, "E per concludere: Spinoza e i postmoderni"（settembre 1998）, Postfazione a: *Spinoza. L'anomalia selvaggia, Spinoza sovversivo, Democrazia ed eternità in Spinoza*（Roma, Derive Approdi, 1998）, pp. 391–396.

Vattimo, Gianni et Rovatti, Pier Aldo, eds., *Il pensiero debole*（Milano, Feltrinelli, 1983）.〔上村忠男ほか訳『弱い思考』（法政大学出版局、近刊予定）〕

Vico, Giambattista, *La Scienza nuova seconda*, a cura di Fausto Nicolini（Quarta ed. riveduta: Bari, Laterza, 1953）.〔上村忠男訳『新しい学1、2、3』（法政大学出版局、二〇〇七—二〇〇八年）〕

『別冊情況』第三期第十巻第七号（二〇〇九年七月一日）

自信満々の未来派左翼

「それにしても、これはまたなんと自信に満ちた青写真であることか」というのが、突如来日中止を余儀なくされたアントニオ・ネグリの東京大学での代読講演《新たなるコモンウェルスを求めて》を聴いての率直な感想であった。

講演では、私的所有の観念に規定された近代民主主義に取って代わって、人びとが個々的にはあくまで特異で単独的な存在にとどまりつつ、そのような特異で単独的な存在者たちが「マルチチュード（群集）」をなして繰りひろげる協同的な活動をつうじて、そこから新たなデモクラシーが生まれ出てくることへの期待が熱っぽく語られていた。

姿勢はどこまでも未来志向的である。語り口も力強く、確固として揺らぐところがない。出口なしの閉塞感に押しつぶされそうになっているわたしたちの多くを勇気づけてくれること、請け合いである。つい先日出たばかりの邦訳本のタイトルにも謳われているように、社会主義への夢がついえ去ったあとの「未来派左翼」の宣言というべきか。

ただ、どうだろう。一九七〇年代末以降、ヨーロッパ思想界には、歴史の進歩とか絶対的自由の実現可能性といった夢想をふりまいては人びとを鼓舞してきた近代の「大きな物語」への懐疑が頭をもたげつつあった。このポストモダンの潮流にたいして、ネグリはことのほか辛辣である。「大きな物語」を語ることを禁じてしまっては、人びとの行動意欲は萎えてしまうというのだ。しかし、問題はむしろ、ネグリの側の実践本位的な姿勢のうちにこそ潜んでいるのではないだろうか。

ポストモダン派の「シニシズム」を非難するのはよい。特異で単独的な存在者たちの「マルチチュード」が展開する協同的活動をつうじての新たなデモクラシーの構築を展望するのもよいだろう。だが、その新たなデモクラシーへの展望には、みずからの営みへのたえざる批判的懐疑の眼差しがともなっていなければならない。その眼差しをなくしてしまったとき、そこから出現する新たなコモンウエルスがそれ自体ひとつの自己抑圧的な全体主義社会でないという保証は、はたしてあるのだろうか。とくと反省してみなければなるまい。

この意味では、今回国際文化会館で予定されていた講演《「知識人」はいまなお可能か》を聴く機会が失われてしまったのは、残念というほかない。

今日の「高度情報化社会」のもとにあっては、工場内での物質的生産にたずさわる労働者に代わって、情報技術の操作に熟達した知識労働者が主導的な地位を占めるにいたっている。そうしたなかでは、「知識人」独自の役割はほとんどなくなってしまったのかもしれない。でも、ほんとうにそうだろうか。少なくとも、巨象にうるさくまとわりつく虻のような存在として、「知識人」にもいまなお、なにがしかの役割は残されているのではないか。ぜひとも尋ねてみたかったところである。

『読売新聞』二〇〇八年四月二十五日

「絶対的民主主義」社会への展望　姜尚中との対話

＊　二〇〇八年三月、アントニオ・ネグリ氏は国際文化会館の招聘により来日し、東京と京都の四会場で講演をおこなう予定であった。しかし出国の数日前になって、日本国外務省より昨今の入国管理をめぐる諸事情を理由に査証取得を促され、続いて法務省より発給のために政治犯であることを証明する書類の提出を求められたことで、来日は急きょ中止となった。以下は、来日予定にあわせて、アントニオ・ネグリ著、ラフ・バルボラ・シェルジ編、廣瀬純訳『未来派左翼』上・下（日本放送出版協会、二〇〇八年）刊行を機に、政治学者の姜尚中とおこなった対談の記録である。

姜　『未来派左翼』（原題 *Goodbye Mr. Socialism*）の最初のところに、「歴史へのアプローチというものは昆虫の生態を研究することに似ている」という一節が出てきます。ネグリというと、グランドセオリーを出して沈滞した左翼をインスパイアーしたというイメージが強いのですが、一方で、歴史への見方は昆虫の生態の観察のようなものだと言っている。これは非常に印象に残りました。

上村　思想史の研究者としては、たしかに昆虫の生態観察をするような緻密さが感じられないわけではありませんが、基本的にはグランドセオリーの理論家ではないでしょうか。『未来派左翼』もそうですし、ぼくたち（上村忠男・堤康徳・中村勝己）が訳した講演集（『〈帝国〉とその彼方』『〈帝国〉的ポスト近代の政治哲学』、ちくま学芸文庫）もそうです。現実に起きた個々の事象に密着しながら発想してはいくのですが、彼の本領はやはり大きな理論体系へ持っていくところにあるとおもうんですね。

姜　ぼくがネグリで感心したのは、幽閉の身で長く大変な状況に追い込まれると、日本ではたいてい「古寺巡礼」の方に行くか（笑）、親鸞に行くか、あるいは美的な世界に行ってしまうのですが、超越論に行かずに一貫して内在論に踏みとどまっている。さすがだなという感じがしました。ただ今回の『未来派左翼』でちょっと気になったのは、冒頭でスターリニズムについて語っていますが、意外と評価が高いんですね。たしかにツァーリを超えるツァーリがいたから、第二次世界大戦でソ連は勝利できたとも言えるんですが。

上村　そうですね。たしかに評価が高い。でも、スターリンはあれだけ広大なロシアの領土を、多民族を多民族のままに共生させつつ支配したわけですから、彼の展望する〈帝国〉との関連で、そのことにたいする一定の評価があったのでしょう。国民国家単位の統治方式を超えたヨーロッパ連合的な新しい動きにたいしても、ぼくから見ると過大評価に近いかたちで積極的に対応しているところがあります。

姜　そうですね。ヨーロッパ憲法の問題に積極的にコミットしたというのがネグリ批判の一部にはありますからね。そのこととも関わりますが、『未来派左翼』ではアーレント批判がかなり強く出ていますね。アーレントは『全体主義の起原』（みすず書房）のなかで、スターリニズムをナチズムの問題と一緒に論じていますが、そうした捉え方にはたしかに冷戦時代のアメリカの影響があるような気がします。

上村　アーレントを批判しているということで言えば、ネグリだけじゃなくて、彼の仲間のパオロ・ヴィルノなんかもそうですね。ただ、ヴィルノのほうはアーレントの書いたものをしっかり読みこんだうえで内在的に乗り越えようとしているのに較べると、ネグリはアーレントをどこまで本当に読んだのか、疑問に感じるところもあります。

姜　ぼくもそれは感じました。

上村　たしかにアーレントは冷戦期の典型的な思想家です。この点で、そういう時代が終わったところで問題を立てようとしているネグリたちとは、おのずと違いがあります。くわえてアーレントは、アメリカ革命は非常に高く評価しますが、フランス革命については本来技術的に処理すべき社会問題を政治的に解決しようとしたとして、一種全体主義の原型のような面をそこに見ようとしている。それにネグリは反発するわけですね。

姜　それはある程度わかるような気がします。アーレントの『革命について』（ちくま学芸文庫）には、フランス革命についてそこまで言っていいのかというところがたしかにありますからね。さきほどおっしゃったように、広いユーラシア大陸をどうやって帝国として統治したかという問題、これは帝国論に繋がっていく問題ですが、アーレントにはそういう視点はないですね。

ネグリのこれまでになかった重要な側面は、一つは主権を国家との関係からいちおう切り離して、帝国という形で新しく主権論を展開したところだとおもいます。一時期、帝国論が流行ったときに、アメリカ帝国というかたちで誤解されて受け止められた時期がありましたが、ネグリはある種の内在的なネットワーク型主権というところにアメリカの新しさを見ている。アメリカ論として見たときに、この点はいかがですか。

上村 ただ、あれについてはそもそもネグリが言ったのかハートが言ったのかがわからない。ネグリにどれだけ本格的にアメリカについて論じる用意があったのか、疑問におもいます。『〈帝国〉』を出すまでのネグリは、基本的にはヨーロッパ、せいぜいイギリスの例を念頭において、主権とか憲法の問題を扱っていたわけですよね。『構成的権力』（松籟社）にはアメリカの憲法体制への言及も見られることはたしかですが。

姜 ネグリとハートのある種のコラボレーションがまったく矛盾なしにいっているとは、ぼくもおもえないですね。それと脱物質的な新しい労働の可能性の問題があります。それもぼくは現実を見れば、もっと悲惨なのではないかとおもうんですが。

上村 そのとおりですね。資本による労働の包摂形態が工場の内部から社会的なレベルに移っていき、主導権が物質的労働から非物質的な労働に移行したという捉え方は、時代のメルクマールを捉えたものとしてはいいとおもうんです。「脱工業化」とか「高度情報化社会」とか「ポストモダン」とか言うことはかならずしも間違っていない。ただ、世界資本主義の現実ははたしてそういう方向に行っているのかどうか。その点では違った見方も出てくるわけで、たとえばスピヴァクのポストコロニアルな立場からの問題提起は、たぶんネグリの問題意識のなかには入っていないだろうとおもいます。メキシコのチアパスのサパティスタ運動のように積極的に活動を展開しているグループについては論じるのですが、そうじゃない「歴史の他者」であるような存在にどうコミットするかとなると限界があるような気がします。

姜　そうですね。

上村　それから、たしかに先進資本主義国では「プレカリアート」にまつわる問題も存在するのでしょうが、「マルチチュード」ということで彼が考えているのはそういう問題なのかという疑問もあります。むしろ、従来の資本主義社会を下支えしてきた工場内で物質的労働にたずさわる労働者に代わって、専門技術を持つテクノクラットが主導権を握る社会が到来したという現実を見すえたところから、「マルチチュード」の概念は打ち出されたのではないかという気がするんですね。しかしまた、これまで資本主義諸国で下層プロレタリアートによって担われていたダーティな労働は、今は第三世界の労働者が受け持っているわけですからね。

姜　同感です。ポスト・フォーディズムの段階に移ったときに、たしかに資本の外部がないほど完全に包摂されたように見えるけれども、じつは資本から脱出している領域がどんどん広がってきている。そこに社会関係の再生産の変容の可能性を読みとろうという視点は、従来の左翼からは出てこなかった視点だとおもいます。そういう点ではバイオ・ポリティカルなものとバイオ・パワーとのせめぎ合いをうまく描いていて、ぼくは面白いなとおもいましたが、ただ全体の労働の接合様式はそれで済むのかなとはおもいますね。むしろ見捨てられ、資本に包摂すらされない領域がどんどん広がってきているのではないか。「歴史の他者」をどう考えるのかとおっしゃいましたが、たしかにその辺にちょっと問題を感じます。世界的規模の主と奴の弁証法が壊れて、すべての人間がある種のテクノクラット的な社会関係に入る可能性が出てきたというイメージは楽観的でいいのですが（笑）、どうかなとはおもいますね。

上村　ネグリに『マルクスを超えるマルクス』（作品社）という本があります。これがなかなか面白いんですね。マルクスは『経済学批判要綱』のなかで、生きた労働すなわち労働者が生産の工程から排除されて、死んだ労働である機械が取って代わるということを指摘しています。そして、工場から追い出された労働者は将来「一般知性（ジェネラル・インテレクト）」の持ち主としてやっていくだろうと言っているのですが、ネグリはこのマルクスの述言に着目するわけです。警抜な着目だとおもいます。ただ、その「一般知性」の実質はなにかと言えば、結局はノウハウ的な知識なんですね。そのあたりがどうかなとおもうんです。

あともう一つ、今回の『未来派左翼』もそうですが、これからの革命の原動力は大都市のマルチチュードから出てくるという言い方をしていますね。そうであるにしても、そこから排除されている者たちをどう見るかといったことをはじめとして、いくつも問題が出てくるようにおもうんです。

姜　われわれは今、ネグリの問題点をいろいろとあげつらっているようですが、ネグリが言ったことにインスパイアーされた部分を拾い上げたいという思いから言っているのであって、それが前提にあります。そのうえでいうと、たしかにネグリの考えは大都市中心ではありますね。ぼくみたいに田舎に帰っていろいろと考えている者からすると、釈然としない部分がある（笑）。今おっしゃったように、それこそ包摂すらされない見捨てられた人たちの膨大な領域が世界的に広がってきていて、それが都市にもある程度滞留してきているのですが、それすらできない人たちのことをどう考えるのか。ただ、ネグリはそこのところをコモン（〔共〕）という言い方で考えようとしていますね。

上村　来日して東京大学でおこなう予定だった講演の原稿を読ませてもらいましたが、『コモンウェルス』というのはどうやら『〈帝国〉』『マルチチュード』に続くハートとの三冊目の著作のタイトルのようですね。

姜　ぼくは「新たなるコモンウェルスを求めて」という講演のタイトルを見たときに、最初すごく違和感を持ったんです。『〈帝国〉』で彼は「コモンウェルス」なんて言ってたっけと（笑）。アングロサクソンの言葉の伝統からすると、「コモンウェルス」というのは独特の意味がありますからね。最近、歴史学のほうでは共有地論みたいなことをけっこうやっていて、そういうことなのかなとおもって講演を楽しみにしていたのですが。やや抽象的な感じがしてならなかったですね。

上村　そうですね。わたしもユートピア的だという印象を受けました。

姜　結局、ネグリが言っていることは何かというと、「愛と連帯」に尽きると思うんです（笑）。その「愛と連帯」がグローバルな規模での労働論、帝国論によって展開されているところが面白いのですが。

上村　そうでしょうか。「愛と連帯」というのは、ネグリはスピノザに依拠して言っているのですが、ただ彼が獄中で書いたスピノザ論、『野生のアノマリー』（作品社）を見ても、そこではスピノザにとって問題中の問題であったはずの国家論がみごとにオミットされてしまっていますね。この一点をとってみても、ネグリの議論はユートピア的に過ぎるとおもいます。

姜　『未来派左翼』に人類学者ピエール・クラストルの『国家に抗する社会』（水声社）の話が出てきますね。ぼくは昔、あれを翻訳で読んで面白いとおもった記憶がありますが、雑駁に言うと、社会がどうやって秩序を形成していくかと考えたときに、一つは市場というかたちがあります。それにたいして、統制といっていいとおもいますが、国家というかたちがあって、そのいずれでもない第三の可能性として、社会は自らの方向を自らで決める可能性を持っている。それをあの本は提示してくれたとおもうんです。その可能性は存在論的にはすでにあって、われわれはそれをまだ対自化できていないだけなんですね。ネグリの場合にはその可能性が、歴史の弁証法というよりは存在論としてロジカルに考えられているということだとおもうんです。

上村　それはたしかにそのとおりですね。そういった可能性は、ネグリがヘーゲルにたいして批判的な点、つまり弁証法的にものを見ないで存在論的に見ようとしている点によく現われています。ドゥルーズとかマトゥロンとか、スピノザを存在論的に解釈する動きが七〇年代あたりから出てきて、そういう動きに依拠しながらネグリは『野生のアノマリー』を書いたわけですが、それをさらに政治的に捉えた時に出てきたのが「構成する権力」を中心とする彼の一連のプログラムだったとおもうんですね。

姜　これまでの政治学の常識を突き破る民主主義論としてスピノザを読む。これは非常に独創的なこころみだったとおもいます。政治学のパラダイムで民主主義論をやると、せいぜい「ラディカル・デモクラシー」で終わるのですが、ネグリの場合は絶対的民主主義というところまでくる。目からウロコという感じでした。

上村　でも、どうなんでしょうか。クラストルが言っているのは、人類学や社会学でいう「互酬的な社会」のことですね。

姜　そうですね。

上村　そうだとすると、文化人類学者に言わせれば、ヨーロッパの枠を取り払ってみると、むしろそちらの社会のほうが普遍的なんですね。ところが、ネグリは、ヨーロッパの、しかも大都市のど真ん中から、そういった社会が新しく生まれてくると考えている。

姜　そうですね。いわゆる未開社会での発見を、資本が集中した最先端の大都市で読み替えていく。斬新といえば斬新なんですが、そこはどうかなという気がします。

上村　ネグリの将来展望は柄谷行人さんが主張してきたこととある部分重なっているんですね。世界資本主義の現段階で資本の息の根を止められるのは消費だと柄谷さんはみて、NAMなんて運動を起こしたわけでしょう。そのさい、柄谷さんは、互酬社会とは言わないけれども、一種のプルードン的なアソシエーショニズムみたいなものを考えている。そういうところで見ていけばある程度はわかるのですが、どうなのかな。

姜　『未来派左翼』に九五年のパリでの大規模なストライキの話が出てきますね。ぼくもパリの移民暴動（二〇〇五年十月）の後、一週間ほどフランスに行ったときに初めて自分の眼で見たのですが、延べ人数百万単位というようなデモに遭遇したときには、たしかにこれは「マルチチュード」ではないかなとおもいました。そういう点では、そういう動きがほとんどない日本でネグリを読むのとはちょっと事情は違うかもしれないですね。

ところで、この間の東大でのシンポジウムでは知識人の問題はあまり議論として深められなかったのですが、そこはどうですか。

上村　本当は国際文化会館で予定されていたネグリの講演を聞きたかったんですよ。『知識人』はいまなお可能か」というタイトルには、知識人の存在意義は今やなくなったというニュアンスがありますから。そうだとして、ではどういう新しいイメージが出てくるのか。知識人の問題と言えば、イタリアの場合、どうしてもグラムシを避けて通ることができません。グラムシは従来の伝統的な知識人にたいして「有機的知識人」という概念を提起しました。それは工場での労働者がみずから生み出す新しいタイプの知識人です。そして、生産の知識を文字どおり有機的に表現しています。でも、おそらくネグリは、グラムシの言うような「有機的知識人」に期待することはしないのではないか。工場での生産労働は、資本による労働の社会的な包摂の過程ですでに乗り越えられたと見ているはずですから。そうすると、知識人の役割として、いったい何が残るのか。

ひとつ考えられるのは、フーコーの「権力 - 知」という考え方です。でも、そのフーコーは知識と権力とはいまや分かちがたく融合してしまったと捉えると同時に、六八年の直後におこなわれたドゥルーズとの対談のなかで、もはや労働者は知識人に代表＝代弁される必要がなくなったと発言したことがありました。そうだとすれば、あと何が残るのか。そこを聞きたかった。

もしネグリ自身の知識人論がポジティヴなかたちで出てくるとすれば、それはマルチチュードの運動の代弁者としての知識人だろうとおもうんです。それはそれで結構なんですが、ぼく自身は、ここではむしろサイード的な立場を取りたいと考えます。権力という巨象にうるさくまとわりついて離れない虻のような存在としての知識人ですね。社会なり時代なりに大きな動きが生じたとき、その動きにアイロニカルな批判的懐疑の眼差しを向けることを忘れない知識人です。もしそのような批判的懐疑の眼差しを失ってしまったなら、ネグリたちの展望する絶対民主主義の社会がそのまま全体主義社会になってしまわない保証はどこにもないのですから。

姜　まったく同感です。その点では、最近翻訳も出ましたが、サイードの『人文学と批評の使命』（岩波書店）でいう「人文学」的な知識人、そういった知識人像がネグリのなかにあるのかどうか。万人が知識人であり、しかもマルチチュードで、一切の矛盾が根本的にはなくなったということになると、それはもしかして他の眼から見ると非常に幸せな全体主義かもしれない（笑）。たえざるアイロニーを胸に秘めた知識人という存在は、ネグリの議論からはちょっと導き出せないようにおもいます。

それから、『〈帝国〉』が書かれたのはイラク戦争の前でしたが、イラク戦争があぁいう展開になることを考えたときに、もうひとつ議論しなければいけないのは、戦争の問題だとおもうんです。ネグリの考えで凄いなとおもったのは、〈帝国〉は戦争を本質的な駆動力にしているというところです。今後、〈帝国〉の時代がつづくかぎり、われわれはある種の永久戦争の時代を日常的に生きることになる。これはかなり凄いことを言っているなとおもいました。

上村　ネグリとしては、永久戦争であってくれないと困るんでしょうね。マルチチュードの運動が織りあげる〈対抗帝国〉の可能性もそのなかからしか出てこないのですから。つねにたえざる運動のプロセスのなかにある、一種の永久戦争、永久革命。だから、平和主義は抑圧的であるとネグリは言うのだとおもいます。国連の動きもネガティヴに考えざるをえないでしょうね。

姜　帝国の構成としてのNPO、NGOの位置づけも、これもまたアンビヴァレントで、いろいろ議論の対象になるでしょうね。今回のフランスでの聖火リレーで注目された「国境なき記者団」の内幕を考えると、ついネグリを思い出してしまいます（笑）。そういう点ではネグリという人は、いろんな意味で問題提起的な、いま一番注目されていい人であることは間違いないとおもいます。あと、始めのほうでスピヴァクの話が出ましたが、最後にそのあたりでなにか。

上村　ネグリ／ハートの『〈帝国〉』が今日加速的に進行しつつあるグローバリゼーションのうちに見てとったのは、要するに概念的可能性の極限における資本の動態であったわけですね。この点ではスピヴァクもまたグローバリゼーションを「地球の金融化」というように呼びます。そして、そこに「帝国主義に転化した」資本主義の今日的な姿を見てとろうとします。しかし、この一見したところレーニン的な口吻のもとでスピヴァクが提示しようとしているのは、「資本主義の最高段階としての帝国主義」といったレーニン的定義ではありません。そうではなくて、資本主義の帝国主義への転化は、マルクス主義者たちの理解のうちにある歴史の発展法則からすれば、むしろ「後ろ向きの変容過程」としてとらえられるべき性質のものであるというのが、スピヴァクの見解です。

また、グローバリゼーションは一般的にはマルクスのいう「一般的価値形態」が全一的な支配を貫徹するにいたった現象というように見られていますが、実際はそうじゃなくて、貨幣を基軸にした「一般的価値形態」が成立する以前の「総体的または拡大された価値形態」が異種混交的に流通している状態だとスピヴァクは見ます。そして、そうした状態のもとに、メトロポリスにおける労働力の肩代わりをしているペリフェリーのサバルタン、とりわけ女性たちは置かれているのだと捉えます。

このようなスピヴァクの観点からすると、たとえばグローバル・フェミニストたちは「正義」とか「人権」とかを声高に叫ぶわけですが、それはあまりに啓蒙主義的だということになります。そうしたグローバル・フェミニストたちに批判的に対峙しながら、スピヴァクはさっきも申しました「歴史の他者」とのプライマリー・ヘルス・ケア的な関わりを求めていくわけです。このようなスピヴァク的な実践は、ネグリらのマルチチュード的なアクティヴィズムからはたして期待できるのかどうか。

姜　プライマリー・ヘルス・ケア的な関わりがはたしてネグリたちから出てくるのかこないのか。面白いところですね。いずれにせよ、ネグリが来てくれればいろいろとそういう質問もできたわけで、そういう意味でも彼の来日が中止になったことは残念でした。

『週刊読書人』第二七四〇号（二〇〇八年五月三十日）

イタリアにおける「反転する実践」の系譜
——アントニオ・ネグリ『戦略の工場』読解のための一資料

1

アントニオ・ネグリのレーニン論『戦略の工場』(一九七七年)を読んでいてとりわけわたしの目を惹いた点があります。“rovesciamento della prassi”という言い回しが出てくるというのがそれです。このたび刊行された日本語訳(中村勝己・遠藤孝・千葉伸明訳、作品社、二〇一一年)では、「実践の反転」という訳語が当てられています。

これがわたしの目を惹いたのはほかでもありません。イタリアでも十九世紀も終わりを迎えるころにはマルクスの理論の意義をめぐって本格的な議論が開始されますが、“rovesciamento della prassi”という用語は、元はというと、その議論のなかで編み出された用語でありました。そして、それはその後のイタリアにおけるマルクス理解のなかでキーワードのひとつをなしてきたのでした。目を惹いた理由です。そこで、本日はこのイタリアにおける“rovesciamento della prassi”の系譜についてお話ししてみたいとおもいます。ネグリのレーニン論を読み解くための一助になれば幸いです。

なお、イタリアにおけるこの概念の系譜については、『批評空間』第Ⅱ期第十五号(一九九七年十月)

に掲載された「唯物論と〈反転する実践〉」のなかで立ちいって論じてあります。この論考はその後、二〇〇五年に青土社から出した『グラムシ　獄舎の思想』にも収録してありますのでご覧になってください。本日の報告はこの論考の縮約版です。

2

"rovesciamento della prassi" という言葉を最初に編み出したのはジョヴァンニ・ジェンティーレ（一八七五—一九四四）でした。ジェンティーレは「純粋行為としての精神 spirito come atto puro」の理論を打ち出したことで知られる哲学者です。現に行為しつつある精神のみが唯一の真実在であって、行為を成し遂げてしまった瞬間、精神は虚偽に転化するという理論です。この理論によってジェンティーレは若者たちを魅了していきます。そして、同じく「精神の学としての哲学 filosofia come scienza dello Spirito」の体系化をくわだてたベネデット・クローチェ（一八六六—一九五二）と双璧をなして、二十世紀前半期のイタリア思想界を領導していくこととなるのですが、そのジェンティーレには『マルクスの哲学』と題する著作があります。彼がまだ二十四歳の新進の哲学研究者であった一八九九年に世に問うた著作です。そのなかで、ジェンティーレはマルクスの「フォイエルバッハにかんするテーゼ」をエンゲルスの『ルートヴィヒ・フォイエルバッハとドイツ古典哲学の終結』（以後『フォイエルバッハ論』と略記）に収録されているテクストから全訳したうえで、「テーゼ」についての詳細な註解をくわだてています。そこに“rovesciamento della prassi”という表現が登場するのです。

ご存じのように、「フォイエルバッハにかんするテーゼ」はマルクスがエンゲルスと共同で『ドイツ・イデオロギー』を執筆していた時期に付けていたノートブックに覚え書きとして記されていたものです。一八四五年三月ごろに執筆されたと推定されています。それをエンゲルスが一八八八年、彼の『フォイエルバッハ論』への付録というかたちで公表したのです。全体で十一のテーゼからなります。そのうちのテーゼ三をご覧になってください。そこでは、環境の変化と人間の活動との関係についての唯物論的な見方が批判されています。唯物論的学説は《人間は環境と教育の所産であり、したがって人間の変化は環境の相違と教育の変化の所産である》と主張する。しかし、こう主張するとき、それは《環境はまさに人間たちによって変えられるのであり、教育者みずからが教育されることにならざるをえないということを忘れている》というのです。そして、このようにして唯物論的学説が批判されたうえで、《環境の変化と人間の活動との合致は、ただumwälzende Praxisとしてのみとらえられ、合理的に理解されることができる》との命題が提出されています。

ここに出てくる“umwälzende Praxis”という語は、わが国では一般に「変革的実践」とか「革命的実践」というように訳されています。そして、この言い回しをめぐって、これまでとくに解釈上の問題が生じたこともありません。そもそも、この箇所はマルクスの覚え書きでは“revolutionäre Praxis”となっていたのでした。それをエンゲルスが“umwälzende Praxis”と改めたのです。

このエンゲルスによる改変の事実は、エンゲルスの『フォイエルバッハ論』が公刊されてから四十四年後の一九三二年、アドラツキー版『マルクス＝エンゲルス全集』においてはじめて『ドイツ・イデオロギー』の全文が公表され、そこに同書に関連するマルクスの覚え書きが「付録」として収められたときに判明します。

ところが、そのような改変の事実を知るよしもなかったジェンティーレは、当時利用可能であった唯一のテクストであるエンゲルスの『フォイエルバッハ論』に収録されたテクストに依拠して、そこに "umwälzende Praxis" とあったのを "prassi rovesciata" と訳します。「裏返った実践」あるいは「反転する実践」ですね。そして、続く註解のなかでは、この実践の反転作用を指して "rovesciamento della prassi" というように表現したのでした。

ジェンティーレによって編み出されたこの訳語は、その後、イタリア社会党員でもあった哲学者のロドルフォ・モンドルフォ（一八七七―一九七六）が一九〇九年に発表した「フォイエルバッハとマルクス」という論文のなかで「テーゼ」の読解をこころみたさいにも受けいれられます。そして、さらにはアントニオ・グラムシ（一八九一―一九三七）によっても彼が獄中でドイツ語の練習を兼ねて「テーゼ」の翻訳をこころみたさいに受け継がれていくこととなるのです。

じっさいにも、ドイツ語の練習ということもあったのでしょうが、グラムシの翻訳は概してきわめて原文に忠実です。そうしたなかにあって、普通ならば "praxis rovesciante" とでも訳すのが自然であるはずの "umwälzende Praxis" にグラムシは "rovesciamento della praxis" という訳語を当てています。これは、この語にかんしてグラムシになんらかの先入観念ないし先行理解があったとしか考えられません。そして、もしそのとおりであったとすれば、それはジェンティーレとモンドルフォの線から植えつけられたものであったにちがいないのです。

3

それにしても、これは一体全体、「テーゼ」のどのような解釈にもとづいての“umwälzende Praxis”＝“prassi rovesciata”（「反転する実践」）なのでしょうか。

まずはジェンティーレから見ていくとしまして、ジェンティーレは述べています。

前世紀〔十八世紀〕のすべての唯物論者たち、そしてマルクスのこれらの省察のあとにやってきた世代のうちの少なからぬ者たちも、人間は環境と教育の所産であると考えている。〔中略〕しかし、真実をいえば、人間たちの行為と性格を産み出すのに影響をあたえているこれらの環境は、それ自体が人間たちによって産み出されているのである。教育自体が、教育されなければならない対象を前提にしている。原因は結果を前提にしているのであり、それ自体が結果なのだ。／〔中略〕／一方には教育する社会があり、もう一方には教育される社会がある。同一の社会が、ひとたび教育されたのちには、教育する存在に立ち戻る。／〔中略〕／かくては、結果が原因に逆に作用するのであり、両者の関係は反転する（si rovescia）。結果が原因の原因となり、原因は原因にとどまりつづけながらも結果に転化する。要するに、原因と結果との総合が生じるのだ。主体を原理とし、客体を対象としていた実践は、ここで反転して（si rovescia）、客体から主体へと立ち戻り、こんどは客体を原理とし、主体を対象とすることとなる。だからこそマルクスは記したのであった。環境の変化と人間の活動との合致は、ただ反転する実践（prassi che si rovescia）としてのみ（nur als umwälzende Praxis）とらえられ、合理的に理解されることができる、と。

見られるように、ずいぶんと問題の多い解釈です。"umwälzende Praxis"を「反転する実践」というようにとらえているのがまちがっているというのではありません。これについては「誤訳」を指摘する向きもありますが、すくなくともわたしは、この点にかんするかぎり、これを「革命的実践」ないし「変革的実践」ととるよりも、「反転する実践」ととるほうが適切なのではないかと考えています。そのほうが、実践に内在する弁証法的な関係構造をより的確に表現しえているとおもうからです。問題は、「実践」はテーゼ一では「対象的な活動」とも言い換えられていますが、その「実践」ないし「対象的な活動」の展開過程が、ジェンティーレの場合には、たぶんフィヒテ的と規定するのが最適であるとおもわれる観点のもとで受けとられてしまっている点にあります。テーゼ一を註解してジェンティーレは述べています。

認識がなされるときには、対象が構築され、製作されている。そして対象が製作ないし構築されるときには、それは認識されている。したがって、対象は主体の産物である。また、主体は対象なしには存在しないのだから、主体は対象を製作ないし構築していくことによって自己自身を製作ないし構築していっているのだということを付け加えておく必要がある。

要するに、ジェンティーレによれば、テーゼ一にある「実践」ないし「対象的な活動」というのは、あくまでも思考主体による思考対象のフィヒテ的意味においての自己生産活動のことなのです。ここに見ることができるのは、明らかにフィヒテ的 "Tathandlung"（事行）の思想へと引き戻されたマルクスです。それと同時に、やがて『純粋行為としての精神の一般理論』（一九一七年）において全面的に展開されることとなる精神の "autoctisi"（自己創出）の思想が、ここには粗削りながらも大枠としてはすでに形をなして姿を現わしているのを確認することができます。しかし、これが「テーゼ」におけるマルクスの思想であるというのはどうでしょう。読みがあまりにも乱暴というか、曲解もはなはだしいというほかないのではないでしょうか。

4

それにどうでしょう。じつをいいますと、ジェンティーレの『マルクスの哲学』は、続いて出版されたクローチェの『史的唯物論とマルクス主義経済学』（一九〇〇年）もそうでしたが、全篇がこれ挙げて、イタリアにおける最初の傑出したマルクス主義理論家と称されるアントニオ・ラブリオーラ（一八四三―一九〇四）の著作、すなわち、『共産主義者宣言を記念して』（一八九五年）と『史的唯物論について――予備的解明』（一八九六年）、さらにはフランスの社会思想家ジョルジュ・ソレル（一八四七―一九二二）にあてた十通の書簡からなる『社会主義と哲学について語る』（一八九七年）との格闘の記録なのでした。そして、これらのラブリオーラの著作のなかにはどういうわけか「テーゼ」への明示的な言及はないものの、「実践の哲学」こそは《史的唯物論の延髄》をなすという指摘とならんで、この場合に言われる「実践」とはなによりも「労働」のことを指しているとの注意があったはずなのでした。

じっさいにも、一八九七年五月十四日付のソレルあて書簡にはつぎのようにあります。

こうしてまたもやわたしたちは史的唯物論の延髄をなす実践の哲学（filosofia della praxis）のなかにいることになります。この哲学は事物に内在してそれらを哲学しようとする哲学なのです。生活から思想へと向かうのであって、思想から生活に向かうのではありません。これこそが現実主義的な過程なのです。労働、つまりは活動しつつ認識すること（lavoro, che è un conoscere operando）から出発して、抽象的観照としての認識することへ。そして、これの逆ではないのです。欲求から出発して、ひいては、欲求が満たされたり満たされなかったりすることから生じる幸福と不幸のさまざまな内的状態から出発して、自然の隠れた諸力の神話的 - 詩的創造へと向かうのであって、その逆ではないのです。これらの思索のうちにこそ、多くの者たちにとっては謎であったマルクスの主張、すなわち、自分はヘーゲルの弁証法を転倒させたのだという主張の秘密は隠されているのです。

ところが、ジェンティーレには、このようなマルクスの「実践の哲学」における「労働」概念の中心性についての認識がまったくといってよいほど欠落しています。したがってまた、たとえばテーゼ十で《古い唯物論の立場は「ブルジョワ」社会であり、新しい唯物論の立場は人間的社会あるいは社会化された人間である》というように宣言されている「新しい唯物論」の意味を的確につかまえることができないでいます。そして、その一方では、ラブリオーラがマルクスによるヘーゲル弁証法の「転倒」の真の意義を《事物に内在してそれらを哲学しようとする哲学》が確立されたことのうちに見ているのを批判して、そのような哲学はすでに《理性的なもの、それは現実的であり、現実的なもの、それは理性的である》と述べたヘーゲルの哲学そのものがそうであったのではないか、と問い返すのです。

では、ヘーゲルにたいしてマルクスが遂行しようとした「転倒」の本質はどこにあったというのでしょうか。「観念論的な形而上学」から「唯物論的な形而上学」への転換。これがジェンティーレの解答です。

ただ、このマルクスの「唯物論的な形而上学」は、ヘーゲルの「観念論的な形而上学」同様、あくまで弁証法的であろうとします。いいかえれば、歴史的であろうとします。しかしまた、ジェンティーレの診断によれば、この唯物論は、歴史的であろうとするやいなや、《感性的なものの外にはいかなる現実的なものも存在しないという自らの基礎命題自体をその思弁的な構築作業のなかで否定することを余儀なくされる》こととなります。こうしてジェンティーレは最後に断定をくだして言うのでした。《要するに、これは歴史的であろうとしてももはや唯物論ではない唯物論である。ひとつの本質的な、深くて治癒しがたい矛盾がそれを悩ませている》と。

5

つぎにはモンドルフォです。

モンドルフォの一九〇九年の論文「フォイエルバッハとマルクス」の眼目は、マルクスが「テーゼ」で描きだしているフォイエルバッハは「通俗の型にはまったフォイエルバッハ」であって、『キリスト教の本質』についての内在的な読解から得られる「真実のフォイエルバッハ」はマルクスの「テーゼ」における考察の大部分を先取りしていたということを論証しようとする点にありました。そして、その目的のひとつに、《わたしたちのあいだでも、ジェンティーレによって、マルクスによってなされたのと同様の仕方で解釈されている》フォイエルバッハに歴史的に正しい判断をあたえなおしてやるということが挙げられていました。

しかし、このようにしてマルクスとジェンティーレのフォイエルバッハ批判の「歪み」を正そうとするモンドルフォも、“umwälzende Praxis”を「反転する実践」と受けとる点ではジェンティーレと見解を同じくしています。

ただ、「反転」構造自体の解釈にかんしては、ジェンティーレとのあいだで微妙な違いを見せています。モンドルフォは、「反転する実践」という概念には人間の活動における先行与件による制約性ということが含意されていると受けとめます。そしてこの点を強調するのです。

モンドルフォが「反転する実践」という概念に注目した時期は、あたかもイタリア社会主義運動の内部にあって革命的サンディカリストたちが勢力を増大させつつあった時期でした。この革命的サンディカリズムの潮流を批判してモンドルフォは言うのです。サンディカリストたちの場合には、創造的な意志が自由に「神話」をつくりあげる。たとえば総罷業の神話がそうである。これにたいして、史的唯物論の場合には、つねに“rovesciamento della prassi”が存在する。先行する活動が、それのもたらす諸結果のなかで、後続する活動の条件および制約に転化する。そして、後続する活動のほうは先在するものへの対立者として自己を押し立て、先在するものを弁証法的に乗り越えていこうとする。したがって、条件および制約を認識することが、ここでは意志の発展の本質的部分をなす、と。

このようにとらえた「反転する実践」のありようをモンドルフォは《史的唯物論の現実主義的特徴》というように規定します。そして、マルクスの『経済学批判』の序言にある《ひとつの社会構成体は、それが容れうるだけのすべての生産力が発展しきるまではけっして没落するものでなく、また、新しい、より高度の生産関係は、その物質的な存在諸条件が旧社会自体の内部で孵化しおわるまではけっして従来のものに取って代わることはない》という有名な一節を引いたうえで、主張するのです。《この歴史的必然性の概念こそはマルクスにあっては「実践の反転」というようにとらえられている概念でもあるのであって、史的唯物論の本質的核心をなすものである》と。

「テーゼ」に見られるマルクスの思想の特質が「現実主義」にあるということは、じつはジェンティーレもすでに『マルクスの哲学』のなかで強調していました。テーゼ一についての註解を締めくくって、ジェンティーレは述べています。ここにおいて「真実の現実主義」が始まる、と。

しかし、ここでジェンティーレのいう「真実の現実主義」は、人間の活動における先行与件による制約性についての批判的認識とか、あるいは「歴史的必然性」の認識といったものではありません。テーゼ二についてのジェンティーレの註解を見てみましょう。そこにはつぎのようにあります。

思考が現実的であるのは、それが対象を立てるからであり、また、そのかぎりにおいてのことである。思考が存在するとしよう。そのときにはひとは思考している。思考していないとしよう。そのときには思考は存在しない。もし思考しているならば、そのときにはひとは製作をおこなっている。だから、思考の現実性、対象性というのは、思考の本性そのものから出てくることなのだ。これがマルクス的現実主義の最初の帰結のひとつである。

ここからは、ジェンティーレによってとらえられたマルクスの「現実主義」とは、むしろ思考主体による思考対象の自己創出、あるいはドイツ観念論の伝統のなかにあっての例の“Selbstentfremdung”(自己疎外)の概念に近いというか、これのひとつの展開形態としての現実主義であることがわかります。モンドルフォのいう《史的唯物論の現実主義的特徴》との差異は明らかではないかとおもいます。

6

最後にはグラムシですが、グラムシについてはまずもって彼がジェンティーレからのことのほか強い影響下にあったという事実を確認しておく必要があります。それも、若いころだけでなく、獄中にあって確信的なマルクス主義者としての自覚のもとで思索をめぐらせていたときにもそうなのでした。たとえば、ジェンティーレがマルクスの思想のうちに《歴史的であろうとしてもはや唯物論ではない唯物論》という《ひとつの本質的な、深くて治癒しがたい矛盾》を見てとっていたことはさきにも紹介したとおりですが、あたかもこの矛盾を解決しようとでもするかのようにして、獄中でのグラムシは「史的唯物論」という由緒ある呼称をついには捨て去ります。そして、これに代えて「実践の哲学」という呼称を採用するにいたっています。まことにドラスティックなまでの「言語論的メタモルフォーシス」（マリーア・ロザリア・ロマニュオーロ）というほかありませんが、この新たな呼称の採用にあたっても、ジェンティーレの『マルクスの哲学』においてほかでもない「実践の哲学」という呼称のもとにマルクスの思想の特質がつかまえられていたということが記憶にあって、潜在的にではあれ、グラムシの脳裡で作用していたのではないかと推測されるのです。

しかしまた、獄中でのグラムシは断固として「反ジェンティーレ」の立場に立とうとしているというか、内在的批判をつうじての乗り越えを意図しているというのも、これはこれで疑いようのない事実です。ノート10の「B・クローチェにかんする論考のための参照点」と題された覚え書きをご覧になってください。そこではまず、《ドイツ古典哲学の相続者としてのドイツ労働者階級の運動》というエンゲルス『フォイエルバッハ論』末尾の規定を受けて、《わたしたちイタリア人にとってドイツ古典哲学の相続者であることはクローチェ哲学の相続者であることを意味する》との認識が示され、エンゲルスが著わした『反デューリング論』にあたるような『反クローチェ論』を書く必要があると主張されたうえで、《しかし、クローチェの哲学はジェンティーレの哲学から独立に検討されるわけにはいかない。『反クローチェ論』は『反ジェンティーレ論』でもなければならない》と述べられています。

とりわけ、いまのわたしたちの考察に直接かかわるところでは、たとえばノート4の「観念論―実証主義」という見出しの付いたパラグラフ37に《行為（実践）の哲学、ただし、「純粋行為」ではなくて、まさしく「不純な」行為、すなわち、言葉の世俗的な意味において現実的な行為の哲学》という、明らかにジェンティーレを意識して揶揄した表現が出てくるのが目を惹きます。

また、ノート10の第II部の「人間とはなにか」という見出しの付いたパラグラフ54には、《人間が自然との関係に入るのは、たんに自分自身が自然であるということからではなくて、活動的に、労働と技術をつうじて入るのである》とあります。このくだりからは、グラムシの場合には「対象的な活動」がアントニオ・ラブリオーラに従ってとみてよいのでしょうか、明確に「労働と技術」として把握されていることがうかがわれます。

一方、モンドルフォのように人間の活動における先行予件による制約性ないし「歴史的必然性」の認識という方向へ力点を移していこうとする理解にたいしては、グラムシは同じ『経済学批判』の序言に着目しながらも、そこからコロンブスの卵にも似た観のある読みをつうじて《人間が構造の諸矛盾を自覚するのはイデオロギーの場においてである》という命題をとりだします。そしてこの命題が環境への人間の主体的・能動的な働きかけを保証する役割を果たすこととなるのです。特徴的なくだりを二箇所ほど引いておきます。

ひとつは、ノート8の「構造と上部構造」という見出しの付いたパラグラフ182です。そこでは、《構造と上部構造とはひとつの「歴史的ブロック」を形成している。すなわち、上部構造の複雑で不調和な［矛盾した］総体は生産の社会的諸関係の総体を反映している》とあったうえで、ここからは、《ひとつの全体性をおびたイデオロギー体系のみが構造の矛盾を合理的に反映しており、実践の反転のための客観的諸条件がどのようなものであるかをあるがままに表現しているということ》が帰結として導き出されると説明されています。《イデオロギーの点で一〇〇パーセント等質的な社会集団が形成されたならば、このことは、この反転のための前提が一〇〇パーセント存在するということを意味している》というのです。

いまひとつは、クローチェの哲学の批判にあてられたノート10の第II部のパラグラフ33です。そこでは、《矛盾が通常の仕方では解くことができなくて、アレクサンドロスの剣の介入を要求するようなゴルディオスの結び目にまで到達するのは、いつであろうか》と問うたうえで、《世界経済全体が資本主義的になって一定の発達段階にまで到達したときである》との答えがあたえられています。そして、続けて、このときには《経済的矛盾は政治的矛盾に転化し、実践が反転するなかで政治的に解決される》と述べられています。

7

以上がイタリアにおける「反転する実践」の系譜です。最後に問題になるのは、この系譜とネグリとの関係です。

"rovesciamento della prassi"（ジェンティーレならびにモンドルフォ）ないし"rovesciamento della praxis"（グラムシ）の系譜とネグリの"rovesciamento della prassi"はどのような関係にあるのでしょうか。

言い回しのうえでの連続性には疑いの余地はありません。意識していたのかどうかはわかりません。無意識のうちにたまたま同一の言い回しを使っただけのことであったのかもしれません。ただ、偶然の一致であるにしてはあまりにもみごとな符合と言うべきでしょう。“rovesciamento della prassi”というような表現はなんらかの先行理解がなくては容易には思いつかないはずだからです。意識していたかどうかはさておき、ネグリもまた、イタリアにおける「反転する実践」の系譜の流れに棹さしたところで思弁を繰り出しているのでした。

問題はその内実にあります。同じく“rovesciamento della prassi”という表現を使いながら、その理解をめぐって、ジェンティーレとモンドルフォとグラムシのあいだには微妙ながらも根本的と言ってよい相違が存在していました。ネグリの場合はどうだったのでしょうか。

見てみましょう。「実践の反転」という言い回しはまず第1講に登場します。

ルカーチは『レーニン論』（一九二四年）のなかで、プロレタリア革命の現実性こそがレーニンの基本をなす考え方である、と述べています。ルカーチによると、プロレタリアートの解放闘争は史的唯物論のうちにその概念的表現を見いだすのだが、当の史的唯物論が理論的に定式化されうるのは、プロレタリアートの解放闘争の実践的可能性がすでに歴史の日程にのせられた歴史的瞬間においてでしかない、というのです。ネグリはこのルカーチの見解を深くレーニン的であるとして高く評価します。その理由を説明したくだりに「実践の反転」という言い回しが出てくるのです（邦訳二六―二八頁）。

つぎに登場するのは第7講です。そこでは「階級構成」から「組織化」への移行といった議論の道筋がレーニンの場合には《反転させられる》という文章が出てきます（邦訳一二〇頁）。また、第9講にも「階級構成」の理論と「組織化」の関係を《主体の実践のうちで逆転させる可能性》というような言い回しが出てきます（邦訳一四六頁、一五四頁）。さらに第12講の見出しには「評議会とレーニンによる実践の逆転」という表現が登場します。なお、ここで「逆転させる」とか「逆転」とあるのは、原文ではそれぞれ"invertere"および"inversione"ですが、意味するところは"rovesciare"ないし"rovesciamento"とほぼ同じと考えてよいでしょう。

しかし、「実践の反転」ないし「逆転」という概念についての立ちいった説明があたえられているのは、「評議会は権力機関か」という問いをめぐっての検証がなされている第14講です。そこでは、評議会にかんするレーニンの考察に触れて、それは《階級構成をたんに参照し、適正化し、ダイナミックなかたちで反映したもの》であるだけでなく、とりわけ《実践の革命的逆転のこころみ》でもあるのだと主張されています。《階級構成がレーニンに突きつけた難問のすべてが〔……〕実践の反転へと集中され、そしてとりわけ鍛えなおされた》というのです。そこには、続いて《実践を弁証法的に反転させるこの型破りな力》といった表現も出てきます（邦訳二一五―二一六頁）。

そして、この点にかんしては「レーニン思想の今日的意義」について論じた続く第15講でも再度力説されていて、《実践を革命的に逆転させるというこの弁証法的概念》こそが根本的なものにおもわれてきた点にレーニン思想の今日的意義は求められるとされています（邦訳二二五頁）。

以上が『戦略の工場』に「実践の反転」ないし「逆転」という表現の登場する主だった箇所です。

これらの箇所からうかがうかぎり、「実践の反転」ということでネグリが言おうとしているのは——市田良彦さんもこのたびの邦訳書に寄せた解説「歴史のなかの『レーニン講義』、あるいは疎外なきルカーチ」のなかで述べておられるように——たぶんつぎのことであろうと推測されます。歴史過程の弁証法についてのマルクス主義の「常識」では、まずはプロレタリアートが階級へとみずからを構成するという事実があって、そのあとで政治的な党派への組織化がおこなわれる。こうして蜂起が実現するということになっています。ところが、レーニンの場合には、革命党が蜂起を提起し、そのもとに労働者を組織しようとするから、プロレタリアートの階級への構成は成し遂げられるというふうにとらえられている。つまり、革命党派の実践は歴史過程の逆でなければならないのであって、この逆向きの介入がなければ歴史過程は前に進まず、弁証法を実現しない。「実践の反転」とは歴史過程の弁証法への主体の実践によるこういった逆向きの介入を指して言われているのではないかと考えられるのです。

市田さんはネグリによる「実践の反転」論を一九七〇年前後に世界各地の新左翼のあいだで猖獗をきわめた「政治的主観主義」のイタリア版というようにとらえておられます。おおむね妥当なとらえ方ではないかとおもいます。と同時に、イタリアにおける「反転する実践」の系譜がこのようにして主観主義のラディカリズムを産み落としたことに、その系譜の魔力をあらためて思い知らされているところであります。

＊ 情況出版主催シンポジウム《1970年代イタリアとアントニオ・ネグリ『戦略の工場』をめぐって》における報告、二〇一二年四月十五日、於スペースたんぽぽ。

V

REINVENTING
KNOWLEDGE
FROM ALEXANDRIA
TO THE INTERNET
IAN F. McNEELY WITH LISA WOLVERTON

出典：Ian F. McNeely and Lisa Wolverton, *Reinventing Knowledge: From Alexandria to the Internet*（New York and London, Norton, 2008）
カヴァー図版

「破船」後の歴史学の行方

キャロル・グラック著、梅崎透訳『歴史で考える』(岩波書店、二〇〇七年)

一九七二年のことである。初めて日本の地を踏んだ著者が到着早々ある教授のもとを訪れて、明治のイデオロギーを研究するつもりでやってきたと話したところ、教授はこう尋ねたという。《それで、あなたの問題意識は何ですか》と。

この教授の質問に著者はただただ面食らうばかりだったようである。《教授が何を言っているのか、わたしにはさっぱりわからなかった》と著者は正直にうち明けている。それというのも、著者が学んだアメリカの大学では、歴史の研究者はいっさいの主観を排して「客観主義」に徹するべきであると教えられていたからである。

しかしながら、著者はほどなくして、日本の大学ではみずからの「立場性」の自覚が歴史という学問の生命であると考えられていることを知る。そして、このことに深い感銘を受けるとともに、政治へのコミットメントを隠すことのないそのような批判的学問姿勢こそが「良い歴史」を書くための不可欠の条件であると考えるようになる。

本書は、このように一九七〇年代初めにはじめて日本をおとずれて日本における歴史研究のあり方に衝撃を受けたという著者がそれ以来四半世紀にわたって書きつづってきた、歴史の書き方をめぐっての一連のメタヒストリカルな論考をまとめたものである。著者の最初の公刊論文である「歴史における民衆」（一九七八年）を筆頭に、全体で十三本の論考からなる。著者の専攻する日本近代史の研究者だけでなく、広く一般の読者にも推奨したい本である。

なるほど、論調は思いのほかオーソドックスである。このことは、《歴史で考える》という、本のタイトルにもなっている著者の姿勢からもうかがえる。歴史することの意味を歴史することをつうじて考えていくというのだが、このような態度からは、たとえばわたしがここのところこころみているような歴史の異他なる反場所に定位したところからの歴史の問い直しといった冒険は望むべくもない。

それでも、何点か傾聴すべき点があるのも事実である。なかでも傾聴に値するとおもわれるのは、《ボートが破船する瞬間こそがもっとも重要な瞬間である》というフランスの歴史家フェルナン・ブローデルの言葉を受けて、「戦後史学のメタヒストリー」（一九九五年）のなかで《破船は起こった。わたしたちはいまやその重要な瞬間に立ち会っている》という認識が提示されていることである。具体的には、ポストモダニストたちによって宣言された「大きな物語の終焉」後、一九八〇年代終わりごろから顕著になってきた歴史学における「ミクロ過程論的転回」を指していわれているのだが、この転回のうちには、たしかに著者の指摘するとおり、歴史学における新しい時代の始まりが告知されているといってよい。

破船後、何が到来するのかは定かでない。「ミクロ過程論的転回」を経てもたらされるものといえば、それはもはや遠い未来にかんする壮大なヴィジョンではなく、明後日に向けられた小さなエピソードの集成でしかないだろう、と著者はみる。しかし、そのことを認めたうえで、著者はいう。その《現場に密着した》歴史学には、「大きな物語」に焦点を合わせた歴史学にはない独自の批判性と政治的コミットメントの可能性が秘められており、したがって、それは著者の定義する意味での「良い歴史」になりうるのだ、と。この著者の「楽観」にわたしたちも賭けてみようではないか。

ついでは、同じく「戦後史学のメタヒストリー」で強調されている「比較のフレーム」の利用の意義。著者は主張する。「比較のフレーム」を使うことによって、歴史家はまずもって日本の近代史と他国の近代史とのあいだに共通性が存在することを認識するのであり、そのうえではじめて差異の確認へと向かうのだ、と。比較そのものは歴史家のあいだで古くから使用されてきた道具であるとはいえ、これも耳を傾けるに値する主張であるといってよいだろう。今日わたしたちに求められているのが、ナショナル・ヒストリーの限界を乗りこえて、グローバルな視点に立ったトランスナショナルな歴史学の道を探りあてることであってみれば、なおさらである。

しかも、それだけではない。著者は「二十世紀の語り」(二〇〇三年)のなかで、二十世紀は地球上の大部分の地域においては「ポストモダン」としてではなく「近代」のまま終焉したとしながらも、その近代はもはや単一の普遍性のもとに収斂しうるものではなく、あくまでも異質の多様な要素からなるブレンドとして意識されるようになっていることに読者の注意を喚起している。そして、その「ブレンドとしての近代」がもたらす創発的効果に期待を寄せている。これまた、今日の歴史学は破船後の局面にあるという認識に劣らず、啓発されるところの少なくない指摘である。

『週刊読書人』第二六九〇号(二〇〇七年六月一日)

サイード版「晩年のスタイル」

エドワード・W・サイード著、大橋洋一訳『晩年のスタイル』（岩波書店、二〇〇七年）

《芸術史において、晩年の作品はカタストロフィである》。音楽にも造詣が深かった哲学者のテオドール・W・アドルノは、「ベートーヴェンの晩年のスタイル」について論じた一九三七年の断章をこう結んでいる（大久保健治訳『ベートーヴェン——音楽の哲学』作品社、一九九七／二〇〇二年所収）。

アドルノは、『荘厳ミサ曲』をはじめとするベートーヴェン晩年の作品群に、意図的に作品を断片化し、かつてみずから成型した材料を解体してしまおうとする作曲技法がもちいられているのを見てとる。これは、たとえば『英雄』のような中期の作品においては、どこまでも総合をめざして攻め立てていこうとする、間断のない前進のロジックがはたらいていたのとは、およそ対蹠的である。そこでは、《まさに主観性が、濃密なポリフォニーを緊張関係で満たし、ユニゾンで引き裂き、解体し、その音調を赤裸々なまま、あとに残している》。かくて、作品はそれ自体一個のカタストロフィないしは破局として現出する結果となっているというわけである。

ここに描きだされている晩年像は、円熟とか、達成された和解、ひいては晴朗で平穏な心境といった、大方の世人が思い浮かべる晩年像とはほど遠いものといわざるをえない。円熟と妥協を頑固なまでに拒否し、不調和なまま、解決なき矛盾を生き抜こうとする晩年。これこそが、アドルノがベートーヴェンの最後の作品群に見てとった「晩年のスタイル」にほかならない。

いつのころからであろうか、みずから玄人はだしのピアノ奏者でもあった文学批評家のエドワード・W・サイードは、このような音楽家や作家における「晩年のスタイル」にことのほか熱い関心を示しはじめていたようである。一九九〇年代初めには、コロンビア大学でそのものずばり「最後の作品／晩年のスタイル」と銘打ったコースも開講している。

本書は、そのサイードが何人かの音楽家と文学者（ベートーヴェン、R・シュトラウス、モーツァルト、ジュネ、ランペドゥーサ、グールド等）における「晩年のスタイル」について考察をめぐらせた論考を、彼の死後、友人のマイケル・ウッドが集成したものである。妻マリアムの「まえがき」における証言によると、本書についてはサイード自身が出版を計画していて、完成稿の執筆に取りかかろうとしていた矢先に他界したとのことであるが、本書の構成がサイードのプランとどこまで符合するものであったのかは、定かでない。しかし、少なくとも内容的には「晩年のスタイル」をめぐるサイードの考察のほぼ全容が本書に集成されていることに疑いはないとおもわれる。

うち、音楽批評にかんしては、正直にいってわたしにはわかりかねる部分が多い。あるインタヴューのなかで、サイードは、音楽や文学についてはは十分に語りうるだけの語彙をもっているけれども、絵画については《舌足らず》の状態にあるとうち明けたことがある。《視覚芸術について考えようとしたとたん、パニックに陥ってしまう》というのだ（「視覚的なものへの恐怖」、ポール・ボヴェ編『エドワード・サイードと批評家の仕事』二〇〇〇年所収）。これにひきかえ、わたしのほうは絵画にかんしてはある程度の素養があるつもりだが、音楽、とくにクラシックにかんしてはまったくの素人である。それでも、収録されている論考はいずれも興味深く、脳髄を刺激してやまないものがある。

なかでも眼を惹いた点を二点ばかり挙げておくと、まずもっては、全部で七章からなるうちの総序的位置を占める第一章「時宜を得ていることと遅延していること」。アドルノのベートーヴェン論を解説しつつ、みずから意図して時流からはずれ、時代に遅れることの意義、一般に容認され受け入れられているものからみずからを追放し、そのようにしてエグザイルの境位に身を置くことによって、時代を超えて生き延びようとすることの意義が力説されている。これはそのままサイード自身のまさにニーチェ的意味において《反時代的な》批評スタンスを語ったものと受けとってもよいだろう。

ついでは、ジャン・ジュネの後期作品について論じた第四章。そこでは、晩年のジュネがパレスティナ人の抵抗運動に加担するなかで《新しい言語》のスタイルをつかみとろうとしていたことが、戯曲『屏風』と遺著となった自伝的小説『恋する虜』に即して明らかにされている。それらの作品のなかでは、ジュネはつねに《言語からアイデンティティと言明のための力を抜き取り、言語を侵犯的で、攪乱的で、おそらくは意識して悪辣たらんとする裏切りの様式へと変えようとしている》というのである。あるいはまた、アイデンティティとアイデンティティが激しく擦れ合うなかで双方のアイデンティティを解体させていく様子をジュネは想像力の場においてアンチテーゼ的に表現してみせている、とも。そして最後はつぎのような言葉でもって結ばれている。

わたしたちが本を閉じたあとも、上演が終わって劇場をあとにしたときも、かれの作品は、あの歌をやめさせろ、物語と記憶を疑え……と、そう命じてもくる。これほどまでに非人格的で虚偽に妥協しない哲学的な厳格さが、かくも痛切な人間的感性と連携していることこそ、ジュネの作品に、和解なき緊張感に満ちた調子を付与するものである。二十世紀後半の作家のなかで、カタストロフィの大きな危機と、その危機への抒情的繊細さをともなった反応とが、かくも荘厳に、かくも恐れもなく維持されている例は、ほかにない。

死の間際までいささかの衰えも見せることのなかった批評家サイードのするどい洞察眼には、ただただ驚嘆のほかない。

最後に、訳語について一言。――「知識人としてのヴィルトゥオーソ」=グレン・グールドについて論じた第六章には、ヴィーコの『新しい学』におけるホメロス論に言及して、ホメロスの詩をクィンティリアヌスからキケロまでさかのぼる古典的修辞学の伝統においていわれる意味での「インウェンティオ=インヴェンション」の発露であるとしたうえで、《後世の解釈者は、未開のホメロス時代の霧と神話のなかに自分自身を置いてみることで、インヴェンティヴにその意味を回復できるのである》と述べた一節がある。訳者の大橋洋一は、ここに出てくる「インヴェンティヴに」という語に「回帰的に／追体験的に」と注記している。サイードが続けて《インヴェンションとは、それゆえ、想像的反復であり想像的追体験でもある一形式なのだ》と述べているのを受けた注記である。しかし、このくだりの力点は「反復」とか「追体験」にではなくて、あくまでも「想像的」のほうに置かれていたとみるべきではないだろうか。これまたキケロに始まってルルスからライプニッツへといたる記憶術の伝統を念頭においてであろうか、「アルス・コンビナトリア（組み合わせ術）」としてのインヴェンションというような言い方がなされるとともに、そのインヴェンションの音楽領域における特質は《既存の音符から新たな美的構造を創造すること》にあると主張されていることにも注意しておきたい。

『図書新聞』第二八四九号（二〇〇七年十二月八日）

失望と得心

岡田温司『イタリア現代思想への招待』（講談社、二〇〇八年）
岡田温司『肖像のエニグマ――新たなイメージ論に向けて』（岩波書店、二〇〇八年）

岡田温司さんの新著が二冊、あいついで出た。『イタリア現代思想への招待』と『肖像のエニグマ――新たなイメージ論に向けて』である。うち、『イタリア現代思想への招待』については、しかしながらどう評すればよいのか、率直にいって戸惑っている。

導入はなかなか魅力的である。シエスタで人影もまばらとなったイタリアの午後、太陽だけがさんさんと降り注いでいる旧市街の広場にぽつんと腰かけていると、その国に生まれ育った人間だけでなく、著者のような異邦人までが襲われるという《不思議な感覚》。そこでは、形而上絵画の巨匠デ・キリコの描く広場さながらに《複数の過去が現在と交叉しあい、異質なものが同じ空間のなかに同居している》。そして、どこからともなく聞こえてくる《過去のダイモンたちの囁き》。

本書は、《現代を代表するイタリアの思想家たちの耳元で、午後の広場に出没するダイモンたちがいかに、そして何を囁きかけたのか》にかんする報告であるという。著者は気鋭の美術史家としてすでに何冊かの本を世に問うてきたことで知られるだけでなく、カッチャーリの『必要なる天使』やアガンベンの『中味のない人間』への解説などでは、現代思想の分野にも鋭利な切り込みを見せていた。期待に胸をときめかせたとして、なんの不思議があろうか。

ところが、読み進めていったところ、どうであろう。

たしかに情報量は多い。また、「現代を代表するイタリアの思想家たち」ということで取りあげられているのは、多くは一九四〇年前後に生を享けた、わたしと同世代の現在活躍中の著作家たちであるが、その彼らの織りなすイタリアの現代思想を全体にわたってマッピングしてみせた本はイタリア本国にも類書がない。それだけに本書の提供している情報にはありがたいものがある。わたしも、うかつにも見逃していた多くの情報に接することができた。

だが、情報量が豊富な一方で、個々の書目についての論及には総じて物足りなさが目立つ。多くは表層をかいなでているだけで、深部にまでは分析のメスが及んでいない。

とりわけもどかしく感じられるのは、現代を代表するイタリアの思想家たちの耳元で囁いたという過去のダイモンたちの声が、読者の耳には——少なくともわたしの耳には——ほとんど届いてこないことである。

この奇妙な聾状態は全体で四章からなるうちの最終章「アイステーシスの潜勢力」にいたって極点

に達する。「アイステーシスの潜勢力」というのは、著者がもっとも得意とするテーマのひとつではなかったのか。ところが、そのテーマをあつかった部分において、よりにもよって聾状態が極点に達しているのだ。肝腎の「アイステーシスの潜勢力」を浮かびあがらせることはついになしえないまま、それまでの章にもまして大量の書目が目もくらむばかりの多彩なトピックとともに、息もつかせぬ勢いでつぎからつぎへと読者の眼前を通り過ぎていく。あとにはただ疲労感が残るのみ。期待を裏切られたというのが、正直な感想である。

これにひきかえ、『肖像のエニグマ』のほうは提供される情報量が適度で過多ということはなく、素材もほどよく限定されていて、読者の側も安心して著者の筆の運びに付き従っていくことができる。人間とはみずからが作り出したイメージに魅了され、翻弄され、場合によっては死に至らしめられる存在である。このイメージの魔力の秘密はどこにあるのか。これが二番目の新著のテーマである。プロローグとエピローグをふくめて十本の論考で構成されているが、いずれも批評性ゆたかなエッセイに仕上がっている。

なかでも読み応えがあるのは、「だが君、それをどう我々の意味にあてはめるつもりかね」というタイトルをもつ第三章である。イタリア・ルネサンス期の画家ジョルジョ・ヴァザーリとその工房の手になるフィレンツェのヴェッキオ宮殿の神話画装飾、画家に絵の「着想」をあたえたと推測される同時代の人文主義者コジモ・バルトーリのヴァザーリ宛て書簡、そして、絵が当時いかに観賞され受容されたかの一端をいまに伝える著作、すなわち、ヴァザーリ本人がメディチ家の皇子フランチェスコ一世との対話の形式をとって著した『議論集』という、制度としての芸術の三つの主要な契機――「制作」と「作品」と「受容」――にかかわる三つのテクストが分析の対象に選ばれているが、注目されるのはそれらのテクスト群を前にした著者の姿勢である。

著者は自問する。これらのテクスト群からわたしたちは何を導きだすことができるだろうか、と。そしてみずから答えて言う。三つのテクストのあいだの一致、同一性を前景化させることは十分に可能であろう、と。たとえば、かくかくしかじかにプログラムされた装飾計画は、ほぼその筋書にそって実現され、さらに着想者や制作者が意図していたとおりに観賞され受容された、という具合に。さらには、《アナロジー・モデルないしはシンメトリー構造に基づくこのストーリーは、わたしたちの美術史学にもっともなじみ深いものであると言えるかもしれない》とも。

そのうえで著者は美術史学の「常識」に挑戦するかのようにして宣言するのである。《しかしながら、わたしはここであえてその逆のストーリー、つまり三つのテクストのあいだのずれ、差異に注目してみたいと思う》と。ひいては、イコノロジーでいう作品の《内在的な意味》ではなくて、《誰にとってどのような意味がいかにして作り出されるのかという「意味作用」のプロセスやレトリック、あるいはテクストのもつ「行為遂行性」》が問題となる、と。

この著者の態度はたんに美術史学にかぎらず、およそテクストなるものへの一般的な接近方法としても教示されるところの少なくない態度であるといってよい。注目に値するゆえんである。

また、第八章「肖像のパラドクス」では、西洋においてはルネサンス以来、モデルの深い内面性を表現しえているか否かで肖像の出来不出来が決定されるというドクサが通用してきたが、そのドクサはそれ自体が肖像のもつパラドクシカルな性格を言いあてているとの興味深い指摘がなされている。

プラトンは、『ソフィステス』において、イメージというのはそう見えるだけでじつは真実ではないとするなら、「あらぬもの」が「ある」ということを認めなければならないことになるとするとともに、「ある」と「あらぬ」とのこうした「交錯」のうちにこそ重要な意味があるという趣旨のことを述べている。このプラトンの指摘を受けて、著者は言うのである。いちども見たことのない人物の肖像に、見知らぬモデルの似姿を見てしまう。しかも、その似姿のうちに、見えるはずのないもの――内面性――を読みとってしまう。このようなパラドクスからなっているもの、それが肖像にほかならない、と。これも著者とともにさらに深く掘りさげて考えてみたい論点である。

『図書新聞』第二八八一号（二〇〇八年八月九日）

インターネットと「一万年図書館」

Ian F. McNeely and Lisa Wolverton, *Reinventing Knowledge: from Alexandria to the Internet*

(W. W. Norton, USA, 2008)

今日わたしたちは高度情報化時代のまっただ中にいる。いまではインターネットのおかげで、わたしたちは世界のどこにある大きな図書館に保存されている知識にでも、一瞬のうちに接近することができる。

だが、インターネットがもたらした情報へのアクセスの迅速さには、駿足で知られるアキレウスが彼の踵にかかえていたような弱さが潜んでいるのではないか。情報を運搬する電波は、光学ケーブルを伝って跡形もなく消え去っていく。この電波にも似て、知識自体も、瞬間的な生命しかもたない、はかない存在になってしまったのではないか。

こういった疑念にとらわれた本書の著者たちは、同じサイバー空間のうちに、アキレウスの踵の弱さに対処しうる、いまひとつ別のヴィジョンを描いてみせる。知識を現在において瞬時に利用可能なものにするのではなく、遠い未来のために保存することを目的とした「一万年図書館 10,000-Year Library」というヴィジョンである。この図書館は、未来にメールを送信したり、過去からメールを受信したりすることを可能にしてくれる。そして、いつの日か地球的規模の破局的な事件が発生したときに備えて、文明を再建するための手引きとなる本を漏れなく貯蔵しておいてくれるだろう。こう著者たちはいうのである。「一万年図書館」とは、なんともはや、気宇壮大なアイデアであることか。

しかし、気宇壮大なのはアイデアだけではない。方法もまた、アイデアにおとらず遠大である。「一万年図書館」の構築にむけて、本書では、過去における知識の追求過程にはどのようなドラマがあったのかが、紀元前三〇〇年ごろアレクサンドレイアに創設された図書館にまでさかのぼったところから、その後今日にいたるまでの二千数百年におよぶ時間を経由して、歴史的にたどり直されていくのだ。インターネットの普及した高度情報化時代の今日とは異なって、かつて知識は「あまたの艱難辛苦の末にやっと手に入れることのできた宝物」であった。この苦難にみちた過去の経験を振り返ってみることは、いまや膨大な量にのぼる知識のすべてを組織するという気の滅入るような責務に直面している今日のわたしたちにとって、資するところが少なくないにちがいないというのが、著者たちの判断なのであった。

それだけではない。著者たちの関心は「西洋とはなにか」ということにある。が、その「西洋」は、それを地球上のほかにもある地域と区別された一地域というように規定してみたり、一組の文化的価値の体現者であるというようにとらえたりするよりも、知識を組織するためにそれがしつらえてきた制度の歴史をたどり直すことによってこそ、いっそうよく定義されうると著者たちはかんがえる。こうして本書では、「西洋」を形づくっている知識がどのようにして生産され保存され伝承されてきたのかが、それらの知識を組織してきた制度の歴史をつうじて追跡されることとなるのである。これはインテレクチュアル・ヒストリー（思想史研究）への本書の特記に値する貢献のひとつであるといってよい。

なるほど、このようにして制度に焦点を合わせると、ややもすれば、味も素っ気もない叙述におちいりやすい。本書における著者たちの狙いは、知識の「脱神秘化」を図るべく、「西洋」を形づくっている知識の発展過程の「骨格を撮影した叙述skeleton narrative」を構築することにあるという。が、「骨格を撮影した叙述」が肉付きに乏しい骨と皮だけの叙述に堕してしまわないという保証はどこにもないといわざるをえないのではないか。

しかし、本書にかんするかぎり、そのような懸念は杞憂でしかなかったとみてよい。著者たちによると、西洋ではかつて六回、知識の大規模な抜本的「再創造」ないしは「つくり直し」がなされたという。そして、そのつど、それぞれの媒体となった制度として、図書館、修道院、中世の大学、近代初期に学者たちの書簡（letters）のやりとりをつうじての共同体というかたちで誕生した「学芸共和国Republic of Letters」、十八世紀から十九世紀にかけての時期に確立をみた諸学科、そして十八世紀後半から現代までの知識の発展をささえてきた実験室という六つの制度が年代順にとりあげられていくのだが、いずれの章においても、それぞれの制度のなかで中心的役割を演じた学者たちの個々の活動についての具体例が織りこまれていて、肉付き豊かな生彩ある叙述になっている。
なお、著者たちが本書をつうじて明らかにしてきたところによると、知識はつねに人びとを連結するためにこそ研鑽されてきたのであって、たんに情報の蒐集を目的として研鑽されてきたのではなかった。ところが、この基本的事実を高度情報化時代の推進者たちはしばしば忘れてしまっているのではないか、と著者たちはいう。そして、実験室的科学がグローバルな規模の発達をとげていくなかにあって、来たるべき世代のためにわたしたちが果たすべき責務は、それの有している「不断の実験」と「民主主義的平等」と「社会的改良」の価値がもっとも人道にかなったかたちで制度化されるのを確かなものにすることである、という言葉でもって本書を結んでいる。これもまた心して受けとめるべき提言であろう。

「學鐙」第一〇六巻第一号（二〇〇九年三月五日）

総力的一致の大合作

たしか一九七〇年だったのではないだろうか。大学院での修業を中途で放棄して妻の郷里・北陸の田舎町に引きこんでいた時期に金沢の古本屋で入手したのだとおもう。わたしの書架には戦時中に実業之日本社から刊行された『日本国家科学大系』全十四巻（一九四一—四五年）のうち最初の四巻が現在も並んでいる。

「昭和十六年十月二十五日」の日付をもつ監修者・孫田秀春の「監修の辞」には開口一番《今や我が大日本帝国は、東亜新秩序の確立に歩一歩巨足を印しつゝ国を挙げて邁進してゐる》との時局認識が示されたうえで、《かゝる肇国《ちょうこく》以来の大理想を実現するには、万全なる組織力と物質力と且つ白熱せる国民精神力とを以て耐久敢闘せねばならぬが、これと共に更に重要なのは、権威ある国家科学を以て自らを確かと武装せねばならぬといふことである》と高らかに謳い上げられている。しかも、その「東亜新秩序」を翹望《ぎょうぼう》する国民にとって必要とされる「国家科学」は、《最早権威ある指導力たり得ない》ことが明らかになった《所謂自由主義社会の文化諸科学》に替えて、《これに代る別個の世界観・民族観を基底とする》ものでなくてはならず、《外国の模倣翻案ではなく、我が肇国の歴史と民族精神とを培土として展望され集大成せられたるものたることを要する》という。気恥ずかしくなるほどの意気込みようである。

第一巻「肇国及日本精神」には、山田孝雄の「日本肇国史」を筆頭に、村岡典嗣の「日本精神論」と高山岩男の「日本精神論」、それに久松潜一の「古代文学に現れたる日本精神」と中村孝也の「近世史に現れたる日本精神」が並んでいる。

ついで第二巻「哲学及社会学」には高坂正顕の「日本史の哲学」や務台理作の「歴史的世界観の哲学」なども入っている。さらに、入手できなかったので内容についてはわからないが、第十二巻の「厚生政策論」のセクションには、マルクスの『資本論』を「生産力」の観点を軸に読み解いたところから社会政策を構想したことで知られる大河内一男の名前も見える。監修者の自負するとおり、当時の現役一流の学者たちを動員した「総力的一致の大合作」と評してよい。

なかでも目を惹いたのは、第四巻「国家学及政治学（二）」に入っている大熊信行の「国家総力秩序の原理」である。この著作については、後年（一九九三年）、岩波講座『社会科学の方法』第二巻『20世紀社会科学のパラダイム』において、第一次世界大戦中、総動員体制がとられたのを契機に、カール・シュミットのいう「全体国家」とエコポリティクスの思想とのあいだに存在する密接な連関性が実現をみたことの意味するところを検討したさい、大いに利用させてもらった。エコポリティクスの思想というのはたぶんわたしの造語であろうが、政治そのものを生活経済的な行為の一形態として把握し、国家をもひとつの生活経済体として理解しようとする思想のことである。

なお、この戦時期の『大系』本に目を通していて「おや」とおもったことがある。それは「超国家主義」という言葉の用法についてである。「超国家主義」という言葉を聞いてわたしたちが真っ先に思い浮かべるのは、丸山眞男の論文「超国家主義の論理と心理」であろう。この論文のなかで丸山は「超国家主義」という言葉を――連合軍が戦前から戦時にかけての日本の政治体制を指して呼んだところにしたがって――「ウルトラ・ナショナリズム」の意味で使っている。ところが、孫田秀春や大熊信行らの文章では、「超国家主義」という言葉は、「新しい国家科学」によって克服されるべき「国際主義」ないし「コスモポリタニズム」とほぼ同じ意味で用いられている。丸山の論文が発表されたのは敗戦後まもない一九四六年のことであった。「超国家主義」をめぐって丸山によってくわだてられたこの一八〇度といってよい語義変換に当時の読者は戸惑いを覚えなかったのだろうか。気にかかるところである。

『図書新聞』第二九四〇号（二〇〇九年十一月七日）

全体主義をめぐる論争の「概念史」のこころみ

エンツォ・トラヴェルソ著、柱本元彦訳『全体主義』（平凡社、二〇一〇年）

「全体主義」をめぐる論争は、二十世紀において繰りひろげられた論争のなかでも、社会思想史上、もっとも代表的な論争のひとつであった。

本書は、この論争の経緯を振り返りつつ、知識人たちのあいだでの議論の変遷をたどろうとした「概念史」のこころみである。原書の出版年は二〇〇二年。前年にフランスで刊行された全体主義研究のアンソロジーに寄せられた序文を増補改訂のうえ、イタリアで出版された。小著ながらも関連する文献はほぼ遺漏なく取りあげられており、概念の誕生以来今日にいたるまで時代状況の変化に合わせて標的をさまざまに変えながら八十年近くにわたって展開されてきた論争の概要を知るうえで便利なマッピングとなっている。

しかしまた本書の意義はたんにこの点に尽きるものではない。本書では、論争の概要についての周到なマッピングの作成に心がけながら、同時に、論争の起源とその後の展開についての著者なりの見解が踏み込んで表明されてもいる。そしてこのことが叙述に独特の緊張と生彩をあたえる効果を生んでいる。

この一方で、著者の「全体主義」解釈には疑問を禁じえない点があるのも事実である。

第一の疑問点は、「全体主義」概念の起源にかかわる。

著者によると、「全体主義」という概念は第一次世界大戦を根本的な経験として誕生したというのだが、この指摘自体には問題はない。たしかに「全体主義」概念の起源には第一次世界大戦の経験があった。これは今日ではおおかたの論者によって広く分かちもたれている見解であると言ってよい。

ただ、その「根本的な経験」ということで著者が言おうとしているのは、ヴァルター・ベンヤミンが「物語作者」（一九三六年）のなかで《まだ鉄道馬車で学校に通った世代が、いま放り出されて、雲以外には、そして、その雲の下の——すべてを破壊する濁流や爆発の力の場のただなかに置かれた——ちっぽけで脆い人間の身体以外には、なにひとつ変貌しなかったものとてない風景のなかに立っていた》と述べているのにも近い経験であったようである。本書の第一章には、「全体主義」という言葉の普及には《岩だらけの風景のなか、聳え立ついくつもの巨石が倒れ、いまにもおし潰されそうな谷間で暮らす感覚》が反映していたとある。

だが、これはどうだろう。なるほど、こうしたとらえ方は第一次世界大戦の経験を発条として戦後のヨーロッパ社会にはびこることとなった能動的ニヒリズムの説明としては妥当であるかもしれない。そしてこの能動的ニヒリズムが「全体主義」のきわだった特徴のひとつをなしているというのも、これはこれで疑いようのない事実である。

しかし、そもそも「全体主義」という言葉は――著者も注意をうながしているように――なによりもイタリアのファシズムがみずからの立場の斬新さを宣揚するためにつくり出した言葉であって、そこには、社会にたいする中立ないし不介入という十九世紀ブルジョワ自由主義国家の建前を放棄して、社会的なもののいっさいをみずからのうちに吸収し、みずから社会の自己組織たらんとする国家へと、国家の形態を大きく変化させていこうとする志向が表明されていたのだった。カール・シュミットが一九三一年の著作『憲法の番人』において「全体国家」と呼んでいるものがそれである。そして、このような「全体国家」の出現を可能にしたものが、ほかでもない第一次世界大戦の経験だったのだ。

第一次世界大戦は――この点についても著者自身が注意を喚起しているように――産業革命以降の科学技術の飛躍的な発展にもささえられて、国民の人的・物的な資源を総動員して戦われた「全体戦争」＝「国家総力戦」であった。「全体主義」の起源には第一次世界大戦が根本的な経験としてあったと著者が言う場合、能動的ニヒリズムもさることながら、「全体戦争」＝「国家総力戦」を経由することによってはじめて「全体国家」は出現の糸口をつかみとったという、この戦争形態の構造的変化に起因する事実にこそもっと目を向けてしかるべきではなかったのだろうか。

ついでながら、訳者は「全体戦争」に「全面戦争」という語をあてているが、これは適切ではない。第一次世界大戦が「全体戦争」と称されたのは、戦闘のおよぶ範囲が全面的であったからではなく、それが国家総力を動員した戦争であったからこそ、「全体戦争」と称されたのである。

第二に、著者は本書の最終章でナチズムとスターリニズムの「歴史的比較」をこころみたのち、啓蒙主義的合理性にたいしてスターリニズムは相続人たらんとし、ナチズムは埋葬人たらんとしたのだったが、この相違を隠蔽していたのが両体制に共通する要素に目を向ける「全体主義」の概念にほかならなかったと批判している。そして、結論の部でも、「全体主義の世紀」と呼ばれる二十世紀の謎を解読するのに当の「全体主義」の概念はあまりにも不充分な概念だったようにおもわれると述べている。

しかしながら、この著者の論述の仕方にもおおいに疑問が残ると言わざるをえない。「全体主義」という概念がマックス・ヴェーバーのいう意味でのひとつの理念型であって、これと通常「全体主義」のレッテルを貼られているイタリアのファシズムやドイツのナチズム、さらにはロシアのスターリニズムの現実とのあいだには「万里の長城」が横たわっているというのは、著者の指摘を待つまでもなく、明らかなことである。「全体主義」の理念型は、現実のファシズムやスターリニズムよりも、ジョージ・オーウェルが『一九八四年』（一九四九年）でえがいた悪夢に似ていたというのも、そのとおりだろう。だが、現実をとらえようとする概念よりも、現実のほうがつねにより豊かで複雑だとしても、現実を概括的かつ近似的に定義してくれる概念なしにはわたしたちは学問的探究を遂行することができないというのは、著者自身も認めているところではないのか。

「全体主義」という言葉はたしかにあまりにも悪用されすぎてきた。それが現実を解明するよりは隠蔽する結果を招いてきたというのも、事実である。それでもなお、著者も言うように、それが二十世紀という時代の謎を解くうえで必要不可欠の概念のひとつであることに変わりはないのではないかとおもわれる。

『図書新聞』第二九七四号（二〇一〇年七月十七日）

若い世代に語り継ぐ

ヌート・レヴェッリ著、志村啓子訳
『ふたつの戦争を生きて——ファシズムの戦争とパルチザンの戦争』（岩波書店、二〇一〇年）

一九三九年九月一日、ポーランド侵攻を開始し、英仏両軍とのあいだの戦争に突入することとなったドイツ軍は、四一年六月二十二日には、二年前の八月にソ連とのあいだで締結した不可侵条約を一方的に破棄して、対ソ連奇襲攻撃（《バルバロッサ作戦》）にうって出る。そして、バルト海から黒海にかけて配備されたソ連の防衛線を突破、破竹のごとく東方へと進撃する。だが、緒戦段階でこそ戦況はドイツ軍の優勢のうちに展開するものの、四二年秋から四三年一月にかけてのスターリングラード攻防戦でドイツ軍は大敗を喫し、これを境にしてドイツ軍の総退却が始まる。

こうしたなか、ロシア戦線にドイツ軍の同盟軍として参加したイタリア軍も同じく惨憺たる敗走を体験することとなる。一方、四三年七月には連合軍がシチリア島に上陸。これに動揺した国王・党・軍部はムッソリーニ首相を罷免し、バドリオ将軍が政権を担当する。そして九月八日、バドリオ政府は連合軍とのあいだに休戦協定を締結するものの、首都ローマもふくめてナポリ以北はドイツ軍が占領。ドイツ軍占領地域ではパルチザンを中心にドイツ占領軍にたいする武装抵抗闘争（レジスタンス）が開始される。

本書は、ロシア戦線イタリア派遣軍に山岳連隊の将校として参加したのち、兵士に無謀な戦争を強いるファシスト政府への怒りを胸に、生地であるイタリア北部ピエモンテ地方のクーネオでパルチザンとして武装抵抗闘争に身を投じた経歴をもつ著者が、みずからの体験したふたつの戦争――ファシズムの戦争とパルチザンの戦争――の記憶を若い世代にむけて語り継ごうとしたものである。トリーノ大学で一九八五年から八六年にかけて開講された現代史の講座に招かれておこなった《第二次大戦時のイタリア》をテーマとする講義がもとになっている。

原書の刊行年は二〇〇三年。翌年には著者は八十四歳で他界しており、これまた今年七月初め、本書の刊行を待たずに他界した訳者の志村啓子も「あとがき」で記しているように、後代に託す「遺書」となることを意識してまとめたのではないか、と想像される。じっさいにも、著者は本文の最後で本書執筆の理由を説明して、それは《若者たちを信じる》からであり、《若者たちに知ってほしいと願う》からであると述べている。

日本ばかりでなく、イタリアにおいても、第二次世界大戦の記憶の風化は深刻さの度合いを増しつつある。とりわけ一九九〇年代に入ってからは、ファシズムと反ファシズムの「和解」の名のもとに両者の対立関係を無意味化しようとする動きが急速に強まる。より正確にいうなら、セルジョ・ルッツァット著『反ファシズムの危機』（堤康徳訳、岩波書店、二〇〇六年。原書刊行年は二〇〇四年）に寄せた「解説」で北原敦が的確にも指摘しているように、《ファシズムを現実には脅威のない過去の出来事として歴史の一頁に仕舞いこみ、そうすることでもう一方の対抗軸の反ファシズムの現実性をも否定し、反ファシズムの理念そのものを相対化しようとする動き》である。こうした状況に鑑みても、本書刊行の意義には小さくないものがあるといってよいだろう。

なお、ロシア戦線での体験については、著者はすでに第二次世界大戦直後の一九四六年、著者自身の戦場日記をもとに構成された『遅すぎるということはない』という回想記を公刊している。この回想記は、同じくロシア戦線にイタリア軍の軍曹として従軍したマリオ・リゴーニ・ステルンの体験記『雪の中の軍曹』（一九五三年。邦訳は大久保昭男訳、草思社、一九九四年）とともに、ロシア戦線体験者の記録としては他に類を見ない貴重な記録である。

『週刊読書人』第二八五四号（二〇一〇年九月三日）

「赤い出版人」ジャンジャコモ・フェルトリネッリの生涯

カルロ・フェルトリネッリ『フェルトリネッリ――イタリアの革命的出版社』

（麻生九美訳、晶文社、二〇一一年）

一九七二年三月十五日の午後、ひとりの男の死体がミラーノ近郊の高圧線鉄塔の下で発見された。男の片脚は吹き飛ばされており、死体の近くには十五本のダイナマイトが発火されないままに残されていた。男の年齢は四十歳なかば。身分証明書には「ヴィンチェンツォ・マッジョーニ」と記されていた。だが、まもなく、男の身元はイタリアの出版社フェルトリネッリの創業者、ジャンジャコモ・フェルトリネッリであることが判明する。

このニュースに接して受けた、言い知れぬショックのことは、いまも記憶に新しい。というのも、わたしは当時、ほかでもないフェルトリネッリ出版社から増補版の出たルッジェーロ・ザングランディの『ファシズムを通っての長い旅――ある世代の歴史のために』（一九六二年――初版は一九四七年にエイナウディ出版社から出ている）の日本語訳を進めている最中であったからである（この日本語訳は一九七三年、『長い旅――ファシズムと永続革命の世代』と題してサイマル出版会から刊行された）。

その後の情報からうかがい知ることができたところによると、ジャンジャコモは当時、「オズヴァルド」を名乗って地下に潜り、《ポテーレ・オペライオ（労働者権力）》や《ブリガーテ・ロッセ（赤い旅団）》などの議会外左翼とも連携しつつ、テロリストとして活動していたようであった。彼の生命を奪うこととなった七二年三月十四日の行動も、鉄塔を爆破してミラーノ全体を大混乱に陥れることが狙いであったという。「それにしても、あのフェルトリネッリ出版社の創業者が」というのが、正直な思いであった。

本書は、このジャンジャコモ・フェルトリネッリについて息子のカルロが書いた伝記である。

一九二六年六月十九日ミラーノでイタリアでも指折りの富豪の家に生まれたジャンジャコモは、ファシズム政権末期の一九四四年、イタリアに進攻してきた連合軍第五方面軍所属の志願兵軍団レニャーノ戦闘部隊に入隊して、そこで知り合いになったイタリア共産党員の紹介で、翌四五年にイタリア共産党に入党。そして二年後に父の財産を引き継いでからは党への巨額の寄付を開始するとともに、ミラーノに国際労働運動史関係の図書を蒐集した図書館を設立する。ついで一九五五年にはフェルトリネッリ出版社を創立。当時独立インドの初代首相を務めていたネールーの『自伝』を皮切りに、パステルナークの『ドクトル・ジバゴ』やランペドゥーサの『山猫』など、かずかずの話題作を出版していく。一九六八年には、キューバ革命の指導者フィデル・カストロから託された遺稿をもとに、チェ・ゲバラの『ボリビア日記』のイタリア語版も出版している。このような「赤い出版人」ジャンジャコモ・フェルトリネッリの生い立ちから悲劇的な最期までが、ジャンジャコモ自身の手紙や関係者の証言などを広く渉猟しながら丹念に綴られている。

なかでも特記されるのは、『ドクトル・ジバゴ』の出版前後にパステルナークとフェルトリネッリのあいだで交わされた往復書簡のほぼ全容が開示されていることである。

ソ連共産党第二十回大会でフルシチョフによるスターリン批判演説がなされた直後の一九五六年春、著者の了解を得て、ソ連を除く諸外国での『ドクトル・ジバゴ』の優先的出版権を取得したフェルトリネッリは、さっそく同書イタリア語版の出版の段取りを整える。そしてそのイタリア語版は翌五七年十一月に店頭にお目見えするとたちまち一大ベストセラーとなるのだが、出版に漕ぎつけるまでには、ソ連作家同盟からの妨害工作をはじめとして、いろいろと紆余曲折があった。さらに出版後も、今度はイタリア共産党との関係が修復不可能なまでに険悪化するにいたる。この間の複雑に込みいった事情の一斑をわたしたちは本書で全面開示されたパステルナーク＝フェルトリネッリ往復書簡からうかがうことができるのである。

また、フェルトリネッリは、一九六四年から六五年にかけて、カストロの回想録の出版を思い立ってキューバに出かけ、カストロにインタヴューをこころみたという。企画自体は途中で頓挫してしまったらしいが、このキューバ訪問がフェルトリネッリにあたえた影響にはことのほか大きなものがあったとのことで、その証左として、カルロは、父が六七年の暮れに「サルデーニャを地中海のキューバにする」という革命プランを胸に抱いてサルデーニャ島に出かけ、独立運動派のメンバーと接触をこころみていたという事実を紹介している。これも、わたしは本書で初めて知った情報であった。

一方、一九七二年三月十四日のジャンジャコモの死については、事故によるものだったのか、それとも謀殺によるものだったのか、息子カルロの懸命の調査にもかかわらず、真相は依然として謎のままのようである。

そのうえ、「オズヴァルド」を名乗るようになってからのジャンジャコモの行動については、著者の見方はいたって冷淡である。《きみの思想のために死ぬというのは、おとぎ話の世界なら、もっとも肝要な部分だ。だが、彼の死はシンボルの力を解き放つことはなく、計算がことごとく外れて、右と左の双方における排除ないし戯画化を引き起こすこととなる。豆の缶詰一缶ほどの値打ちしかない安っぽい時計のなかでたまたま起きた接触事故によって、ひとつの生命がついえ去ってしまったのだ》。こう著者は父の伝記を締めくくっている。

最後に翻訳について一言。――訳者のあとがきによると、本書は英語版からの重訳とのことであるが、固有名に不正確な表記が散見されるほか、意味不明な文章も少なくない。また、イタリア語原著が *Fuori collana* というタイトルで出版されたとあるのは間違いで、イタリア語原著のタイトルも、英語版同様、ジャンジャコモが愛用していたという英国製シガレットの商品名から採って、*Senior Service*（『シニア・サーヴィス』）となっている。

『図書新聞』第三〇〇六号（二〇一一年三月十九日）

待望のロドウィック著作集

Francis Lodwick, *On Language, Theology, and Utopia*, edited with an introduction and commentary by Felicity Henderson and William Poole (Oxford, Clarendon Press, 2011)

わたしがフランシス・ロドウィック（一六一九―一六九四）という人物の存在を初めて知ったのは、ウンベルト・エーコの『ヨーロッパ文化における完全言語の探求』（一九九三年――日本語訳は上村忠男・廣石正和訳『完全言語の探求』（平凡社、一九九五年。平凡社ライブラリー版二〇一一年））をつうじてであった。

エーコはまず、ヴィヴィアン・サーモンという研究者が『フランシス・ロドウィックの仕事』（一九七二年）のなかで一六四七年に公刊されたロドウィックの『共通表記法』を普遍記号にもとづく言語についての最初のこころみであると述べていることを紹介する。そして、十七世紀にポリグラフィーと呼ばれる同種の表記法を考案した者たちがラテン語文法の普遍性を想定していたのと同様に英語文法の普遍性を想定している点、しかもその英語文法をラテン語の文法的カテゴリーに立脚して哲学化しようとしている点にロドウィックの言語プランの限界を見さだめつつも、ポリグラフィーの考案者たちがアリストテレス以来の伝統にしたがって名詞を出発点にして記号体系の構築をくわだてていたのにたいして、ロドウィックの場合には名詞ではなくて行為の図式を出発点にしようとしていることに着目する。エーコによると、ここにはロドウィックの言語プランの独創性が認められるとともに、現代の意味論におけるいくつかの路線を先取りしている面があるというのだった。

ただ、残念なことに、ロドウィックにかんしては、最初の公刊著作『共通表記法』もそうであるが、第二番目の公刊著作『基本原理《グラウンドワーク》』、または新しい完全言語と普遍的表記法ないし共通表記法を建設するために置かれた（あるいはそう意図された）土台』（一六五二年）をはじめとして、第一次資料にアクセスすることが（一般読者だけでなく専門の研究者にとっても）ほぼ不可能な状態が長年にわたって続いてきた。こういった意味で、今回、公刊著作以外の手稿や書簡もふくめて、このアプリオリな普遍言語の開発者の一人と目される人物の業績をほぼ遺漏なく網羅した著作集が刊行されるにいたったことは喜ばしいかぎりである。本書の第一部「言語計画」には、『共通表記法』と『基本原理』のテクストにくわえて、一六八六年に英国学士院の会報『フィロソフィカル・トランスアクションズ』に発表された「普遍的アルファベットのための試論」も、関連する手稿類とともに収録されている。

しかしまた、今回の著作集の意義はこの点に尽きない。

ロドウィックは、なるほど晩年の一六八一年には英国学士院のメンバーに推挙されるまでになったものの、そもそもがアカデミシャンではなく、十六世紀半ばにイングランドに渡ってきたオランダ人の父の家業を継いで、海外とも幅広く木綿などの交易をおこなっていたロンドン在住の裕福な商人であった。したがって、万民に共通の普遍的表記法を考案したこと自体、純粋に理論的な関心によるものというよりは実務上の必要に発するものであったのではないか、とも推測される。

ところが、今回の著作集の編者たちの「総序」によると、ロドウィックの言語プランの根底には、じつはあるひとつの特異な宗教的見解が伏在していたのだという。ソッツィーニ派的な見解がそれである。十六世紀イタリアの人文主義者レリオ・ソッツィーニ（一五二五—一五六二）の学説を受け継いで、甥の神学者ファウスト・ソッツィーニ（一五三九—一六〇四）によって組織されたこの宗派は、聖書を読み解くにあたってなによりも理性つまりは無矛盾の原理を重視した。そして、そうした理性重視の聖書解釈に依拠して三位一体説を否定し、原罪やキリストによる贖罪というキリスト教会の教理の骨格部分に根本的な異議を唱えたことで、当時さまざまある異端のなかでももっとも危険な異端とみなされていた。ロドウィックはこのソッツィーニ派の立場に秘かに賛同していたというのである。ロドウィックは稀代の蔵書家で、ソッツィーニ派関係の著作にも通暁していたとのことである。

しかも、それればかりではない。同じく編者たちの「総序」によると、ロドウィックは、ソッツィーニ派であったのにくわえて、フランスのユグノー、イザーク・ラ・ペレール（一五九六—一六七六）が立てたアダム以前の人類の存在にかんする仮説の隠れた支持者でもあったという。エーコが言語の多起源説の最初の表われのひとつとみている仮説である。

今回の著作集では、ロドウィックの言語プランもさることながら、とりわけその根底に伏在していたとみられる異端的宗教思想に力点がおかれている。そして第二部にロドウィックが秘かに抱懐していたこれらの異端思想の実態をうかがわせてくれる神学関係の手稿類が収録されるとともに、第三部にはその彼の異端思想をみずからユートピア小説のかたちに仕上げたテクスト「名前のない国」が収録されている。この点も今回の著作集にかんして特記される意義のひとつであるといってよいだろう。

ちなみに、「名前のない国」にかんしては、今回の著作集の編者の一人、ウィリアム・プールによる校訂本が二〇〇七年にアリゾナ大学の中世・ルネサンス研究センターから出ている。

「學鐙」第一〇八巻第二号（二〇一一年九月五日）

アガンベンへの現在望みうる最良の手引き

岡田温司『アガンベン読解』（平凡社、二〇一一年）

ジョルジョ・アガンベンというイタリア人哲学者の存在が日本の読書界で知られるようになったのは、雑誌などに載った短文を別とすれば、一九九八年にありな書房から出た美術史家・岡田温司の翻訳になる『スタンツェ』をつうじてであったと言ってよい。本書はその岡田によるアガンベンの総合的な読解のこころみである。

読解のこころみ自体は、すでに二〇〇二年、人文書院から出た岡部宗吉ならびに多賀健太郎との共訳『中味のない人間』に寄せた岡田の解説「アガンベンへのもうひとつの扉――詩的なるものと政治的なるもの」でもなされていた。ただし、そこでは、『目的なき手段』が高桑和己によって翻訳されて二〇〇〇年に以文社から『人権の彼方に』と題して出版され、ひきつづいて二〇〇一年にはわたしと廣石正和の共訳になる『アウシュヴィッツの残りのもの』が月曜社から出版されたのに刺激されてか、当時日本ではアガンベンの仕事がもっぱら政治哲学にかかわる部分で世間の耳目を集めていたのに異を唱えて、出発点をなしているのはむしろ美学ないし詩学をめぐる理論的かつ歴史的な考察であることに注意が喚起されていた。そして、デビュー作『中味のない人間』が世に問われた一九七〇年から『開かれ』が出た二〇〇二年にいたるまでのアガンベンの著作を美学ないし詩学に照準を合わせて年代順にたどるという手続きがとられていた。

これにたいして、本書では、二〇〇二年以降も今日にいたるまでますます旺盛な健筆ぶりを発揮しているアガンベンの仕事をも視野に収めつつ、政治哲学や神学の分野にまで触手を拡げて、彼の思想の全体像への接近がこころみられている点が大きく相違している。また、今回は二〇〇二年の解説の場合とは異なって、年代順にではなく、「潜勢力」「閾」「身振り」「瀆聖」「無為」「共同体」「メシア」「声」「註釈」という九つのキータームに分節して論が進められている。

これらのキータームが「アガンベン症候群」と総称されているなど、いくつか首をかしげたくなる箇所がないわけではない。また、他人の文章をそれがもともと置かれていたコンテクストから切り離して、自分のコンテクストのなかに無理やり組みいれようとする、牽強付会と断ぜざるをえないような所作もまま見られる。たとえば、二〇〇七年にスタンフォード大学出版会から出たアンソロジー『ジョルジョ・アガンベン』に収録されている論考のなかでアントニオ・ネグリが指摘している「二人のアガンベン」の存在についての受けとめ方がそうである。ネグリの指摘を岡田は詩と政治との緊張にみちた二つの極に引き裂かれたアガンベンを指したものと受けとめている。しかし、ネグリが「二人のアガンベン」ということで言おうとしているのは、「実存的で運命論的な恐るべき影のなかにぐずぐずと留まりつづけている」アガンベンと「批判的存在論のヴァールブルク」と称されるにふさわしい流儀でもって《文献学と言語分析の仕事に没入することによって存在の力に到達する》アガンベンとがいつも同一著作のなかに共存しているということであって、詩と政治の関係の問題とはおよそコンテクストを異にしている。乱暴に過ぎる受けとめ方というほかあるまい。

だが、アガンベンの思考の特徴と目される点を九つのキータームに分節して取り出していく手並みは、じつにみごとである。なかでも特記されてよいのは、〈閾からの思考〉という、わたしもかねてより注目していたアガンベンの思考スタイルについて、ときとして突飛に過ぎるとおもわれる仮説を織り交ぜながらも、緻密で十分に目配りの利いた分析が繰りひろげられていることである。

それだけではない。さらに岡田は、アガンベンが『残りの時』でパウロのテクストから導き出されるメシア的時間のタイポロジー（予表論）的構造とロマンス語詩の「予告しつつ反復し集約する」押韻の構造とのあいだには深層において密接に関連するものがあると指摘しているのを受けて、この構造はそのままアガンベン自身の思考のスタイルにも対応しているのではないか、との「仮説」を提出している。これも、アガンベンの著作全体を丹念に読み抜いてきた岡田ならではの着眼点として、特記に値するとみてよいだろう。アガンベンを読み解くためのおそらくは現在望みうる最良の手引き書が気鋭の美術史家によって提供されたことに感謝したい。

『週刊読書人』第二九二八号（二〇一二年二月二十四日）

学問の危機からの脱出のための一指針

パウル・ティリッヒ著／清水正・濱崎雅孝訳『諸学の体系――学問論復興のために』（法政大学出版局、二〇一二年）

先日（二〇一二年三月十日）、青山学院大学総合研究所でミュンヘン大学プロテスタント神学部教授グンター・ヴェンツによる講演「ティリッヒとパネンベルクの神学的〈学問論〉について」があった。その講演のなかでヴェンツも聴講者に注意をうながしているように、第一次世界戦争後のドイツでは、ルードルフ・ブルトマンやカール・バルトなど、いずれも一八八〇年代生まれの神学者たちのあいだから、いまやわれわれはひとつのラディカルな歴史的断絶を経験しているのであり、二つの時代のはざまにあって生きているのだ、という危機の意識を発条とした、いわゆる弁証法神学の潮流が擡頭しつつあった。パウル・ティリッヒもバルトと同じ一八八六年生まれ。『境界に立って』という彼の自伝のタイトルが雄弁に物語っているように、そうした危機の意識を分かちもつ神学者の一人であった。

ただ、同じ危機の神学者のなかでも、ブルトマンやバルトといささか系統を異にして、ティリッヒはとりわけ哲学的な色彩の濃い神学者であったと言ってよい。こうした哲学的神学者としてのティリッヒの特徴がもっとも顕著にうかがわれるのが、一九二三年に公刊された『対象と方法にしたがった諸学の体系』にほかならない。

それにしても、この危機の神学者による学問体系論のなんと気宇壮大で、しかも周到なことか。じっさいにも、『諸学の体系』では、まずもって「一般的な基礎論」のなかで、個々の学問をあるひとつの包括的な連関のなかに組みこんで体系を構築することが学問論の究極的な課題でなければならないとの要請が立てられるとともに、カントからフィヒテをへてヘーゲルにいたる十九世紀前半期ドイツの哲学的学問体系論を積極的に援用して、そのような体系構築のために必要とされる原理と方法についての一般的な考察がなされている。そして、ついでは各論に入って、「思惟」と「存在」の対立と矛盾、ならびに「精神」における両者の止揚と統一という、知の三つの要素のあいだの弁証法的な連関に対応させて、学問を「思惟科学、あるいは観念的な学」「存在科学、あるいは実在的な科学」「精神科学、あるいは規範的な科学」の三つの群に区分したうえで、それぞれについて具体的な検討が繰りひろげられているのだが、このように学問の全領域をカヴァーしつつ、個別的な細部にわたって怠りなく注意を払うというのは、並大抵のことではない。著者の強靱な論証力にただただ圧倒されるばかりである。この危機の神学者は疑いもなく、諸学の専門化が未曾有の発展をとげた二十世紀にもかろうじて残っていた数少ない〈普遍人〉の一人なのであった。

疑問というか、即座には承服しがたいものがないわけではない。「神律 Theonomie」という概念がそれである。

ティリッヒは、精神科学を意味措定に向かう学であると規定するとともに、その精神科学の態度として自律と神律の二つを挙げる。ティリッヒによると、自律は哲学の態度であって、それは被制約的なものを基礎づけるためにのみ、無制約的なものに向かう。これにたいして神学の態度の特徴をなしているのが神律であって、こちらのほうは無制約的なもののために無制約的なものへと向かう。そして、ヨーロッパの近代において確立を見た自律的な精神態度が根源的な危機に瀕している現在、その危機から抜け出すためにわたしたちに要請されているのは神律的な精神態度にほかならないというのだが、はたしてどうだろう。キリスト教信仰に生きる者ならばいざ知らず、このような教理論的主張はいささか独断的に過ぎると受けとられても無理からぬところがあるのではないだろうか。

しかし、第一次世界戦争直後に叫ばれた学問の危機はそれから一世紀を経過した今日もなお克服されていないばかりか、深刻さの度合いをますます強めつつあるかにみえる。そうした今日、危機からの脱出策のひとつとしてティリッヒの神学的学問論にもあらためて顧慮してみるだけの価値があることも、これはこれで疑いのない事実ではないかとおもわれる。

『図書新聞』第三〇六二号（二〇一二年五月十九日）

ビブリオグラフィティ　2007–2011

『図書新聞』『週刊読書人』『みすず』読書アンケートへの回答

二〇〇七年度

1 嘉戸一将『西田幾多郎と国家への問い』(以文社)
西田における主権への関心が「法の絶対性」を確保しようとする制度論的関心と不可分の関係にあったことを一九四一年の田中秀央あて書簡を手がかりに探りあてたのは、警抜。また、その関係を「絶対矛盾的自己同一」の概念において読み解こうとこころみているのも、説得性にはなお疑問を残すとはいえ、エールを送りたい。

2 水林章『モーツァルト《フィガロの結婚》読解——暗闇のなかの共和国』(みすず書房)
《フィガロ》のソナタ形式のうちに《多様性を内に孕んだ統一性》を確認するとともに、それとルソー＝カント的な「啓蒙のプロジェクト」の到達点というように著者のとらえる「討議空間としての〈共和国〉」の理念とのあいだに根底においてつながるものを見てとろうとした意欲作。ただ、グローバル資本主義の現在には「啓蒙」への明らかな回帰がみとめられるというのはどうか。

3 小林敏明『廣松渉——近代の超克』(講談社)
マルクス主義に立脚した廣松の「近代の超克」論と京都学派のそれとのあいだに、ともに出自が近代化の遅れたペリフェリーであったことに起因する《原点遠心法的発想スタイル》を突きとめて、その問題性をあぶり出してみせた点はさすが、というべきか。

『図書新聞』第二八三一号
(二〇〇七年七月二十八日)

1　中平卓馬『なぜ、植物図鑑か』（筑摩書房）

記憶喪失後、まさしく「植物図鑑」のような写真を撮り始めた中平卓馬の作風について、西井一夫はこう評したことがあった。《一人の犠牲＝サクリファイスの存在によって少なくとも写真の黙示録へ、〈窓〉は開かれたのだ》と（「写真の黙示録」『みすず』一九八九年六月号）。この言葉の意味をあらためて考えさせられる。

2　新原道信『境界領域への旅――岬からの社会学的探求』（大月書店）

本書は、著者が境界領域への旅の途上で見て聞いて感じたことを、《ごくふつうの智者たちによって、断片の背後の現実がすくい取られることを祈りつつ》書きつづったものだという。この著者の祈願はどこまで成就されたであろうか。

3　岡本恵徳『「沖縄」に生きる思想』（未來社）

標題は、著者の記念碑的論考「水平軸の発想」（叢書『わが沖縄』第六巻「沖縄の思想」木耳社、一九七〇年）の要点を整理し直して『労働運動研究』一九七〇年七月号に寄せられたエッセイから採られている。ただ、その一文ではタイトルが「「沖縄に生きる」思想」とあって、「生きる」に重点が置かれていたのが、今回の批評集では編集委員会によって「沖縄」を強調したものへと変更されている。この微かな修正が気にかかった。

『図書新聞』第二八五一号
（二〇〇七年十二月二十二日）

1　二宮宏之『フランスアンシアン・レジーム論――社会的結合・権力秩序・叛乱』（岩波書店）

《こうしていまは上村さんの歴史への問いかけのお仕事に協力させていただいていますが、できることなら、またフランスに出かけて、古文書の山のなかに埋もれていたいんですよ》。数年前のある会合からの帰り道、二宮さんはこう漏らされたことがある。どんなにか無念でいらっしゃったことだろう。その思いは、著者自身の構成プランになるという本書からも手に取るように伝わってくる。

2　ヤン・パトチカ『歴史哲学についての異端的論

考』（石川達夫訳、みすず書房）
《「所与」の確実性を震撼させる》歴史の覚醒力に信頼しつつ、「プラハの春」直後の弾圧のなかであえなく倒れた、このフッサールとハイデガーの弟子の死は、二十世紀という時代の非情さをいまさらのように痛感させる。

3 市村弘正『［増補］敗北の二十世紀』（筑摩書房）

一九九八年に世に問われた本書の世織書房版は、わたしが〈歴史のヘテロロジー〉をめぐっての思索を進めていくうえで、かけがえのない参照基準のひとつであった。今回増補のうえ、ちくま学芸文庫の一冊として再版されたことを、著者とともに慶びたい。

『週刊読書人』第二七一八号
（二〇〇七年十二月二十一日）

1 カルロ・ギンズブルグ『糸と痕跡』Carlo Ginzburg, *Il filo e le tracce* (Milano, Feltrinelli, 2006)

ギリシア神話によると、テセウスはアリアドネーから贈られた一本の糸を頼りに迷宮に入っていき、ミノタウロスを見つけて殺す。《しかし、テセウスが迷宮をさまよいながら遺した痕跡については、神話はなにも語っていない》。この通常は語られることのない探求者の痕跡を追跡しようとこころみた野心作。なかでも、クラカウアー論「細部、大写し、ミクロ分析」が秀逸。

2 田中純『都市の詩学――場所の記憶と徴候』（東京大学出版会、二〇〇七年）

徴候解読型パラダイムの根源にかんするギンズブルグの論考「証跡」との共鳴が印象的であった。

3 今村仁司『社会性の哲学』（岩波書店、二〇〇七年）

著者によると、本書は、アルチュセールやフーコーあるいはデリダなど現代フランスの俊秀たちの仕事には「社会性」あるいは「政治的共同体」の原理的研究が欠如していることへの《不満》に発する、いまいちどヘーゲルに立ち戻ったところからの「社会の存在論」構築に向かっての《一人旅》の記録であるという。それにしても、わたしと同世代であった著者のこのような〃体系的著作〃への執念はいったいどこからやってきたのか。

4　『*photographers' gallery press*』別冊『写真0《ゼロ》年沖縄』(photographers' gallery　二〇〇七年)

仲里効が平良孝七、比嘉康雄、伊志嶺隆の《交叉するまなざし》について鋭利な考察を展開しつつ、かれらの不在の意味に思いを潜らせている。巻頭に収録されている比嘉豊光の七〇年代前半期の写真「沖縄闘争」も、北島敬三の写真「コザ／１９７５―１９８０」ともども、いまもって鮮烈である。

5　ヴィーコ『新しい学』Giambattista Vico, *Principj di Scienza nuova d'intorno alla comune natura delle nazioni* (Napoli, Muziana, 1744)

文献学に《知識の形式》をあたえるというのが「新しい学」のそもそもの動機であったことの意味をあらためて考えさせられた。

『みすず』第五五七号（二〇〇八年二月一日）

二〇〇八年度

1　木前利秋『メタ構想力――ヴィーコ・マルクス・アーレント』（未來社）

メタ次元における構想力の作用に焦点を合わせたところから、〈作ること〉と〈知ること〉の関係に分析のメスを入れた意欲作。なかでもマルクスの労働論についての批判的考察が秀逸。

2　酒井直樹『希望と憲法――日本国憲法の発話主体と応答』（以文社）

「国際社会」から外されてしまった人びと、つまりは「残余」の視座を導入することによって、日本国憲法にまつわる歴史を再考しようとした挑発的な一書。

3　鵜飼哲『主権のかなたで』（岩波書店）

コージ・タイラの「琉球独立の新視点」（一九九七年）への所感「独立を発明すること」が、スピヴァクに招聘されておこなったというコロンビア大学での講演「島・列島・半島・大陸――隣りあうものたちの惑星的思考」とともに示唆的であった。

『図書新聞』第二八八〇号

（二〇〇八年八月二日）

1　アントニオ・ネグリ『野生のアノマリー――スピノザにおける力能と権力』（杉村昌昭・信友建志訳、作品社）

いまからさかのぼること二十数年前の一九八一年秋であった。日本におけるスピノザ研究の草分けの一人であった竹内良知さんの勧めもあって、その年の初めに出たばかりのイタリア語原書を取り寄せて読み、著者のスピノザ解釈の斬新さに瞠目させられた記憶がある。このたびの翻訳をきっかけに日本におけるネグリ理解がいっそう深まることを願わずにおれない。

2　西谷修・仲里効編『沖縄／暴力論』（未來社）

収録されているシンポジウムの記録のうちの「暴力とその表出」における真島一郎の発言と、〈反復帰〉論の言語と文体をめぐる中村隆之の論考「寡黙、吃音、狂気」が目を惹いた。

3　孫歌『歴史の交差点に立って』（日本経済評論社）

これまで「東アジア」は多くの研究者にとって欧米産の理論の普遍性を検証するための対象でしかなかったとの診断のもと、その「東アジア」の深奥から従来型解釈モデルに取って代わる「もう一つの〝普遍性〟」を開き示そうとした意欲作。いくつかの点でG・C・スピヴァクの『別のさまざまなアジア』と問題意識が重なりあっているのが注目される。

『図書新聞』第二八九九号
（二〇〇八年十二月二十七日）

1　ホッブズ『市民論』（本田裕志訳、京都大学学術出版会）

待望の初訳。本書とあわせて『哲学原論』三部作をなす『物体論』と『人間論』も訳してもらえるとありがたいのだが……。ホッブズにおいては、政治哲学は自然哲学と不可分の関係にある。それだけになおさらである。

2　『現代思想』八月臨時増刊号　総特集《吉本隆明――肯定の思想》

吉本隆明における「関係の絶対性」という概念の

意味について思索をめぐらせておられる最首悟さんのエッセイに接して、一九六〇年代の初め、第一次安保闘争直後に東大駒場の自然弁証法研究会の場で交わした議論のことが懐かしく想い起こされた。

3　黒田寛一『〈異〉の解釈学――熊野純彦批判』（こぶし書房）

批判はじつに辛辣であるが、姿勢そのものはいたって誠実。とりわけ熊野純彦さんの「他者」論にたいする著者の批判にはそのままわたしの〈歴史のヘテロロジー〉にたいする批判とも受けとれる面があり、いろいろと考えさせられた。

『週刊読書人』第二七六八号
（二〇〇八年十二月十九日）

1　太田好信『亡霊としての歴史――痕跡と驚きから文化人類学を考える』（人文書院、二〇〇八年）

あたかも時間の流れに逆らうようにして、過去の出来事がわたしたちの現に生きている社会に取り憑いて離れようとしないというのは、日常的経験に属することがらである。が、それをモティーフとして学問的反省をくわだてた例となると、案外と少ない。本書は、この憑依の現象に着目したところから、自分の専門とする文化人類学そのもののつくり直しをくわだてた、野心的なこころみである。

2　アントワーヌ・ベルマン『他者という試練――ロマン主義ドイツの文化と翻訳』（藤田省一訳、みすず書房、二〇〇八年）

自国語の成立には「異なるものの試練」が不可欠であることをはじめて意識したのはドイツ・ロマン派であったという理解に立って書かれた、注目すべき翻訳論。

3　工藤信彦『わが内なる樺太――外地であり内地であった「植民地」をめぐって』（石風社、二〇〇八年）

著者は一九四五年、十四歳のとき、ソ連軍の侵攻で生地・樺太から「本土」への移住を余儀なくされたという。その幻の故郷＝「わが内なる樺太」に歴史的回顧のまなざしを注いだところからの「国家」への悲痛な問いかけが胸を打つ。

4　カール・レーヴィット『共同存在の現象学』（熊野純彦訳、岩波書店、二〇〇八年）

原書 *Das Individuum in der Rolle des Mitmenschen*（一九二八年）については、一九八一年に『レーヴィット著作集』第一巻に収録されたテクストで読んだ記憶がある。当時、廣松渉が「世界の共同主観的存在構造」ということを言い、世界のなかで個々人に割り当てられる「役割」の問題を論じていたのが、読んでみたいとおもったきっかけだった。今回の新訳はその廣松の最後の弟子の手になるものである。訳語に工夫が凝らされているほか、訳者解説もレーヴィットの思想的展開の軌跡を丹念に追っていて参考になる。

『みすず』第五六八号
（二〇〇九年二月一日）

二〇〇九年度

1 『森崎和江コレクション――精神史の旅』全五巻（藤原書店）

このコレクションを森崎は《植民二世の原罪意識の歪みを、訂正したくて苦悩しつつ生きたわが足跡》と規定している。ただ、同じ文章に接しながらも、『ははのくにとの幻想婚』（一九七〇年）や『異族の原基』（一九七一年）のなかではたしかに感じられた鬼気迫るものが感じとれなくなってしまったのは、わたしが年老いたせいなのか。それとも、編集方針のせいなのか。

2 今福龍太『身体としての書物』（東京外国語大学出版会）

電子メディアの支配する現代にあって、書物のそなえる身体性を人間の知性にあらためて接続しようとする斬新な試み。本書は著者が東京外国語大学で開いてきた演習が元になっているという。このような演習に参加することのできた学生たちの、なんと僥倖であったことよ。

3 アレクサンダー・ガルシア・デュットマン『思惟の記憶――ハイデガーとアドルノについての試論』（大竹弘二訳、月曜社）

ある出来事が経験されると、経験された出来事の名は歴史の全体性へと移し換えられ、ここに名の暴力が起動する。本書は、この歴史の全体性の創設にまつわる名の暴力の問題をハイデガーとアドルノに即して究明しようとした意欲作である。後記「哲学者のよろめき」が印象に残った。

『図書新聞』第二九二七号
（二〇〇九年七月二十五日）

1　互盛央『フェルディナン・ド・ソシュール――〈言語学〉の孤独、「一般言語学」の夢』（作品社）
言語学は「近代」の権化ともいうべき性格を帯びて十九世紀のヨーロッパに誕生した。その言語学によって挫折と盲目を強いられたというソシュールが覚醒させようとした新しい〈言語学〉についての、綿密な資料考証にもとづく追思考の試み。従来のソシュール理解を一新する労作である。

2　杉浦勉『霊と女たち』（インスクリプト）
グロリア・アンサルドゥーアとチカーナ・フェミニズムについての批判的考察「彼女にはこの恐怖がある、名前がないということの」が出色。それにしても、「霊と女たち」が『未来』に連載されていたあいだから毎回のように所感と応援のエールをさしあげていただけに、志なかばにしての著者の逝去にはいくら悔やんでも悔やみきれないものがある。

3　黒田寛一著作編集委員会編『黒田寛一初期論稿集』第二巻『唯物弁証法・論理学』（こぶし書房）
一九六〇―六一年、東大自然弁証法研究会のメンバーのあいだで武谷三男の「三段階論」や毛沢東の『矛盾論』をめぐって闘わせた議論が懐かしく思い出される。

『図書新聞』第二九四七号
（二〇〇九年十二月二十六日）

1　岩崎稔・米谷匡史編『谷川雁セレクション』Ⅰ「工作者の論理と背理」・Ⅱ「原点の幻視者」（日本経済評論社）
大学に入学してまもなく『民主主義の神話――安保闘争の思想的総括』（現代思潮社、一九六〇年）に寄せられた「定型の超克」に接して以来、谷川雁は同じく同書に「擬制の終焉」を寄せている吉本隆明とともに、わたしにとってかけがえのない水先案内人でありつづけてきた。その雁さんの詩人ならびに革命運動家としての事績を《現時点から「救済的批評」の対象として読み直したい》（岩崎稔）との意図のもとで編まれた意欲的なセレクション。

2　谷川多佳子『主体と空間の表象——砂漠・エクリチュール・魂』（法政大学出版局）

デリダの思索は「場所なき場所」としての〈砂漠〉に立脚したところから繰り出されているという井筒俊彦の指摘に導かれての第1章「砂漠——場所なき場所」と第2章「エクリチュール、記号、精神」が目にとまった。

3　李静和編『残傷の音——「アジア・政治・アート」の未来へ』（岩波書店）

収録されているエッセイはいずれも刺激に富む。が、わたしにはなによりも本書の付録DVDのなかの「残傷の音」が鮮烈であった。沖縄・佐喜眞美術館所蔵の丸木位里・俊作「沖縄戦の図」と高橋悠治のピアノ演奏とのコラボレーションである。制作者は在日三世の映像作家・琴仙姫《クムソニ》。彼女が制作したという『獣となりても Beast of Me』と『異郷の空 Foreign Sky』もぜひ観てみたいものだ。

『週刊読書人』第二八一八号

（二〇〇九年十二月十八日）

1　田中純『政治の美学——権力と表象』（東京大学出版会、二〇〇八年）

《本書がこれから足を踏み入れるのは、血なまぐさい政治的情動と官能的な美が共犯関係を結ぶ過程でたどった冥い道である。……しかし論じられるべき魅惑は、その危険性にこそ宿っているのである》。こう述べる著者の感性の、往年のわたしとなんと似通っていることか。わたしもまた、この「冥い道」で何度となく踏み迷いそうになったものだった。

2　ミシェル・ド・セルトー『ヘテロロジー』Michel de Certeau, *Heterologies: Discourse on the Other*, Translated by Brian Massumi, foreword by Wlad Godzich (Minneapolis-London, University of Minnesota Press, 1986)

先般（二〇〇九年十月）来日したヘイドン・ホワイトが事前に送ってきた「実用的過去」という論考のエピグラフに、本書から《フィクションは歴史の抑圧された他者である》という一節が引かれていた。

これに興味をそそられて取り寄せてみたのだが、セルトーの「他者」論のなかなかよく出来た集成である。

3　今福龍太『群島-世界論』（岩波書店、二〇〇八年）

「近代」の歴史は陸上的原理を支配原理としてきたととらえたうえで、それを海の姿に反転させることによって、〈世界〉を〈群島〉として再創造しようという魅力あふれる試み。イタリアの政治哲学者マッシモ・カッチャーリの『群島』（一九九七年）とも思想的に深いところでつながるものが感知される。

4　仲里効『フォトネシア——眼の回帰線・沖縄』（未來社、二〇〇九年）

わたしが仲里効さんと最初に会ったのは、たしか二〇〇〇年の秋ではなかったか。東京外国語大学での同僚であった西谷修さんとの話し合いのなかでクリス・マルケル監督のフィルム『レヴェル5』（一九九六年）を沖縄で上映してみてはどうかということになり、事前打ち合わせのため那覇に出向いたのがそもそもの機縁であった。以来、足かけ十年。その間に沖縄発の映画や写真をめぐって仲里さんとのあいだで交わすこととなった濃密な対話の記憶がみずみずしく甦ってくる。

5　上村秀男『戦中講話——ある神官の戦争』（上村武男編・解説、私家本、二〇〇九年）

著者はわたしの父である。神官であった。その父が先の戦争中、みずから宮司を務める神社で毎朝おこなっていた必勝祈願日拝会での講話のための謄写版印刷物をわたしの弟が編んだもの。おそらくは戦争中に自身もまた死地におもむこうとしながら、果たせずに戦後まで生き延びてしまった父の心情が思いやられる。

『みすず』第五七九号
（二〇一〇年二月一日）

二〇一〇年度

1　市村弘正編『藤田省三セレクション』（平凡社）

同じく平凡社ライブラリーから今春刊行された杉

田敦編『丸山眞男セレクション』もそうであったが、じつによくできたセレクションである。編者・市村弘正による解説「藤田省三を読むために」は「断絶」の場所に身を置きながらたえず「異物」たらんとした思想家・藤田省三へのこよなき水先案内人を務めてくれている。

2　アントニオ・ラブリオーラ『思想は空から降ってはこない――新訳・唯物史観概説』(小原耕一／渡部實訳、同時代社)

わたしは目下、「イタリア思想史の会」に集う若い研究者たちと『イタリアにおける「マルクス主義の危機」論争』にかんする研究を進めているが、その論争の起爆剤となったのがほかでもない、本書に新訳されたアントニオ・ラブリオーラの「『共産主義者宣言』を記念して」(一八九五年)と「史的唯物論について――予備的解説」(一八九六年)であった。その意味でもありがたい翻訳である。

3　中山智香子『経済戦争の理論――大戦間期ウィーンとゲーム理論』(勁草書房)

大戦間期を背景に生まれた「経済戦争」の理論についての意欲的な考察。とりわけモルゲンシュテルンとフォン・ノイマンの共著になる『ゲームの理論と経済行動』(一九四四年)にかんする批判的分析からは多くの有益な示唆を得ることができた。

『図書新聞』第二九七五号
(二〇一〇年七月二十四日)

1　小林敏明『〈主体〉のゆくえ――日本近代思想史への一視角』(講談社)

「主体」概念をめぐって京都学派のなかで三木清のはたした主導的役割に着目したところからの日本近代思想史再考のこころみ。三木の「主体」概念の意義については、わたしもかねてよりささやかながらも思索を重ねてきた。そのわたしにとって教示されるところの少なくない著作である。

2　ヤーコプ・タウベス『パウロの政治神学』(高橋哲哉／清水一浩訳、岩波書店)

アガンベンはわたしが翻訳を手がけた『残りの時』をヤーコプ・タウベスの生前最後の講義をもとに刊行された『パウロの政治神学』(一九九三年)に追悼の辞をささげることから始めている。こういった経緯もあって待ち望んでいた翻訳。

3　貫成人『歴史の哲学――物語を超えて』（勁草書房）

「歴史の物語論」において見落とされてきた（と著者のとらえる）歴史の「構造」を浮き彫りにすることによって、新たな歴史の哲学を構想する、という著者の意欲は買う。だが、そのさいのモデルのひとつがブローデルの『地中海』であるというのはいかがなものか。

『図書新聞』第二九九五号
（二〇一〇年十二月二十五日）

1　ジャン・ヴァール『具体的なものへ――二十世紀哲学史試論』（水野浩二訳、月曜社）

月曜社「古典転生」シリーズの第二弾。テーマはジェイムズ、ホワイトヘッド、マルセルにおける具体的経験論。わたしは目下、「関係主義的現象学」を構想したイタリアの哲学者エンツォ・パーチ（一九一一―一九七六）の論文集の翻訳を手がけている（同じく月曜社から刊行の予定）。そのパーチがホワイトヘッドの有機体哲学を拠りどころのひとつにしていることもあって、とりわけホワイトヘッドをあつかった第二部が印象に残った。

2　市田良彦『アルチュセール　ある連結の哲学』（平凡社）

アルチュセールはいまだわたしにとって謎の人物である。本書はその謎が謎である理由の一端を著者ならではの独特の切り口によって解き明かしてくれている。

3　佐々木力『数学史』（岩波書店）

著者の数学史研究の集大成。ただ、このような「通史」的色彩の濃い本は広く一般読者にこそ提供されてしかるべきことを想うと、定価一五〇〇〇円の箱入り上製本というのは法外もよいところである。一刻も早い文庫本化を願う。

『週刊読書人』第二八六九号
（二〇一〇年十二月十七日）

1　ジャンニ・ヴァッティモ『哲学者の使命と責任』Gianni Vattimo, *Vocazione e responsabilità del* *filosofo*, a cura di Franca D'Agostini (Genova, il nuovo melangolo, 2000)

「弱い思考」の提唱者として知られるイタリアの哲学者ジャンニ・ヴァッティモが、自身が生業とする哲学者の使命と責任について語ったエッセイ。編者フランカ・ダゴスティーニの序文「弁証法、差異、解釈学、ニヒリズム――弱い思考の強い根拠」がありがたい水先案内人を務めてくれている。

2　林少陽『「修辞」という思想――章炳麟と漢字圏の言語論的批評理論』（白澤社、二〇〇九年）

漢字圏の批評伝統のなかから「辞を修め、其の誠を立つる」という理念を取り出しつつ、近代化の過程で抑圧されてきた「文」の脱構築的な機能の復活を図ろうとした注目すべき労作。章炳麟については、辛亥革命の主導者の一人としての角度からであったが、若いころから関心を寄せてきた。本書では、この民族革命家の政治思想と言語論との密接な関係があぶり出されていて、興味深く読ませてもらった。

3　熊野純彦『埴谷雄高――夢みるカント』（講談社、二〇一〇年）

埴谷雄高は、吉本隆明とは異なって、わたしにはどうも苦手な文学者である。その埴谷に若いころから熱い関心を寄せつづけてきたという著者による『死霊』読解のこころみ。できるかぎりテクストに忠実に寄り添おうとする姿勢が印象的。

4　柏倉康夫『評伝　梶井基次郎――視ること、それはもうなにかなのだ』（左右社、二〇一〇年）

著者は「東大教養学部新聞」の一年先輩の編集長であった。同紙一九六一年一月二十日号に「島直治」というペンネームで発表された「梶井文学の「今日」的問題～特徴的な意識の転位」も付録に収められていて、懐かしかった。

5　『農民たちとルイジーノたち――カルロ・レーヴィの文章とデッサン』*Contadini e Luigini. Testi e disegni di Carlo Levi*, a cura di Leonardo Sacco (Roma-Matera, Basilicata editore, 1975)

本書に収録されているレーヴィのデッサン（一九四七―四八年）が、一九八八年に南米各地で開催された巡回展《カルロ・レーヴィとルカーニア――流刑地での絵（一九三五―三六年）》において展示された五四枚の絵の写真版カタログ　*Carlo Levi e la Lucania. Dipinti del confino* (1935-36), a cura di Pia

Vivarelli (Roma, De Luca Edizioni d'Arte, 1990) とともに、貴重。

『みすず』第五九〇号（二〇一一年二月一日）

二〇一一年度

1 森崎和江／中島岳志『日本断層論――社会の矛盾を生きるために』（NHK出版）

戦後日本に走るかずかずの「断層」に鋭利な眼を注いで、それらを乗りこえようと苦闘してきた森崎和江が、八十歳を超えた現在もなお、闘いの原基をなしていると目される「自分自身」と批判的に向き合いつづけている。その真摯な態度には、わたしもまた、圧倒されるとともに深く魅了されている一人である。

2 藤井省三『魯迅――東アジアを生きる文学』（岩波書店）

「土着化」をくわだてるのか、それとも「異化」効果をねらうのか。魯迅文学の竹内好による日本語訳にたいする著者の手厳しい批判からは、翻訳という仕事のあり方をめぐって自戒をこめて多くを学ばせてもらった。

3 ジョルジョ・アガンベン『事物のしるし――方法について』（岡田温司／岡本源太訳、筑摩書房）

人間にかんする諸科学の分野におけるあらゆる探究はなにかが不分明で主題化されないままとどまっている点にまでさかのぼるべきであるとの見通しに立ってくわだてられた、小著ながらも知的刺激にとむ方法叙説。

『図書新聞』第三〇二三号（二〇一一年七月二十三日）

1 長崎浩『共同体の救済と病理』（作品社）

3・11後、共同体による救済への願望がまたもや鎌首をもたげつつある。そうした現在に批判的に立ち向かうためにも、一九六〇年代末から七〇年代初めにかけての日本において、反社会的な共同性の実現に夢を託しつつ、〈叛乱〉の季節を主導したアジテーターによる自責の念をこめた省察からは、学ぶべき点が多々あるのではないだろうか。

2 テオドール・W・アドルノ『哲学のアクチュアリティ』（細見和之訳、みすず書房）

みすず書房から今秋刊行が開始された《始まりの本》シリーズの一冊。〈アドルノ的思考〉とでも呼んでよいものの原型をうかがううえで貴重な初期論考四篇からなる。訳文もこなれていて読みやすい。

3 田中純『建築のエロティシズム——世紀転換期ヴィーンにおける装飾の運命』（平凡社）

《建築のエロティシズムはその論理にこそ宿る——このような大方の読者の意表をつく見通しのもと、近代建築の〈論理〉が醸し出す独特の官能性の秘密に迫ろうとした意欲作。本書があつかっているのと同時代のヴィーン文化について論じたマッシモ・カッチャーリの『シュタインホーフから』（一九八〇年）の一刻も早い翻訳刊行にも期待したい。

『図書新聞』第三〇四三号
（二〇一一年十二月二十四日）

1 今福龍太『レヴィ＝ストロース　夜と音楽』（みすず書房）

レヴィ＝ストロースによると、音楽と神話は、言語という共通の親から生まれながら、生まれてすぐに引き離されて二度と会うことがなかった姉妹だという。『神話論理』全四巻に結実する厖大な著作群を、その二人の姉妹の《時を離れた感動的な再会のために実践された、ひとつのつつましく温かい思想の贈与》と受けとめたところからの、魅力あふれるレヴィ＝ストロース論。

2 若松英輔『井筒俊彦——叡智の哲学』（慶應義塾大学出版会）

《書き手は問いかけている。読者の役割は、それを単に論評することではない。それは、書かれた言葉を深化させ、ときには書き手が思いも及ばなかった世界をそこに見つけることではないのか》。こう著者は、井筒がいう創造的行為としての「読み」の意義を解説している。この「読み」をはたして著者自身はどこまで実践しえたであろうか。

3 アントニオ・ラブリオーラ『社会主義と哲学——ジョルジュ・ソレルへの書簡』（小原耕一・

渡部實訳、同時代社）

訳文には首をかしげざるをえない箇所が散見される。しかし、同じ訳者たちによる『思想は空から降ってはこない——新訳・唯物史観概説』（同時代社、二〇一〇年）に続いて、イタリア最初のもっとも傑出したマルクス主義理論家と目されるアントニオ・ラブリオーラのマルクス主義にかんする主要著作がほぼすべて、ふたたび日本語で読めるようになったことにまずは感謝したい。

『週刊読書人』第二九一九号（二〇一一年十二月十六日）

1　田口茂『フッサールにおける〈原自我〉の問題——自己の自明な〈近さ〉への問い』（法政大学出版局、二〇一〇年）

晩年のフッサールが「原自我」という概念で呼んだ問題事象へと、その膨大なテクスト群の緻密かつ周到な解読をつうじて肉迫しようとした力作。著者とともに、久方ぶりに〈現象学する〉ことの愉悦に浸らせてもらった。

2　池田元『日本国家科学の思想』（論創社、二〇一一年）

大熊信行が戦時総動員体制下で主唱した「政治経済学」の基底に「国家共同体＝連帯」の思想を見てとっているのが目をひく。大熊国家論の可能性を探ってきた一人として、共鳴するとともに再考を迫られる点が少なからずあった。

3　玉野井芳郎『エコノミーとエコロジー——広義の経済学への道』（みすず書房、一九七八年）

本書のアクチュアリティはいまもなお失われていない。それどころか、輝きを増しているとすら言ってよいだろう。

4　カルメロ・ヴィーニャ『イタリアにおける理論的マルクス主義の起源』Carmelo Vigna, *Le origini del marxismo teorico in Italia. Il dibattito tra Labriola, Croce, Gentile e Sorel sui rapporti tra marxismo e filosofia* (Roma, Città Nuova, 1977)

イタリア思想史の会で目下翻訳作業を進めている『イタリア版《マルクス主義の危機》論争』（未來社より刊行予定）の解説を書くために読み返す。ジェンティーレの「反転する実践」概念に積極的な評価があたえられているのが注目される。

5　藤井貞和『日本語と時間――〈時の文法〉をたどる』（岩波書店、二〇一〇年）

古代人は過去を表わすのに、「き」「けり」「ぬ」「つ」「たり」「り」など、少なくとも六種の〈助動辞〉を使い分けていた。それが現代では「た」一語で表現される。これははたして便利になったということなのだろうか。便利になるとはどういうことなのか。こうした自省的な問いかけを携えてこころみられた日本語における〈時の文法〉をめぐっての著者の追思考の、なんと刺激的なことか。

『みすず』第六〇一号
（二〇一二年二月一日）

あとがき

二〇〇九年六月から雑誌『みすず』に「ヘテロトピア通信」というコラム記事を書き継いでいる。その第一回目の通信「批評の立ち位置について」でも説明しておいたように、「ヘテロトピア」というのはミシェル・フーコーの言葉である。非在の場所を意味する「ユートピア」とは異なって、それ自体も実在するひとつの場所でありながら、あるひとつの文化の内部に見いだされる他のすべての実在する場所を表象すると同時に異議申し立てをおこない、ときには転倒してしまう《異他なる反場所》を指す。そのような異他なる反場所としての「ヘテロトピア」にみずからの立ち位置をさだめたところから、状況への批判的介入をこころみた通信である。

その「ヘテロトピア通信」も今年五月で三十回目を迎えることとなった。これを機会にこれまで書き継いできた文章を本にまとめたのが本書である。

本書には、『無調のアンサンブル』（未來社、二〇〇七年三月）以後に依頼されておこなった講演の記録や発表した論文・書評も収録させてもらった。転載を許可してくださった出版社各位に感謝する。

また本書の企画を進めてくださったみすず書房編集部長・守田省吾さんと編集実務を担当してくださった同編集部・川崎万里さんにも感謝の意を表させていただく。

二〇一二年六月

上村忠男

著者略歴

（うえむら・ただお）

1941年兵庫県尼崎市に生まれる．1968年，東京大学大学院社会学研究科（国際関係論）修士課程修了．東京外国語大学名誉教授．思想史家．著書『ヴィーコの懐疑』（みすず書房，1988）『バロック人ヴィーコ』（同，1998）『歴史家と母たち――カルロ・ギンズブルグ論』（未來社，1994）『ヘテロトピアの思考』（同，1996）『超越と横断――言説のヘテロトピアへ』（同，2002）『歴史的理性の批判のために』（岩波書店，2002）『グラムシ 獄舎の思想』（青土社，2005）『韓国の若い友への手紙』（岩波書店，2006）『無調のアンサンブル』（未來社，2007）『現代イタリアの思想をよむ――〔増補新版〕クリオの手鏡』（平凡社，2009）『ヴィーコ――学問の起源へ』（中公新書，2009）『知の棘――歴史が書きかえられる時』（岩波書店，2010）『カルロ・レーヴィ『キリストはエボリで止まってしまった』を読む――ファシズム期イタリア南部農村の生活』（平凡社，2010）ほか．訳書 C・ギンズブルグ『夜の合戦』（みすず書房，1986）『裁判官と歴史家』（共訳，平凡社，1992）『歴史・レトリック・立証』（みすず書房，2001）『歴史を逆なでに読む』（同，2003）『糸と痕跡』（同，2008），G・B・ヴィーコ『学問の方法』（共訳，岩波文庫，1987）『新しい学』全3冊（法政大学出版局，2007-08），U・エーコ『完全言語の探求』（共訳，平凡社，1995，2011），J・メールマン『革命と反復』（共訳，太田出版，1996），G・C・スピヴァク『サバルタンは語ることができるか』（みすず書房，1998）『ポストコロニアル理性批判』（共訳，月曜社，2003）『ある学問の死』（共訳，みすず書房，2004），A・グラムシ『知識人と権力』（みすず書房，1999）『新編 現代の君主』（ちくま学芸文庫，2008），M・プラーツ『バロックのイメージ世界』（共訳，みすず書房，2006），G・アガンベン『アウシュヴィッツの残りのもの』（共訳，月曜社，2001）『瀆神』（共訳，月曜社，2005）『残りの時 パウロ講義』（岩波書店，2005）『幼児期と歴史』（岩波書店，2007），『例外状態』（共訳，未來社，2007）『言葉と死』（筑摩書房，2009），A・ネグリ『アントニオ・ネグリ講演集 上・下』（監訳，ちくま学芸文庫，2007），バーバ／ミッチェル編『エドワード・サイード 対話は続く』（共訳，みすず書房，2009），B・クローチェ『ヴィーコの哲学』（未來社，2011），E・パーチ『関係主義的現象学への道』（月曜社，2011），G・ヴァッティモ『哲学者の使命と責任』（法政大学出版局，2011），B・スパヴェンタ／B・クローチェ／G・ジェンティーレ『ヘーゲル弁証法とイタリア哲学』（月曜社，2012）など多数．

上村忠男
ヘテロトピア通信

2012年 7 月 10 日　印刷
2012年 7 月 20 日　発行

発行所　株式会社 みすず書房
〒113-0033 東京都文京区本郷 5 丁目 32-21
電話 03-3814-0131(営業) 03-3815-9181(編集)
http://www.msz.co.jp

本文組版　キャップス
本文印刷・製本所　中央精版印刷
扉・表紙・カバー印刷所　栗田印刷

Printed in Japan
ISBN 978-4-622-07712-1
[ヘテロトピアつうしん]